सआदत हसन मंटो

सआदत हसन मंटो का जन्म 11 मई, 1912 को समराला, पंजाब में हुआ था। 1931 में मैट्रिक करने के बाद आगे की पढ़ाई अलीगढ़ मुस्लिम विश्वविद्यालय से की। मंटो फ़िल्म और रेडियो पटकथा लेखक और पत्रकार भी थे। मंटो की कहानियों की पिछली सदी से अब तक जितनी चर्चा हुई है, उतनी उर्दू और हिन्दी के क्या, दुनिया की किसी भी भाषा के कथाकार की शायद ही हुई हो। यही कारण कि चेख़व के बाद मंटो ही थे, जिन्होंने अपनी कहानियों के दम पर अपनी विशिष्ट पहचान बनाने में सफलता हासिल की।

उनकी प्रसिद्ध कहानियों में 'ठंडा गोश्त', 'टोबा टेक सिंह', 'काली शलवार', 'मोज़ेल', 'दस रुपए' आदि शामिल हैं। उनके कुछ कहानी-संग्रहों के अलावा एक उपन्यास, रेडियो नाटकों के पाँच संग्रह, निबन्धों के तीन संग्रह, और व्यक्तिगत स्केच के दो संग्रह प्रकाशित हैं।

कहानियों में अश्लीलता के आरोप की वजह से मंटो को छह बार अदालत जाना पड़ा था, जिसमें से तीन बार पाकिस्तान बनने से पहले और तीन बार पाकिस्तान बनने के बाद, लेकिन एक भी बार मामला साबित नहीं हो पाया। मंटो की कई कहानियों का अनुवाद दुनिया की विभिन्न भाषाओं में किया जा चुका है। मंटो की सम्पूर्ण रचनाओं का संग्रह राजकमल प्रकाशन से 'सआदत हसन मंटो : दस्तावेज़' नाम से पाँच खंडों में प्रकाशित है।

निधन : 18 जनवरी, 1955

नंदिता दास

अब तक दस अलग-अलग भाषाओं में 40 से अधिक फ़िल्मों में अभिनय कर चुकीं नंदिता दास ने अपने एक्टिंग करियर की शुरुआत नामी निर्देशक दीपा मेहता की फ़िल्म 'फ़ायर' से की थी, जिसे टोरंटो फ़िल्म फ़ेस्टिवल में प्रदर्शित किया गया था। निर्देशन की दुनिया में 2008 में फ़िल्म 'फिराक़' से क़दम रखा। 'मंटो' नंदिता के निर्देशन में बनने वाली दूसरी फ़िल्म है। *कांस फ़िल्म फ़ेस्टिवल* 2018 में भारतीय फ़िल्मों की सूची में चयनित यह अकेली फ़िल्म है।

मंटो

पन्द्रह कहानियाँ

चयन

नंदिता दास

राजकमल पेपरबैक्स

इस पुस्तक में शामिल सभी पन्द्रह कहानियाँ राजकमल प्रकाशन द्वारा प्रकाशित *दस्तावेज़* से चुनी गई हैं।

राजकमल पेपरबैक्स में
पहला संस्करण : 2018
सातवाँ संस्करण : 2026

राजकमल पेपरबैक्स : उत्कृष्ट साहित्य के जनसुलभ संस्करण

राजकमल प्रकाशन प्रा.लि.
1-बी, नेताजी सुभाष मार्ग, दरियागंज
नई दिल्ली-110 002
द्वारा प्रकाशित

शाखाएँ : अशोक राजपथ, साइंस कॉलेज के सामने, पटना-800 006
पहली मंज़िल, दरबारी बिल्डिंग, महात्मा गांधी मार्ग, प्रयागराज-211 001
1, अनमोल सोराबजी सन्तुक लेन, धोबी तलाव, मरीन लाइंस, मुम्बई-400 002

वेबसाइट : www.rajkamalprakashan.com
ई-मेल : info@rajkamalprakashan.com

बी.के. ऑफसेट
नवीन शाहदरा, दिल्ली-110 032
द्वारा मुद्रित

मूल्य : ₹299

MANTO
Stories Selected by Nandita Das

ISBN : 978-93-88183-41-3

प्रस्तावना

मैंने सआदत हसन मंटो की कहानियाँ पहली बार कॉलेज में पढ़ी थीं। जिस बात का मुझ पर सबसे ज़्यादा असर हुआ, वह थी उनकी सिंप्लिसिटी और उसके साथ, उनकी कहानियों की गहराई। उन्होंने जैसे दुनिया को देखा, वैसे ही उसके बारे में लिखा। बग़ैर कुछ छुपाए। उनकी कहानियाँ हमेशा ज़ाती रहती हैं। कट्टरपन के ख़िलाफ़, उनके बेबाक अन्दाज़ ने मुझे अपनी तरफ़ खींचा और मंटो पर फिल्म बनाने का ख़याल 2012 में जन्मा—जब मैंने मंटो के लिखे लेख और उनकी सौवीं वर्षगाँठ पर लिखे आर्टिकल पढ़े। उनकी ज़िन्दगी भर की ज़द्दोजेहद और उनके किसी के आगे न झुकने के काम से मुझे नई प्रेरणा मिली।

एक कुछ ऐसा एहसास था कि मैं मंटो को और लोगों तक पहुँचा सकूँ, ख़ासतौर पर आजकल की युवा पीढ़ी तक। उनकी सटीक कहानियाँ और उनके लेख, आजकल के समाज को दर्शाते हैं। उनके गुज़र जाने के 60 साल बाद भी हम उनकी समस्याओं से जूझ रहे हैं—जैसे, अपनी बात करने की आज़ादी, अपनी जगह से किसी कारणवश कहीं और जाने का दर्द और हर एक की समानता की राजनीति का ख़तरा। हमारी पहचान हमेशा ज़ात, मज़हब, वर्ग, जेंडर से होती है और मंटो ने उस सबके बारे में लिखा है। उनका लेखन एक ऐसे शीशे जैसा है जिसमें हमारे समाज का अक्स दिखता है। उन्होंने लिखा था : अगर आप मेरी कहानियाँ बरदाश्त नहीं कर सकते, तो ज़माना नाक़ाबिले बरदाश्त है।

मंटो वक़्त के बहाव के ख़िलाफ़ गए और 6 अदालती मुक़द्दमों के बावजूद, सच बोलने की हिम्मत की। अपनी 42 साल की ज़िन्दगी में उन्होंने 300 कहानियाँ, 100 रेडियो ड्रामा, बेहिसाब लेख और फ़िल्म स्क्रिप्टें लिखीं।

वह इतना कुछ कहना चाहते थे कि लिखना उनकी मजबूरी बन गई। हालाँकि, पिछले कुछ सालों में, मैं मंटो की रचनाओं में डूबी रही हूँ, लेकिन अभी भी उनका लिखा सारा नहीं पढ़ा है। मैंने उनकी रचनाएँ देवनागरी लिपि में और कुछ के अंग्रेज़ी में अनुवाद पढ़े हैं। हालाँकि, कुछ ही अनुवाद ओरिजिनल के पास थे। मुझे ख़ुशी है कि मंटो की कहानियों के अनुवाद की एक और किताब आ रही है और उस वक़्त जबकि उन पर बनी फिल्म भी आ रही है। शायद यह कोशिश, उनके लेखन में लोगों की नई दिलचस्पी पैदा कर दे।

मैं अपने इस मंटो सफ़र में इतनी मसरूफ़ रही हूँ कि इस किताब में जो अनूदित कहानियाँ हैं, उन्हें पढ़ नहीं सकी हूँ। लेकिन मुझे इस प्रकाशन पर भरोसा है कि मंटो की इन कहानियों के साथ न्याय होगा। मैंने बहुत सोच-समझकर इन कहानियों का चुनाव किया है। पिछले कुछ सालों में कुछ कहानियों ने मेरा साथ नहीं छोड़ा और जब मैंने नाम सोचे, ये नाम सबसे पहले आए। इस संग्रह में 15 कहानियाँ हैं। मैं चाहती थी कि लोग मंटो के फैले हुए दायरे को समझें। उनके कहानियों के पात्र अकसर वे लोग हैं जो समाज के कोनों में रहते हैं और औरतों के लिए सहानुभूति भरी नज़र रखते हैं, ख़ासतौर पर वेश्याओं के लिए। उनकी यही बात उन्हें और लेखकों से अलग रखती है।

मंटो की कुछ कहानियाँ हिन्दुस्तान के बँटवारे के दर्दनाक हादसे को बयाँ करती हैं। *मोज़ेल* और *ठंडा गोश्त* जैसी कहानियाँ, हिंसा के दौरान इनसानी फ़ितरत को दर्शाती हैं। मंटो की कहानियाँ कभी भावुक नहीं होतीं, बल्कि इस समाज की नंगी तसवीर दिखाती हैं। उनकी ज़्यादातर कहानियों में जो मुख्य पात्र होता है, वह एक औरत होती है, जैसे *ख़ुशिया, हतक* और *दस रुपए* में। इन कहानियों में औरत एक बेबस नारी नहीं, बल्कि एक ऐसी औरत है जिसकी इच्छाएँ हैं। वह ताकतवर है, धोखा भी खाती है और उसका आत्मसम्मान भी है। इस संघर्ष की *सड़क किनारे* और *सरकंडों के पीछे* जैसी कहानियाँ है जिनके बारे में बहुत लोग नहीं जानते हैं। *सरकंडों के पीछे* वह कहानी है जो मैंने सबसे पहले पढ़ी और वो अभी तक मेरे ज़ेहन में बसी हुई है।

मंटो की कहानियाँ सत्य और कल्पना के बीच की लाइन को तो धुँधला कर देती हैं लेकिन उनके लेख बिलकुल साफ़ होते हैं। वे जितना औरों के बारे में बताते हैं, उतना ही अपने बारे में। *मैं क्योंकर लिखता हूँ* से लेकर, *मुफ़्त नोशों की तेरह क़िस्में* उनके ऐसे ही लेख हैं। उन्होंने सच और झूठ पर हमेशा

बहस की और वह किस तरह से इस्तेमाल किया जाता है, उसके बारे में *सफेद झूठ* में लिखा। आजकल की दुनिया में, इससे ज़्यादा और क्या सही होगा?

जब उन्होंने लोगों के बारे में तफ़सील से लिखा, तो वह 'ख़ाका' कहलाया। मैंने उन लोगों का चुनाव किया है जो हैं तो मामूली लेकिन मंटो ने उन्हें ग़ैरमामूली तरह से पेश किया है, जैसे एक ठग, महमूद भाई, जिसको एक दरियादिल इनसान बताया है। और, दूसरी तरफ मशहूर लोगों को उन्होंने एक आम आदमी की तरह से पेश किया है, जिसमें से कुछ हैं—अशोक कुमार, श्याम और नर्गिस। उन्होंने उनके बारे में भी उतनी ही बेरहमी से ईमानदार होकर लिखा है जैसे अपने बारे में। वे सारे दाग़ और धब्बे सामने रख देते हैं। मंटो इनसानी वजूद को ऐसे बयान करते हैं जैसे बद से बदतर आदमी अच्छा हो सके और अच्छा ग़लती कर सके।

मंटो का वह भरोसा कि उनकी कहानियों और लेख से उन्हें मुक्ति मिलेगी, वही भरोसा मुझे भी है। किसी ताक़त से उस विरासत का हिस्सा हूँ मैं। मुझे यक़ीन है कि हम सब में एक *मंटोइयत* है, एक वह जज्बा जो चाहता है कि हम आज़ाद और ईमानदार हों।

सआदत हसन मंटो, जो साउथ एशिया के सबसे बेहतरीन अफ़साना निगारों में से एक माने जाते हैं, जानते थे, हो सकता है सआदत हसन मर जाएँ, लेकिन मंटो जीता रहेगा।

—नंदिता दास

मंटो

पन्द्रह कहानियाँ

अनुक्रम

दस रुपए

वह गली के उस नुक्कड़ पर छोटी-छोटी लड़कियों के साथ खेल रही थी।

उसकी माँ उसे चाल में ढूँढ़ रही थी—किशोरी को अपनी खोली में बिठाकर और बाहरवाले से चाय लाने के लिए कहकर वह चाल की तीनों मंज़िलों में अपनी बेटी को तलाश कर चुकी थी, मगर जाने वह कहाँ मर गई थी। संडास के पास जाकर भी उसने आवाज़ दी थी : "ए सरिता...सरिता!" मगर वह संडास में तो थी ही नहीं और जैसा कि उसकी माँ समझ रही थी, अब सरिता को पेचिश की शिकायत भी नहीं थी कि दवा पिए बग़ैर उसको आराम आ चुका था।

वह बाहर गली के उस नुक्कड़ पर, जहाँ कचरे का ढेर पड़ा रहता है, छोटी-छोटी लड़कियों के साथ खेल रही थी और हर क़िस्म के फ़िक्रो-तरद्दुद[1] से आज़ाद थी।

उसकी माँ बहुत मुतफ़क्किर[2] थी—वह किशोरी को अन्दर खोली में बिठा आई थी। किशोरी ने कहा था : "तीन सेठ बाहर बड़े बाज़ार में मोटर लिये खड़े हैं।" सरिता कहाँ ग़ायब हो गई है...मोटरवाले सेठ हर रोज़ तो आते नहीं...यह तो किशोरी की मेहरबानी है कि महीने में एक-दो बार मोटी आसामी ले आता है...वरना ऐसे मुहल्ले में, जहाँ पान की पीकों और जली हुई बीड़ियों की मिली-जुली बू से किशोरी ख़ुद घबराता हो, वहाँ भला सेठ लोग कैसे आ सकते हैं...किशोरी होशियार है, इसीलिए वह किसी आदमी को मकान पर नहीं लाता, बल्कि सरिता को कपड़े-वपड़े पहनाकर बाहर ले जाता है...वह उन लोगों से कह दिया करता है कि साहब, आजकल ज़माना बड़ा नाज़ुक है; पुलिस के सिपाही हर वक़्त घात में लगे रहते हैं, अब तक दो सौ धन्धा

1. चिन्ता, 2. चिन्तित।

करनेवाली छोकरियाँ पकड़ी जा चुकी हैं; कोर्ट में मुझ पर भी एक केस चल रहा है; इसलिए फूँक-फूँककर क़दम रखना पड़ता है...

सरिता की माँ को बहुत ग़ुस्सा आ रहा था—जब वह नीचे उतरी तो सीढ़ियों के पास रामदेई बैठी बीड़ियों के पत्ते काट रही थी।

सरिता की माँ ने पूछा : "तूने सरिता को कहीं देखा है... ? जाने कहाँ मर गई है... ! बस, आज मुझे मिल जाए, वह चार चोट की मार मारूँ कि बन्द-बन्द ढीला हो जाए...लौठा की लौठा हो गई है, पर सारा दिन लौंडों के साथ कुदकड़े लगाती रहती है... !"

रामदेई बीड़ियों के पत्ते काटती रही। उसने सरिता की माँ को कोई जवाब नहीं दिया।

सरिता की माँ ने रामदेई से ख़ासतौर पर कुछ पूछा ही नहीं था, वह तो बस यूँ ही बड़बड़ाती हुई रामदेई के पास से गुज़र गई थी—आमतौर पर यही होता था कि हर दूसरे-तीसरे दिन उसे सरिता को ढूँढ़ना पड़ता था, और वह रामदेई को, जो सारा दिन सीढ़ियों के पास पिटारी सामने रखे बीड़ियों पर लाल और सफ़ेद धागे लपेटती रहती थी, मुख़ातिब[1] करके यही अल्फ़ाज़ दुहराया करती थी।

एक और बात वह चाल की सारी औरतों से कहा करती थी : 'मैं तो अपनी सरिता का किसी बाबू के साथ ब्याह करूँगी...इसीलिए तो उससे कहती हूँ कि कुछ पढ़-लिख ले... ! पास ही मुनसीपालटी ने एक स्कूल खोला है, सोचती हूँ कि उसमें सरिता को दाख़िल करा दूँ...बहन, इसके पिता को बड़ा शौक़ था कि मेरी लड़की पढ़ी-लिखी हो... !' इसके बाद वह एक लम्बी आह भरकर अपने मरे हुए शौहर का क़िस्सा छेड़ देती, जो चाल की हर औरत को ज़बानी याद था।

सरिता की माँ की बात तो जाने दीजिए, अगर रामदेई से पूछा जाता कि जब सरिता के बाप को (जो रेलवाई में काम करता था) बड़े साहब ने गाली दी तो क्या हुआ था, रामदेई फ़ौरन बता देती कि सरिता के बाप के मुँह में झाग भर आया था; वह साहब से कहने लगा : 'मैं तुम्हारा नौकर नहीं हूँ, सरकार का नौकर हूँ...तुम मुझ पर रोब नहीं जमा सकते...देखो, अगर फिर गाली दी तो तुम्हारे ये दोनों जबड़े हलक़ के अन्दर कर दूँगा...; बस फिर क्या था, साहब

1. सम्बोधित।

ताव में आ गया और उसने एक और गाली दे दी...इस पर सरिता के बाप ने ग़ुस्से में साहब की गर्दन पर ऐसी धौल जमाई कि साहब का टोप दस गज़ परे जा गिरा और उसको दिन में तारे नज़र आ गए...मगर फिर भी वह बड़ा आदमी था, आगे बढ़कर उसने सरिता के बाप के पेट में अपने फ़ौजी बूटों से इस ज़ोर की ठोकर मारी कि सरिता के बाप की तिल्ली फट गई और वहीं लाइनों के पास गिरकर उसने जान दे दी...सरकार ने साहब पर मुक़द्दमा चलाया और साहब से पूरे पाँच सौ रुपए सरिता की माँ को दिलवाए...मगर सरिता की माँ की क़िस्मत बुरी थी, उसको सट्टा की चाट पड़ गई और पाँच महीने के अन्दर-अन्दर सारा रुपया बर्बाद हो गया...'

सरिता की माँ की ज़बान पर हर वक़्त यह कहानी जारी रहती थी, लेकिन किसी को यक़ीन नहीं था कि कहानी सच है या झूठ—चाल में किसी आदमी को भी सरिता की माँ से हमदर्दी नहीं थी, शायद इसलिए कि वह सबके-सब ख़ुद हमदर्दी के क़ाबिल थे, कोई किसी का दोस्त नहीं था। उस बिल्डिंग में अक्सर ऐसे आदमी रहते थे, जो दिन-भर सोते थे और रात को जागते थे कि उन्हें रात को पासवाली मिल में काम पर जाना होता था; उस बिल्डिंग में सब आदमी बिलकुल पास-पास रहते थे, लेकिन किसी को एक-दूसरे में दिलचस्पी न थी।

चाल में क़रीब-क़रीब सब लोग जानते थे कि सरिता की माँ अपनी जवान बेटी से पेशा कराती है। जब वह कहा करती : 'मेरी बेटी को तो दुनिया की कुछ ख़बर ही नहीं' तो कोई उसको झुठलाने की कोशिश न करता था कि वह किसी के साथ अच्छा-बुरा सलूक करने के आदी ही न थे—बस, एक बार ऐसा हुआ था कि सुबह-सवेरे नल के पास तुकाराम ने सरिता को छेड़ा था और सरिता की माँ तुकाराम की बीवी को पुकारते हुए बहुत चीखी-चिल्लाई थी : 'इस मुए गंजे को तू सँभाल के क्यों नहीं रखती...परमात्मा करे यह दोनों आँखों से अन्धा हो जाए, जिनसे इसने मेरी कुँआरी बेटी की तरफ़ बुरी नज़रों से देखा है...सच कहती हूँ, एक रोज़ ऐसा फ़साद होगा कि तेरी इस गंजी सौग़ात का मारे जूतों के सिर पिलपिला कर दूँगी...बाहर जो चाहे करता फिरे पर यहाँ इसे भले मानसों की तरह रहना होगा...सुना तूने?' और तुकाराम की भैंगी बीवी धोती बाँधते-बाँधते बाहर निकल आई थी : 'ख़बरदार मुई चुड़ैल, जो तूने एक लफ़्ज़ भी और ज़बान से निकाला...यह तेरी सरिता तो होटल के छोकरों से भी

आँख-मिचौली खेलती है और तू क्या हम सबको अन्धा समझती है...क्या हम सब जानते नहीं कि तेरी सरिता आए दिन बन-सँवर के बाहर क्यों जाती है...बड़ी आई इज़्ज़तवाली...जा जा, दूर दफ़ान हो यहाँ से...' फिर सरिता की माँ ने बहुत ज़ोर देकर नफ़रत-भरे लहज़े में कहा था : 'और वह तेरा यार घासलेटवाला...दो-दो घंटे उसे खोली में बिठाकर क्या तू उसका घासलेट सूँघती रहती है... ?'

तुकाराम की भैंगी बीवी के मुताल्लिक़[1] बहुत-सी बातें मशहूर थीं और यह बात तो ख़ासतौर पर सब लोगों को मालूम थी कि जब घासलेटवाला आता है, तो वह उसे अन्दर बुलाकर दरवाज़ा बन्द कर लेती है—तुकाराम की बीवी से सरिता की माँ की बोलचाल ज़्यादा देर तक बन्द न रही थी और फिर दोनों का आपस में समझौता हो गया था कि एक रोज़ रात को सरिता की माँ ने तुकाराम की बीवी को घुप्प अँधेरे में किसी से मीठी-मीठी बातें करते पकड़ लिया था और दूसरे रोज़ रात को तुकाराम की बीवी ने सरिता को एक जेंटेलमैन आदमी के साथ मोटर में बैठे देख लिया था।

सरिता की माँ बड़बड़ाते हुए सरिता को इधर-उधर खोज रही थी कि सामने से तुकाराम की बीवी आ गई—सरिता की माँ ने पूछा : "तूने कहीं सरिता को तो नहीं देखा?"

तुकाराम की बीवी ने भैंगी आँखों से गली के नुक्कड़ की तरफ़ देखा : "वहाँ घूरे के पास पनवाड़ी की लौंडिया के साथ खेल रही है..." फिर उसने आवाज़ धीमी करके पूछा : "अभी-अभी किशोरी ऊपर गया था...क्या तुमसे मिला?"

सरिता की माँ ने इधर-उधर देखकर हौले से कहा : "ऊपर बिठा आई हूँ...पर यह सरिता हमेशा वक़्त पर कहीं ग़ायब हो जाती है...कुछ सोचती नहीं, कुछ समझती नहीं, बस दिन-भर खेलती-कूदती रहती है..." यह कहकर वह तेज़ी से घूरे की तरफ़ बढ़ी और जब वह सीमेंट की बनी हुई मूतरी के पास पहुँची तो उसे देखकर सरिता फ़ौरन उठ खड़ी हुई।

सरिता के चेहरे पर अफ़सुर्दगी[2] के आसार पैदा हो गए—उसकी माँ ने उसका बाजू पकड़ते हुए और उसे खींचते हुए ख़शमआलूद[3] लहज़े में कहा—"चल घर चलकर मर...तुझे तो सिवाय उछल-कूद के और कोई काम ही

1. सम्बन्धित, 2. उदासीनता, 3. क्रोधित।

नहीं..." फिर रास्ते में उसकी माँ ने हौले-से कहा : "किशोरी बड़ी देर से आया बैठा है...एक मोटरवाले सेठ को लाया है...चल तू भाग के ऊपर चल और जल्दी-जल्दी तैयार हो जा...और सुन, वह नीली जार्जेट की साड़ी पहनियो...और देख, यह तेरे बाल बहुत बुरी तरह बिखर रहे हैं...तू जल्दी से तैयार हो जा, कंघी मैं कर दूँगी।"

यह सुनकर कि कोई मोटरवाले सेठ आए हैं, सरिता बहुत ख़ुश हुई; उसे सेठ से इतनी दिलचस्पी नहीं थी, जितनी मोटर से। मोटर की सवारी उसे बहुत पसन्द थी, जब मोटर फ़र्राटे भरती हुई खुली-खुली सड़कों पर चलती और उसके मुँह पर हवा के तमाचे पड़ते तो उसके दिल में एक नाक़ाबिले-बयान मसर्रत[1] उबलना शुरू हो जाती, मोटर में बैठकर उसको हर शै एक हवाई चक्कर दिखाई देती और यह समझती कि वह ख़ुद एक बग़ूला है, जो सड़कों पर उड़ता चला जा रहा है।

सरिता की उम्र ज़्यादा से ज़्यादा पन्द्रह बरस की होगी, मगर उसमें भपना[2] तेरह बरस की लड़कियों का-सा था; वह औरतों से मिलना-जुलना और उनसे बातें करना बिलकुल पसन्द नहीं करती थी; वह सारा-सारा दिन छोटी-छोटी लड़कियों के साथ ऊटपटाँग खेलों में मसरूफ़ रहती, ऐसे खेल जिनका कोई मतलब ही न हो; मिसाल के तौर पर वह गली की काली लुकफिरी सड़क पर खड़िया मिट्टी से लकीरें खींचने में बहुत दिलचस्पी लेती थी और इस खेल में वह इस इन्हिमाक[3] से मसरूफ़[4] रहती थी, जैसे सड़क पर यह टेढ़ी-बंगी लकीरें अगर न खींची गईं तो आमदो-रफ़्त बन्द हो जाएगी; कभी-कभी खोली से पुराने टाट उठाकर, अपनी नन्ही-नन्ही सहेलियों के साथ कई-कई घंटे उन टाटों को फुटपाथ पर झटकने, साफ़ करने, बिछाने और फिर उन टाटों पर बैठे रहने के ग़ैर दिलचस्प खेल में मशग़ूल रहती थी।

सरिता ख़ूबसूरत नहीं थी; रंग उसका सियाही माइल गन्दुमी था; बम्बई के मरतूब मौसम के बायस उसके चेहरे की जिल्द हर वक़्त चिकनी रहती थी; उसके पतले-पतले होंठों पर, जो चीकू के छिलके दिखाई देते थे, हर वक़्त एक ख़फ़ीफ़-सी[5] लरज़िश[6] तारी रहती थी और ऊपर के होंठ पर पसीने की तीन-चार नन्ही-नन्ही बूँदें हमेशा कँपकँपाती रहती थीं—उसकी सेहत अच्छी

1. अकथनीय प्रसन्नता, 2. शारीरिक विकास, 3. तन्मयता, 4. व्यस्त, 5. हल्की-सी, 6. कँपकँपी।

थी; कि ग़िलाज़त में रहने के बावजूद उसका जिस्म सुडौल और मुतनासिब[1] था; ऐसा मालूम होता था कि उस पर जवानी का हमला बड़ी शिद्दत[2] से हुआ है, जब वह सड़क पर फुर्ती से इधर-उधर चलती थी और जब उसकी मैली घघरी ऊपर को उठ जाती थी तो कई राह चलते मर्दों की निगाहें उसकी पिंडलियों की तरफ़ उठ जाती थीं, जिनमें जवानी के हमले के बायस ताज़ा रंदा की हुई सागवान की लकड़ी-जैसी चमक दिखाई देती थी—उन पिंडलियों पर, जो बालों से बिलकुल बेनियाज़[3] थीं, मसामों के नन्हे-नन्हे निशान देखकर उन संगतरों के छिलके याद आ जाते थे, जिनकी छोटे-छोटे ख़लियों में तेल भरा होता है और जो थोड़ा-सा दबाव पड़ने पर ऊपर की तरफ़ उठकर आँखों में घुस जाया करता है—उसकी बाँहें भी सुडौल थीं; कन्धों पर उनकी गोलाई, मोटे और बड़े बेढब तरीक़े से सिले हुए ब्लाउज़ के बावजूद, बाहर झाँकती थी—उसके बाल बड़े घने और लम्बे थे और उनमें से खोपरे के तेल की बू आती रहती थी, वह अपने बालों की लम्बाई से ख़ुश नहीं थी कि खेलकूद के दौरान में उसकी चोटी उसे बहुत तकलीफ़ दिया करती थी, जो एक मोटे कोड़े के मानिंद उसकी पीठ को थपकती रहती थी; उसे अपनी चोटी को मुख़्तलिफ़[4] तरीक़ों से क़ाबू में रखना पड़ता था।

सरिता का दिलो-दिमाग़ हर क़िस्म के फ़िक्रो-तरद्दुद से आज़ाद था। दोनों वक़्त उसे खाने को मिल जाता था। उसकी माँ घर का सब काम-काज करती थी। हाँ, सुबह को सरिता दो बालटियाँ पानी से भरकर अन्दर रख देती और शाम को हर रोज़ लैम्प में एक पैसे का तेल भरवा लाती—कई बरसों से वह यह काम बड़ी बाक़ाइदगी से कर रही थी; हर शाम आदत के बायस ख़ुद-ब-ख़ुद उसका हाथ उस प्याले की तरफ़ बढ़ता, जिसमें पैसे पड़े होते और फिर वह लैम्प उठाकर नीचे चली जाती।

कभी-कभी, यानी महीने में चार या पाँच बार जब किशोरी सेठ लोगों को लिये आता था तो सेठ लोगों के साथ होटलों में या कहीं अँधेरे मक़ामों पर जाने को वह तफ़रीह ख़याल करती थी; उसने इस बाहर जाने के सिलसिले के दूसरे पहलुओं पर कभी ग़ौर नहीं किया था; वह समझती थी कि दूसरी लड़कियों के घरों में भी किशोरी-जैसे आदमी आते होंगे और उन्हें भी सेठ लोगों के साथ बाहर जाना पड़ता होगा, और रात को वरली के ठंडे-ठंडे बेंचों पर या जुहू की

1. सुगठित, 2. तीव्रता, 3. आज़ाद, 4. विभिन्न।

गीली रेत पर जो कुछ होता है, सबके साथ होता होगा। एक बार उसने अपनी माँ से कहा था—'माँ, अब तो शान्ता भी काफ़ी बड़ी हो गई है...उसको भी मेरे साथ भेज दिया करो ना...यह सेठ लोग मुझे अंडे खाने को देते हैं...शान्ता को अंडे बहुत अच्छे लगते हैं...' और उसकी माँ ने गोलमोल बात कही थी : 'हाँ-हाँ, उसको भी किसी रोज़ तुम्हारे साथ भेज दूँगी...उसकी माँ तो पूना से वापस आ जाए...' और दूसरे ही रोज़ उसने शान्ता को, जो उस वक़्त संडास से निकल रही थी, यह ख़ुशख़बरी सुनाई थी : 'तेरी माँ पूना से आ जाए तो सब मामला ठीक हो जाएगा...तू भी मेरे साथ वरली जाया करेगी...' फिर उसने पिछली रात की बात शान्ता को कुछ इस तरीक़े से सुनाना शुरू की थी, जैसे उसने कोई बहुत प्यारा सपना देखा हो। शान्ता को, जो सरिता से दो बरस छोटी थी, सरिता की बातें सुनकर कुछ ऐसा लगा था, जैसे उसके सारे जिस्म के अन्दर नन्हे-नन्हे घुँघरू बज रहे हों; सरिता की सब बातें सुनकर भी उसकी तसल्ली न हुई थी, और उसने सरिता का बाज़ू खींचकर कहा था : 'चल, नीचे चलते हैं...वहाँ बातें करेंगे...।' फिर वे दोनों मूतरी के पास, जहाँ गिरधारी बनिए ने बहुत-से टाटों पर खोपरे के मैले टुकड़े सुखाने के लिए डाल रखे थे, बैठकर देर तक कँपकँपी पैदा करनेवाली बातें करती रही थीं।

धोती के परदे के पीछे सरिता नीली जार्जेट की साड़ी पहन रही थी और साड़ी के मस ही से उसके बदन में गुदगुदी हो रही थी, मोटर की सैर का ख़याल उसके दिमाग़ में परिन्दों की-सी फड़फड़ाहटें पैदा कर रहा था—अबकी बार सेठ कैसा होगा और उसे कहाँ ले जाएगा, यह और इस क़िस्म के दूसरे सवाल उसके दिमाग़ में नहीं आ रहे थे; जल्दी-जल्दी कपड़े बदलते हुए उसने एक-दो मर्तबा यह ज़रूर सोचा कि ऐसा न हो, मोटर चले और चन्द ही मिनटों में किसी होटल के दरवाज़े पर रुक जाए, फिर एक बन्द कमरे में सेठ शराब पीना शुरू कर दे और उसका दम घुटना शुरू हो जाए—उसे होटलों के बन्द कमरे पसन्द नहीं थे कि उनमें आमतौर पर लोहे की दो चारपाइयाँ इस तौर पर बिछी होती हैं, गोया उन पर जी भरके सोने की इजाज़त नहीं है।

जल्दी-जल्दी उसने जार्जेट की साड़ी पहनी और शिकनें दुरुस्त करती हुई एक लम्हे के लिए किशोरी के सामने आ खड़ी हुई : "किशोरी, ज़रा देखो, पीछे से साड़ी ठीक है न?" और जवाब का इन्तज़ार किए बग़ैर वह लकड़ी के उस टूटे हुए बक्स की तरफ़ बढ़ी, जिसमें उसने जापानी सुर्ख़ी रखी हुई थी,

एक धुँधले आईने को खिड़की की सलाख़ों में अटकाने के बाद दोहरी होकर उसके गालों पर पाउडर मला, फिर जब सुर्ख़ी लगाकर वह बिलकुल तैयार हो गई तो मुस्कुराकर उसने किशोरी की तरफ़ दादतलब[1] निगाहों से देखा—शोख़ रंग की नीली साड़ी में, होंठों पर बेतरतीबी से सुर्ख़ी की धड़ी जमाए और साँवले गालों पर प्याज़ी रंग का पाउडर मले वह मिट्टी का एक ऐसा खिलौना मालूम हो रही थी, जो दीवाली के दिनों में खिलौने बेचनेवालों की दुकान में सबसे ज़्यादा नुमायाँ दिखाई दिया करता है।

इतने में उसकी माँ आ गई—उसने जल्दी-जल्दी सरिता के बाल दुरुस्त किए और कहा : "देखो बेटा, अच्छी-अच्छी बातें करना...जो कुछ वह कहें, मान लेना...यह सेठ जो हैं, बड़े आदमी हैं...मोटर इनकी अपनी है..." फिर किशोरी से मुख़ातिब होकर उसने कहा : "अब तू जल्दी से ले जा इसे...बेचारे कब से खड़े राह देख रहे होंगे!"

दूसरे ही लम्हे किशोरी और सरिता गली में थे।

बाहर बड़े बाज़ार में, जहाँ एक कारख़ाने की लम्बी-सी दीवार दूर तक चली गई है, एक पीले रंग की मोटर 'यहाँ पेशाब करना मना है' के छोटे-से बोर्ड के पहलू में खड़ी थी और मोटर में तीन हैदराबादी नौजवान अपनी-अपनी नाक पर रूमाल रखे किशोरी का इन्तज़ार कर रहे थे—वह मोटर और आगे कहाँ ले जाते कि दीवार भी दूर तक चली गई थी और पेशाब का सिलसिला भी।

जब गली के मोड़ पर उस नौजवान को, जो मोटर का हैंडिल थामे बैठा था, किशोरी नज़र आया तो उसने अपने बाक़ी दो साथियों से कहा—"लो भई, वह आ गए...वह रहा किशोरी और...और..." उसने गली के मोड़ की तरफ़ निगाहें जमाए रखीं : "अरे, यह तो बिलकुल छोटी-सी लड़की है...ज़रा तुम भी देखो न—अरे भई, वो नीली साड़ी में..." और जब किशोरी और सरिता मोटर के पास पहुँच गए तो पिछली सीट पर बैठे दो नौजवानों ने सीट के दरमियान में से अपने-अपने हैट उठा लिये और जगह बना दी—किशोरी ने आगे बढ़कर मोटर का पिछला दरवाज़ा खोला और फ़ुर्ती से सरिता को अन्दर दाख़िल कर दिया। दरवाज़ा बन्द करने के बाद किशोरी ने उस नौजवान से, जो मोटर का हैंडिल थामे हुए था, कहा : "माफ कीजिएगा, ज़रा देर हो गई...यह बाहर अपनी किसी सहेली के पास गई हुई थी...तो...तो..."

1. प्रशंसा पाने की इच्छुक।

उस नौजवान ने मुड़कर सरिता की तरफ़ देखा और फिर किशोरी से कहा—"ठीक है...लेकिन..." उसने मोटर की खिड़की में से अपना सिर बाहर निकाला और हौले-से कहा : "शोर-वोर तो नहीं मचाएगी ना?"

किशोरी ने अपने सीने पर हाथ रखकर कहा : "सेठ, आप मुझ पर भरोसा रखिए..."

उस नौजवान ने जेब में से दो रुपए निकाले और किशोरी के हाथ में थमा दिए : "जाओ, ऐश करो!"

क़िशोरी ने सलाम किया और नौजवान ने मोटर स्टार्ट कर दी।

शाम के पाँच बज रहे थे।

बम्बई के बाज़ारों में गाड़ियों, ट्रामों, बसों और लोगों की आमदो-रफ़्त[1] बहुत ज़्यादा थी—सरिता ख़ामोशी से दो नौजवानों के बीच में दुबकी-सी बैठी हुई थी; बार-बार वह अपनी रानों को जोड़कर उन पर अपने हाथ रख देती; वह कुछ कहते-कहते रुक-सी जाती...शायद वह मोटर चलानेवाले नौजवान से कहना चाहती थी—'सेठ, जल्दी-जल्दी मोटर चलाओ...यूँ तो मेरा दम घुट जाएगा।'

बहुत देर तक किसी ने कोई बात न की—अगली सीट पर बैठा नौजवान मोटर चलाता रहा और पिछली सीट पर दोनों हैदराबादी नौजवान दाएँ और बाएँ कोनों में सिमटे अपनी-अपनी अचकनों में वह इज़्तिराब[2] छुपाते रहे, जो अबकी दफ़ा एक जवान लड़की को बिलकुल अपने पास देखकर उन्हें महसूस हो रहा था, ऐसी जवान लड़की जो कुछ वक़्त के लिए उनकी अपनी थी, यानी जिससे वह बिला ख़ौफ़ो-ख़तर[3] छेड़छाड़ कर सकते थे।

वह नौजवान, जो मोटर चला रहा था, दो बरस से बम्बई में क़यामपिज़ीर[4] था और सरिता-जैसी कई लड़कियाँ दिन के उजाले और रात के अँधेरे में देख चुका था; उसकी पीली मोटर में मुख़्तलिफ़ रंगो-नस्ल की छोकरियाँ दाख़िल हो चुकी थीं, इसलिए उसे कोई ख़ास बेचैनी महसूस नहीं हो रही थी—हैदराबाद से उसके दो दोस्त आए हुए थे और उनमें एक, जिसका नाम शहाब था, बम्बई में पूरी तरह सैरो-तफ़रीह करना चाहता था और उसी के लिए किफ़ायत ने, यानी बम्बई में क़यामपिज़ीर मोटर के मालिक ने अज़राहे-दोस्तनवाज़ी[5] किशोरी के ज़रिए सरिता हासिल कर ली थी, दूसरे हैदराबादी

---

1. आवागमन, 2. आतुरता, व्याकुलता, 3. बग़ैर किसी डर के, 4. ठहरा हुआ, 5. मित्र की आवभगत के लिए।

दोस्त अनवर में अख़लाक़ी जुर्रत[1] कम थी, इसलिए वह मारे शर्म के किफ़ायत से यह न कह सका कि उसके लिए भी एक हो जाए।

किफ़ायत ने सरिता को पहले कभी नहीं देखा था कि किशोरी बहुत देर के बाद यह नई छोकरी कहीं से निकालकर लाया था; इस नएपन के बावजूद उसने अभी तक सरिता में दिलचस्पी न ली थी, शायद इसलिए कि वह एक वक़्त में सिर्फ़ एक काम कर सकता था; शायद मोटर चलाने के साथ-साथ वह सरिता की तरफ़ ध्यान नहीं दे सकता था।

जब शहर पीछे रह गया और मोटर मुज़ाफ़ात[2] की एक सड़क पर चलने लगी तो सरिता उछल पड़ी, वह दबाव जो अब तक उसने अपने ऊपर डाल रखा था, ठंडी हवा के झोंकों और उड़ती हुई मोटर ने एकदम उठा दिया, उसके अन्दर बिजलियाँ-सी दौड़ गईं और वह सर-ता-पा[3] हरकत बन गई; उसकी टाँगें थिरकने लगीं, बाज़ू नाचने लगे, उँगलियाँ कँपकँपाने लगीं और वह अपने दोनों तरफ़ भागते हुए दरख़्तों को दौड़ती हुई निगाहों से देखने लगी।

अब शहाब और अनवर भी आराम महसूस कर रहे थे—शहाब ने, जो सरिता पर अपना हक़ समझता था, हौले-से अपना बाज़ू उसकी कमर में हाइल करना चाहा तो एकदम सरिता के गुदगुदी उठी और वह तड़पकर अनवर पर जा गिरी; फिर पीली मोटर की खिड़कियों में से बाहर उछलकर दूर तक पीछे की जानिब उसकी हँसी लुढ़कती चली गई। शहाब ने जब एक बार फिर उसकी कमर की तरफ़ हाथ बढ़ाया तो वह दोहरी हो गई और हँसते-हँसते उसका बुरा हाल हो गया—अनवर कोने में दुबका पड़ा बैठा रहा और अपने मुँह में थूक पैदा करने की कोशिश करता रहा।

शहाब के दिलो-दिमाग़ में शोख़ रंग भर गए। उसने किफ़ायत से कहा : "वल्लाह, बड़ी करारी लौंडिया है..." यह कहकर उसने ज़ोर से सरिता की रान में चुटकी भर ली।

सरिता ने इसके जवाब में अनवर का कान हौले-से मरोड़ दिया, शायद इसलिए कि वह उसके बिलकुल पास था—मोटर में क़हक़हे उबलने लगे।

किफ़ायत बार-बार मुड़-मुड़कर देख रहा था, हालाँकि उसे अपने सामने लगे छोटे-से आईने में सब कुछ दिखाई दे रहा था—क़हक़हों के ज़ोर का साथ देने की ख़ातिर उसने मोटर की रफ़्तार तेज़ कर दी।

---

1. शिष्टाचार, 2. शहर के पास की बस्ती, 3. सिर से पैर तक।

सरिता का जी चाहा कि वह बाहर, सामने, मोटर के मुँह पर बैठ जाए, वहाँ, जहाँ हवा के टकराव से काँपती हुई परी फँसी पड़ी थी—वह आगे की तरफ़ झुकी हुई थी; शहाब ने उसे छेड़ा तो सँभलने की ख़ातिर उसने किफ़ायत के गले में बाँहें हमाइल[1] कर दीं; किफ़ायत ने ग़ैरइरादी तौर पर उसके हाथ चूम लिये; एक सनसनी-सी उसके जिस्म में दौड़ गई और वह फाँदकर अगली सीट पर किफ़ायत के पास बैठ गई और उसकी टाई से खेलने लगी : "तुम्हारा नाम क्या है?" उसने किफ़ायत से पूछा।

"मेरा नाम?" किफ़ायत ने कहा : "मेरा नाम किफ़ायत है।" यह कहकर उसने दस रुपए का एक नोट सरिता के हाथ में थमा दिया।

सरिता ने उसके नाम की तरफ़ कोई तवज्जोह[2] न दी और नोट अपनी चोली में उड़सकर बच्चों की तरह ख़ुश होकर कहा : "तुम बहुत अच्छे आदमी हो...तुम्हारी यह टाई बहुत अच्छी है।" उस वक़्त सरिता को हर शै अच्छी नज़र आ रही थी, वह चाहती थी कि जो कुछ बुरा है, अच्छा हो जाए और...और फिर ऐसा हो...कि मोटर तेज़ी से दौड़ती रहे और हर शै हवाई बगूला बन जाए, एकदम उसका जी चाहा कि गाए—उसने किफ़ायत की टाई छोड़ दी और गाना शुरू कर दिया : "तुम्हीं ने मुझको प्रेम सिखाया...सोए हुए हृदय को जगाया..." कुछ देर वह यह फ़िल्मी गीत गाती रही, फिर एकदम पिछली सीट की तरफ़ घूम गई और अनवर को गुमसुम देखकर कहने लगी : "तुम चुपचाप क्यों बैठे हो...कोई बात करो, कोई गीत गाओ..." यह कहती हुई वह उचककर पिछली सीट पर चली गई और फिर शहाब के बालों में अपनी उँगलियों से कंघी करने लगी : "आओ, हम दोनों गाएँ...तुम्हें याद है वह गाना, जो देविका रानी ने गाया था...मैं बन की चिड़िया बन के बन-बन डोलूँ रे—देविका रानी कितनी अच्छी हैं..." उसने दोनों हाथ जोड़कर अपनी ठोड़ी के नीचे रख लिये और आँखें झपकाते हुए कहा : "देविका रानी और अशोक कुमार पास-पास खड़े थे...देविका रानी कहती थी—मैं बन की चिड़िया बन के बन-बन डोलूँ रे...और अशोक कुमार कहता था...तुम कहो ना..." सरिता ने गाना शुरू कर दिया : "मैं बन की चिड़िया बन के बन-बन डोलूँ रे..."

शहाब ने अपनी भद्दी आवाज़ बुलन्द की—"मैं बन का पंछी बन के बन-बन डोलूँ रे..."

---

1. डालना, 2. ध्यान।

और फिर बाक़ायदा ड्यूएट[1] शुरू हो गया, किफ़ायत ने हॉर्न बजाकर ताल का साथ दिया, सरिता ने तालियाँ बजानी शुरू कर दीं—सरिता का बारीक सुर, शहाब की फटी हुई आवाज़, हॉर्न की पों-पों, हवा की साँय-साँय और मोटर के इंजन की फड़फड़ाहट, सब मिल-जुलकर एक आरकेस्ट्रा बन गए।

सरिता ख़ुश थी, शहाब ख़ुश था, किफ़ायत ख़ुश था...इन सबको ख़ुश देखकर अनवर को भी ख़ुश होना पड़ा; वह दिल में बहुत शर्मिन्दा हुआ कि उसने ख़्वाहमख़्वाह अपने को क़ैद कर रखा है; उसके बाज़ुओं में हरकत पैदा हुई, उसके सोए हुए जज़्बात ने अँगड़ाइयाँ लीं और वह सरिता, शहाब और किफ़ायत की शोर-अफ़शाँ[2] ख़ुशियों में शरीक होने के लिए तैयार हो गया।

गाते-गाते सरिता ने अनवर के सिर पर से उसका हैट उतारकर अपने सिर पर रख लिया, जो बेध्यानी में अनवर ने पहन लिया था...यह देखने के लिए कि हैट उसके सिर पर कैसा लगता है, सरिता उचककर अगली सीट पर चली गई और नन्हे-से आईने में अपना हैट से ढका हुआ सिर और चेहरा देखने लगी।

अनवर सोचने लगा, क्या वह मोटर में शुरू ही से हैट पहने बैठा है।

सरिता ने ज़ोर से किफ़ायत की मोटी रान पर तमाचा मारा : "अगर मैं तुम्हारी पतलून पहन लूँ और कमीज़ पहनकर तुम्हारी-जैसी टाई लगा लूँ तो क्या मैं पूरा साहब न बन जाऊँगी?"

किफ़ायत की समझ में कुछ न आया कि वह क्या कहे, क्या करे—उसने यूँ ही अनवर से कहा : "अनवर, वल्लाह तुम निरे चुग़द हो..."

अनवर ने महसूस किया कि वह वाकई बहुत बड़ा चुग़द है।

किफ़ायत ने सरिता से पूछा : "तुम्हारा नाम क्या है?"

"मेरा नाम?" सरिता ने हैट के फ़ीते को अपनी ठोढ़ी के नीचे जमाते हुए कहा : "मेरा नाम सरिता है।"

शहाब पिछली सीट से बोला : "सरिता, तुम लड़की नहीं फुलझड़ी हो।"

अनवर ने कुछ कहना चाहा, मगर कुछ कह न सका।

सरिता ने ऊँचे सुरों में गाना शुरू कर दिया : "प्रेम नगर में बनाऊँगी घर मैं...तज के सब सन-सा-आ-र..."

किफ़ायत और शहाब के दिल में बयक-वक़्त यह ख़्वाहिश पैदा हुई कि उनकी यह मोटर यूँ ही सारी उम्र चलती रहे।

---

1. युगल गीत, 2. शोर बिखेरती।

अनवर फिर सोच रहा था कि वह चुग़द नहीं है, तो क्या है।

'प्रेम नगर में बनाऊँगी घर मैं...तज के सब सन-सा-आ-र' के टुकड़े देर तक उड़ते रहे।

सरिता के बाल, जो उसकी ढीली चोटी की गिरफ़्त से अब आज़ाद हो गए थे, यूँ लहरा रहे थे, जैसे गाढ़ा धुआँ हवा के दबाव से बिखर रहा हो—वह ख़ुश थी।

शहाब ख़ुश था, किफ़ायत ख़ुश था और अब अनवर फिर ख़ुश होने का इरादा कर रहा था।

गीत ख़त्म हुआ तो सबको थोड़ी देर के लिए महसूस हुआ कि जो ज़ोर की बारिश हो रही थी, एकाएक थम गई है। किफ़ायत ने सरिता से कहा : ''कोई और गीत गाओ।''

सरिता ने गाना शुरू कर दिया : ''मोरे अँगना में आए आली...मैं चाल चलूँ मतवाली...''

मोटर भी मतवाली चाल चल रही थी।

आख़िरकार सड़क के सारे पेच ख़त्म हो गए और समन्दर का किनारा आ गया।

दिन ढल रहा था और समन्दर से आनेवाली हवा ख़ुनुकी इख़्तियार[1] कर रही थी।

मोटर रुकी तो सरिता ने हैट उतारकर सीट पर रख दिया और दरवाज़ा खोलकर बाहर निकल आई; फिर उसने साहिल[2] के साथ-साथ बेमक़सद दौड़ना शुरू कर दिया।

किफ़ायत और शहाब भी दौड़ने लगे।

खुली फ़ज़ा में, बेपायाँ समन्दर के पास, ताड़ के ऊँचे-ऊँचे पेड़ों तले, गीली-गीली रेत पर सरिता समझ न सकी कि वह क्या चाहती है, उसका जी चाह रहा था कि बयकवक़्त[3] फ़ज़ा में घुल जाए, समन्दर में फैल जाए, इतनी ऊँची उठ जाए कि ताड़ के दरख़्तों को ऊपर से देख सके, साहिल की रेत की सारी नमी पैरों के ज़रिए अपने अन्दर जज़्ब[4] कर ले और फिर...और फिर...वही मोटर हो, वही उड़ानें, वही तेज़-तेज़ झोंके और वही मुसलसल[5] पौं-पौं—वह बहुत ख़ुश थी।

---

1. धारणा, 2. किनारा, 3. उसी समय, एक ही समय, 4. सोख लिया जाना, 5. निरन्तर।

जब तीनों हैदराबादी नौजवान साहिल की गीली-गीली रेत पर बैठकर बीयर पीने की तैयारी करने लगे तो किफ़ायत के हाथ से सरिता ने बोतल छीन ली : "ठहरो, मैं डालती हूँ..." उसने इस तरह गिलास में बीयर उँडेली कि झाग ही झाग पैदा हो गए; वह यह तमाशा देखकर बहुत ख़ुश हुई, साँवले-साँवले झागों में उसने अपनी एक उँगली खुबोई और अपने मुँह में डाल ली; जब कड़वाहट महसूस हुई तो बुरा मुँह बनाया।

किफ़ायत और शहाब बेइख़्तियार हँस पड़े--अनवर भी हँस रहा था।

बीयर की छह बोतलें कुछ तो झाग बनकर साहिल की रेत में जज़्ब हो गईं और कुछ किफ़ायत, शहाब और अनवर के पेट में चली गईं।

सरिता गाती रही।

अनवर ने एक बार निगाहें जमाकर सरिता की तरफ़ देखा—उसे महसूस हुआ कि वह बीयर की बनी हुई है; उसके साँवले गाल समन्दर की नम आलूद हवा के मस[1] से गीले हो रहे थे, वह बेहद मसरूर[2] थी...अब अनवर भी ख़ुश था; उसके दिल में यह ख़्वाहिश पैदा हो रही थी कि समन्दर का सारा पानी बीयर बन जाए और वह उसमें गोते लगाए, सरिता उसमें डुबकियाँ ले।

सरिता ने एक-एक ख़ाली बोतल अपने दोनों हाथों में थामी और धीरे-से एक दूसरी से टकरा दी; झंकार पैदा हुई तो उसने ज़ोर-ज़ोर से हँसना शुरू कर दिया—किफ़ायत, शहाब और अनवर भी हँसने लगे।

हँसते-हँसते सरिता ने किफ़ायत से कहा : "आओ मोटर चलाएँ..."

सब उठ खड़े हुए।

ख़ाली बोतलें गीली-गीली रेत पर औंधी पड़ी रह गईं और वे सब भागकर मोटर में बैठ गए।

फिर वही हवा के तेज़-तेज़ झोंके आने लगे—वही मुसलसल पौं-पौं शुरू हो गई, वही सरिता के गाढ़ा धुआँ-से बाल बिखरने लगे-गीतों का सिलसिला फिर शुरू हो गया।

मोटर हवा में आरे की तरह चलती रही और सरिता गाती रही—वह पिछली सीट पर शहाब और अनवर के दरमियान बैठी हुई थी; अनवर ऊँघ रहा था; उसने शरारत से शहाब के बालों में अपने दाएँ हाथ की उँगलियों से कंघी करना शुरू कर दी और वह उसके देखते-देखते सो गया; उसने अनवर की

1. स्पर्श, 2. प्रसन्नचित्त।

तरफ़ रुख़ किया तो उसे भी सोया हुआ पाया—वह दोनों के बीच में से उठकर अगली सीट पर किफ़ायत के पास बैठ गई और आवाज़ दबाकर हौले-से कहने लगी : "आपके दोनों दोस्तों को सुला आई हूँ...अब आप भी सो जाइए..."

किफ़ायत मुस्कराया : "फिर मोटर कौन चलाएगा?"

सरिता भी मुस्कराई : "अपने-आप चलती रहेगी!"

फिर वह बाज़ार आ गया, जहाँ किशोरी ने सरिता को मोटर के अन्दर दाख़िल किया था, फिर वह दीवार आ गई, जहाँ 'यहाँ पेशाब करना मना है' का बोर्ड लगा हुआ था।

सरिता ने कहा : "बस यहाँ रोक लो।"

मोटर रुकी ही थी और पेशतर इसके कि किफ़ायत कुछ सोच सकता या कह सकता, सरिता मोटर से बाहर निकल चुकी थी, उसने इशारे से सलाम किया और गली की तरफ़ चल दी।

किफ़ायत हैंडिल पर हाथ रखे सरिता को जाते हुए देख रहा था और साथ ही अपने ज़ेहन में सारी शाम को ताज़ा करने की कोशिश कर रहा था कि सरिता के क़दम रुक गए, वह मुड़ी, उसकी तरफ़ बढ़ी, क़रीब पहुँची और चोली में से दस रुपए का नोट निकालकर उसने किफ़ायत के पास सीट पर रख दिया।

किफ़ायत ने हैरत से नोट की तरफ़ देखा और कहा : "सरिता, यह क्या..."

"यह रुपए...लेकिन किस बात के?" यह कहकर वह फ़ुर्ती से दौड़ गई।

किफ़ायत सीट के गद्दे पर पड़े हुए नोट की तरफ़ देखता रह गया—फिर उसने मुड़कर पिछली सीट की तरफ़ देखा—शहाब और अनवर भी नोट की तरह पड़े हुए थे।

ख़ुशिया

ख़ुशिया सोच रहा था।

बनवारी से काले तम्बाकूवाला पान लेकर वह बनवारी की दुकान के साथ लगे उस संगीन चबूतरे पर बैठा हुआ था, जो दिन के वक़्त टायरों और मोटरों के मुख़्तलिफ़ पुर्ज़ों से भरा होता था; रात के साढ़े आठ बजे के क़रीब मोटर के पुर्ज़े और टायर बेचनेवालों की वह दुकान बन्द हो जाती थी और दुकान का संगीन चबूतरा ख़ुशिया के लिए ख़ाली हो जाता था।

वह काले तम्बाकूवाला पान आहिस्ता-आहिस्ता चबा रहा था और सोच रहा था।

पान की गाढ़ी तम्बाकू मिली पीक उसके मुँह में इधर-उधर फिसल रही थी...उसे ऐसा लग रहा था कि उसके ख़यालात दाँतों तले पिसकर उस पीक में घुल रहे हैं...शायद यही वजह थी कि वह पीक फेंकना नहीं चाहता था।

वह पान की पीक मुँह में पुलपुला रहा था और उस वाक़िए पर ग़ौर कर रहा था, जो उसके साथ पेश आया था, बस कोई आध घंटा पहले।

मामूल के मुताबिक़ उस चबूतरे पर बैठने से पहले उसे खेतवाड़ी की पाँचवीं गली में जाना पड़ा था...उसी गली के नुक्कड़ पर मंगलौर से आई नई छोकरी कांता रहती थी, ख़ुशिया से किसी ने कहा था कि वह अपना मकान तब्दील कर रही है और वह इसी बात का पता लगाने के लिए वहाँ गया था।

उसने कांता की खोली का दरवाज़ा खटखटाया था और अन्दर से आवाज़ आई थी : "कौन है ?"

ख़ुशिया ने कहा था : "मैं ख़ुशिया..."

आवाज़ शायद पिछले कमरे से आई थी...थोड़ी देर के बाद दरवाज़ा खुला था और वह अन्दर दाख़िल हुआ था।

जब कांता ने दरवाज़ा अन्दर से बन्द किया था तो ख़ुशिया ने मुड़कर देखा था और उसकी हैरत की कोई इंतिहा न रही थी...कांता नंगी खड़ी थी, बिलकुल नंगी; वह अपने जिस्म को सिर्फ़ एक तौलिए से छिपाए हुए थी, छुपाए हुए भी क्या कि छुपाने की जितनी चीज़ें होती हैं, वह तो सबकी-सब ख़ुशिया की हैरतज़दा आँखों के सामने थीं।

"कहो ख़ुशिया, कैसे आए... ? मैं नहाने ही वाली थी...बैठो-बैठो... बाहरवाले से अपने लिए चाय तो कह आए होते...तुम तो जानते ही हो, वह मुआ रामा यहाँ से भाग गया है..."

ख़ुशिया, जिसकी आँखों ने कभी किसी औरत को यूँ अचानक तौर पर नंगा नहीं देखा था, बहुत घबरा गया था—उसकी समझ में नहीं आया था कि वह क्या करे; उसकी आँखें जो यकायक उरयानी से दो-चार हो गई थीं, अपने आप को कहीं छुपाना चाहती थीं।

उसने जल्दी-जल्दी सिर्फ़ इतना कहा था : "जाओ...जाओ तुम नहा लो..." फिर एकदम उसकी ज़बान खुल गई थी : "पर जब तुम नंगी थीं तो दरवाज़ा खोलने की क्या ज़रूरत थी...अन्दर से ही कह दिया होता, मैं फिर आ जाता...जाओ तुम नहा लो..."

उसकी बात सुनकर कांता मुस्कराई थी : "जब तुमने कहा, खुशिया, तो मैंने सोचा, हरज क्या है, अपना ख़ुशिया ही तो है...और मैंने दरवाज़ा खोल दिया!"

कांता की वह मुस्कराहट अभी तक उसके दिलो-दिमाग़ में तैर रही थी; कांता का नंगा जिस्म अब भी मोम के पुतले की मानिंद उसकी आँखों के सामने खड़ा था और पिघल-पिघलकर उसके अन्दर दाख़िल हो रहा था।

कांता का जिस्म ख़ूबसूरत था...पहली मर्तबा ख़ुशिया को मालूम हुआ था कि जिस्म बेचनेवाली औरतें भी ऐसा सुडौल बदन रखती हैं और उसे इस बात पर हैरत हुई थी; लेकिन उसे इस बात पर ज़्यादा ताज्जुब हुआ था कि कांता नंग-धड़ंग उसके सामने खड़ी हो गई थी और उसको लाज तक न आई थी...कांता ने कहा था : 'जब तुमने कहा, ख़ुशिया, तो मैंने सोचा, हरज क्या है, अपना ख़ुशिया ही तो है...और मैंने दरवाज़ा खोल दिया।'

कांता और ख़ुशिया एक ही पेशे में शरीक थे...वह कांता का दल्लाल था, यूँ वे एक-दूसरे के बहुत क़रीब थे; लेकिन यह कोई ऐसी वजह नहीं थी कि कांता उसके सामने नंगी खड़ी हो जाती।

वह कांता के अल्फ़ाज़ में कोई और ही मतलब कुरेद रहा था, वह मतलब बयक वक़्त इस क़दर साफ़ और इस क़दर मुबहम[1] था कि वह किसी ख़ास नतीजे पर पहुँच नहीं पा रहा था।

उसने कांता का नंगा जिस्म देखा था, जो ढोलकी पर मढ़े हुए चमड़े की तरह तना हुआ था, उसकी लुढ़कती हुई निगाहों से बिलकुल बेपरवा; कई बार हैरत के आलम में उसने कांता के साँवले-सलोने जिस्म पर टोह लेनेवाली निगाहें गाड़ी थीं, मगर कांता का एक रुआँ तक भी न काँपा था; वह साँवले पत्थर की मूर्ति के मानिंद उसके सामने खड़ी रही थी, हर एहसास से आरी[2]।

एक मर्द के सामने एक नंगी औरत खड़ी थी; मर्द, जिसकी निगाहें तो कपड़ों में ढकी-छुपी औरत के जिस्म तक पहुँच जाती हैं और जो ख़याल ही ख़याल में, परमात्मा जाने, कहाँ-कहाँ पहुँच जाता है...लेकिन कांता ज़रा भी न घबराई थी; उसकी आँखें जैसे उसी वक़्त लांड्री से धुलकर आई थीं...कांता को थोड़ी-सी लाज तो आनी चाहिए थी; ज़रा-सी सुर्ख़ी तो उसके दीदों में पैदा होनी चाहिए थी; वह कसबी है तो क्या हुआ; पर कसबियाँ यूँ नंगी तो नहीं खड़ी हो जातीं...

ख़ुशिया को दल्लाली करते हुए दस बरस हो गए थे। इन दस बरसों में वह पेशा करनेवाली लड़कियों के तमाम राज़ों से वाक़िफ़ हो चुका था...उसे मालूम था कि पाए धोनी के आख़िरी सिरे पर जो छोकरी एक नौजवान को भाई बनाकर रहती है, इसलिए 'अछूत कन्या' का रेकार्ड 'काहे करता मूरख प्यार' अपने टूटे हुए बाजे पर बजाया करती है कि उसे अशोक कुमार से बहुत बुरी तरह इश्क़ है और कई मनचले अशोक कुमार से उसकी मुलाक़ात कराने का झाँसा देकर अपना उल्लू सीधा कर चुके हैं...उसे मालूम था कि दादर में जो पंजाबन रहती है, सिर्फ़ इसलिए कोट-पतलून पहनती है कि उसके एक यार ने कहा था : 'तेरी टाँगें तो बिलकुल उस अंग्रेज ऐक्ट्रेस की तरह हैं, जिसने 'मराको उर्फ़ ख़ूने-तमन्ना' में काम किया है...' उसने कई बार यह फ़िल्म देखी थी और जब उसके यार ने कहा था : 'मारलेन डेट्रेच इसलिए पतलून पहनती है कि उसकी टाँगें बहुत ख़ूबसूरत हैं और उसने अपनी टाँगों का दो लाख का बीमा करा रखा है...' तो उसने पतलून पहननी शुरू कर दी थी, जो उसके चूतड़ों में बहुत फँसकर आती थी...उसे यह भी मालूम था कि

1. अस्पष्ट, 2. रिक्त, खाली।

मज़गाँववाली दक्षिणी छोकरी सिर्फ़ इसलिए कॉलेज के ख़ूबसूरत लौंडों को फाँसती है कि उसे एक ख़ूबसूरत बच्चे की माँ बनने का शौक़ है; उसको यह भी पता था कि वह कभी अपनी ख़्वाहिश पूरी न कर सकेगी, इसलिए कि वह बाँझ है...उसे यह भी मालूम था कि उस काली मद्रासन का, जो हर वक़्त कानों में हीरे की बूटियाँ पहने रहती है, रंग कभी सफ़ेद नहीं होगा, वह उन दवाओं पर बेकार रुपया बर्बाद कर रही है, जो वह अपना रंग सफ़ेद करने के लिए आए दिन ख़रीदती रहती है...उसको उन तमाम छोकरियों का अन्दर-बाहर का हाल मालूम था, जो उसके हलक़े में शामिल थीं; मगर यह बात उसके ध्यान में कभी आ ही नहीं सकती थी कि एक दिन कांता कुमारी, जिसका असली नाम इतना मुश्किल था कि वह उम्र भर याद नहीं कर सकता था, यूँ उसके सामने नंगी खड़ी हो जाएगी और उसको ज़िन्दगी के सबसे बड़े ताज्जुब में डाल देगी।

ख़ुशिया सोच रहा था; सोचते-सोचते उसके मुँह में पान की पीक इस क़दर जमा हो गई थी कि अब वह मुश्किल से छालिया के नन्हे-नन्हे रेज़ों को चबा सकता था, जो उसके दाँतों की रेखों में से इधर-उधर फिसल जाते थे।

उसके तंग माथे पर पसीने की नन्ही-नन्ही बूँदें नमूदार हो गई थीं, जैसे मलमल में पनीर को आहिस्ता-आहिस्ता से दबा दिया गया हो...जब वह कांता के नंगे जिस्म को अपने तसव्वुर में लाता था तो उसके मर्दाना वक़ार[1] को धक्का-सा लगता था और उसे महसूस होता था, जैसे उसका अपमान हुआ है।

एकदम उसने अपने-आप से कहा : 'यह अपमान नहीं तो क्या है...एक छोकरी नंग-धड़ंग तुम्हारे सामने खड़ी हो जाती है और कहती है—हरज ही क्या है, तुम ख़ुशिया ही तो हो... ख़ुशिया न हुआ, साला वह बिल्ला हो गया, जो हर वक़्त तुम्हारे बिस्तर पर ऊँघता रहता है...तो और क्या... ?'

अब उसे यक़ीन हो गया कि सचमुच उसकी हतक हुई है...वह मर्द था और उसको इस बात की ग़ैर महसूस तरीक़ पर तवक़्क़ो[2] थी कि औरतें, ख़्वाह वह शरीफ़ हों या बाज़ारी, उसे मर्द ही समझेंगी, और उसके और अपने दरमियान वह परदा क़ायम रखेंगी, जो एक मुद्दत से चला आ रहा है...वह तो सिर्फ़ यह पता लगाने कांता के यहाँ गया था कि वह कब मकान तब्दील कर रही है और कहाँ जा रही है ?

---

1. प्रतिष्ठा, 2. आशा।

कांता के पास उसका जाना अक्सर बिज़नेस से मुताल्लिक़ था...अगर वह कांता की बाबत सोचता कि जब वह उसका दरवाज़ा खटखटाएगा, उस वक़्त वह अन्दर क्या कर रही होगी तो उसके तसव्वुर में ज़्यादा से ज़्यादा इतनी बातें आतीं : सिर पर पट्टी बाँधे लेटी हुई होगी; बिल्ले के बालों में से पिस्सू निकाल रही होगी; उस बाल सफ़ा पाउडर से अपनी बग़लों के बाल उड़ा रही होगी, जो इतनी बास मारता है कि उसकी नाक बर्दाश्त नहीं कर सकती; ताश फैलाए पलंग पर अकेली बैठी पेशेंस खेलने में मशग़ूल होगी...बस इतनी बातें थीं, जो उसके ज़ेहन में आ सकती थीं...अपने घर में किसी को वह रखती नहीं थी, इसलिए उस बात का ख़याल तो आ ही नहीं सकता था...लेकिन कांता का दरवाज़ा खटखटाते हुए उसने कुछ भी न सोचा था, वह तो वहाँ काम से गया था; और कांता, वह कांता, जिसको वह हमेशा कपड़ों में देखा करता था, अचानक उसके सामने बिलकुल नंगी खड़ी थी, बिलकुल नंगी कि एक छोटा-सा तौलिया तो कुछ भी नहीं छुपा सकता : उसने महसूस किया था जैसे वह ख़ुद नंगा हो गया है...अगर बात सिर्फ़ इतनी होती तो वह अपनी हैरत किसी न किसी हीले से दूर कर लेता, लेकिन उसने तो कहा था : 'जब तुमने कहा, ख़ुशिया, तो मैंने सोचा, हरज क्या है, अपना ख़ुशिया ही तो है...और मैंने दरवाज़ा खोल दिया...।' और यही बात उसे खाए जा रही थी।

'साली मुस्करा रही थी...' वह बार-बार बड़बड़ा रहा था...वह महसूस कर रहा था कि कांता का जिस्म ही नहीं, उसकी मुस्कराहट भी नंगी थी।

उसे बार-बार बचपन के वह दिन याद आ रहे थे, जब पड़ोस की एक औरत उससे कहा करती थी : 'ख़ुशिया बेटा, जा दौड़ के जा, यह बाल्टी पानी से भर ला...', जब वह बाल्टी भर के लाया करता था तो वह औरत धोती के परदे के पीछे से कहा करती थी : 'इधर आ के मेरे पास रख दे...मैंने मुँह पर साबुन मला हुआ है, मुझे कुछ सुझाई नहीं देता...' वह धोती का परदा हटाकर बाल्टी उस औरत के पास रख दिया करता था और उसे साबुन की झाग में लिपटी एक नंगी औरत नज़र आया करती थी, मगर उसके दिल में किसी क़िस्म का हैजान पैदा नहीं होता था : 'तब मैं बच्चा था, बिलकुल भोला-भाला। बच्चे और मर्द में बहुत फ़र्क़ होता है...बच्चों से कौन पर्दा करता है...मगर अब तो मैं पूरा मर्द हूँ...मेरी उम्र इस वक़्त अट्ठाइस बरस के क़रीब है और अट्ठाइस बरस के जवान आदमी के सामने तो कोई बूढ़ी औरत भी नंगी खड़ी नहीं होती...।'

ख़ुशिया की सोच उसकी उलझन बन गई थी...कांता ने उसे समझा क्या है, क्या उसमें वह तमाम बातें नहीं हैं, जो एक जवान मर्द में होती हैं। इसमें कोई शक नहीं कि वह कांता को यकबयक नंग-धड़ंग देखकर बहुत घबरा गया था, लेकिन चोर निगाहों से क्या उसने कांता की उन चीज़ों का जाइज़ा नहीं लिया था, जो हर रोज़ के इस्तेमाल के बावजूद अभी अपनी असली हालत पर क़ायम थीं; क्या परेशान होने के बावजूद उसके दिमाग़ में यह ख़याल नहीं आया था कि दस रुपए में कांता बिलकुल महँगी नहीं; क्या उसने नहीं सोचा था कि दशहरे के दिन बैंक का वह मुंशी, जो दस रुपए की रिआयत न मिलने पर वापस चला गया था, गधा था; क्या एक लम्हे के लिए उसके तमाम पट्ठों में एक अजीब क़िस्म का खिंचाव पैदा नहीं हो गया था; क्या उसने ऐसी अँगड़ाई नहीं लेनी चाही थी कि उसकी हड्डियाँ तक चटख़ने लगें; फिर क्यों मंगलौर की उस साँवली छोकरी ने उसको मर्द न समझा और ख़ुशिया समझकर अपना सब कुछ देखने दिया।

उसने ग़ुस्से में आकर पान की गाढ़ी पीक थूक दी और फ़ुटपाथ पर कई बेल-बूटे बना दिए...पीक थूककर वह उठा और ट्राम में बैठकर अपने घर चला गया।

घर पहुँचते ही उसने नहा-धोकर नई धोती पहनी, नया कुर्ता पहना...उसी बिल्डिंग में जहाँ वह रहता था, एक सैलून था; उसने अन्दर जाकर आईने के सामने अपने बालों में कंघी की, फिर फ़ौरन ही उसे कुछ ख़याल आया तो वह कुर्सी पर बैठ गया; उस रोज़ वह दूसरी मर्तबा दाढ़ी मुँड़वाने बैठा था।

हज्जाम ने कहा : "अरे भई ख़ुशिया, भूल गए क्या? सुबह ही तो मैंने तुम्हारी दाढ़ी मूँड़ी थी।"

उसने बड़ी मतानत से अपनी दाढ़ी पर उलटे रुख़ हाथ फेरते हुए कहा : "यार, खूँटी कुछ अच्छी तरह नहीं निकली थी।"

अच्छी तरह खूँटी निकलवाकर और चेहरे पर पाउडर मलवाकर वह सैलून से बाहर निकला।

सामने ही टैक्सियों का अड्डा था...उसने बम्बई के मख़्सूस अन्दाज़ में 'छी छी' करके एक टैक्सी ड्राइवर को अपनी तरफ़ मुतवज्जेह किया और हाथ के इशारे से टैक्सी लाने के लिए कहा।

जब वह टैक्सी में बैठ गया तो ड्राइवर ने मुड़कर उससे पूछा : ''कहाँ जाना है सेठ?''

टैक्सी ड्राइवर के उन चार लफ़्ज़ों ने, ख़ास तौर पर 'सेठ' ने उसको बहुत मसरूर[1] किया...मुस्कराकर उसने बड़े दोस्ताना लहज़े में जवाब दिया : ''वह भी बताएँगे...पहले तुम ओपेरा हाउस की तरफ़ चलो, लेमिंगटन से होते हुए।''

ड्राइवर ने मीटर की लाल झंडी का सिर नीचे दबा दिया, टन-टन हुई और फिर टैक्सी ने लेमिंगटन रोड का रुख़ इख़्तियार कर लिया।

जब लेमिंगटन रोड का सिरा आ गया तो उसने ड्राइवर को हिदायत दी : ''बाएँ हाथ को मोड़ लो।''

टैक्सी बाएँ हाथ को मुड़ गई...अभी ड्राइवर ने गियर भी न बदला था कि उसने कहा : ''यह सामनेवाले खम्बे के पास रोक लेना ज़रा।''

ड्राइवर ने ऐन खम्बे के पास टैक्सी रोक ली।

ख़ुशिया ने दरवाज़ा खोला और सामने की पान की दुकान पर चला गया...उसने एक पान लिया और फिर एक आदमी से, जो पान की दुकान के पास ही खड़ा था, चन्द बातें कीं; फिर उस आदमी को उसने टैक्सी में अपने साथ बिठा लिया और ड्राइवर से कहा : ''सीधा चलो...''

टैक्सी देर तक चलती रही... ख़ुशिया ने जिधर इशारा किया, ड्राइवर ने टैक्सी उधर घुमा दी।

आख़िर मुख़्तलिफ़ पुररौनक बाज़ारों में से गुज़रने के बाद टैक्सी एक नीम रौशन गली में दाख़िल हुई...गली में आमदो-रफ़्त बहुत कम थी; कुछ लोग सड़क किनारे बिस्तर जमाए लेटे हुए थे, कुछ लोग बड़े इत्मीनान से चंपी करा रहे थे...टैक्सी जब उन चंपी करानेवालों से आगे निकल गई और गली के नुक्कड़ पर काठ के एक बँगलेनुमा मकान के पास पहुँच गई तो ख़ुशिया ने ड्राइवर को ठहरने के लिए कहा : ''बस अब यहाँ रुक जाओ।''

जब टैक्सी रुक गई तो ख़ुशिया ने उस आदमी को, जिसे वह पान की दुकान से अपने साथ बिठा लाया था, आहिस्ता से कहा : ''जाओ...मैं यहीं इन्तज़ार करता हूँ।''

वह आदमी बेवकूफ़ों की तरह ख़ुशिया की तरफ़ देखता हुआ टैक्सी से बाहर निकला और सामनेवाले चोबी मकान में दाख़िल हो गया।

---

1. ख़ुश, प्रसन्नचित्त।

ख़ुशिया जमकर बैठ गया...उसने अपनी एक टाँग दूसरी टाँग पर रखकर जेब से बीड़ी निकाली और सुलगाई, फिर एक-दो कश लेने के बाद ही सड़क पर फेंक दी।

वह बहुत मुज़्तरिब[1] था; उसके सीने में फड़फड़ाहट-सी हो रही थी; उसे ऐसा लगा कि ड्राइवर ने बेकार ही टैक्सी का इंजन चला रखा है...उसने तेज़ी से कहा : "क्यों बेकार को इंजन चालू कर रखा है तुमने?"

ड्राइवर ने मुड़कर ख़ुशिया की तरफ़ देखा और कहा : "सेठ, इंजन तो बन्द है!"

जब ख़ुशिया को अपनी ग़लती का एहसास हुआ तो उसका इज़्तिराब[2] और भी बढ़ गया और उसने कुछ कहने की बजाय अपने होंठ चबाने शुरू कर दिए; फिर एकाएक उसने अपने सिर पर वह कश्तीनुमा टोपी पहन ली, जो अब तक उसने अपनी बग़ल में दबा रखी थी। उसने ड्राइवर का शाना हिलाया और कहा : "देखो, अभी एक छोकरी आएगी...ज्यों ही वह अन्दर दाख़िल हो, तुम टैक्सी चला देना... घबराने की कोई बात नहीं...मामला ऐसा-वैसा नहीं है।"

इतने में सामने के चोबी मकान में से दो लोग बाहर निकले; आगे-आगे वह आदमी था, जो ख़ुशिया के साथ आया था और पीछे-पीछे कांता थी...कांता ने शोख़ रंग की साड़ी पहन रखी थी।

ख़ुशिया झट से दाएँ कोने की तरफ़ सरक गया।

उस आदमी ने टैक्सी का पिछला बायाँ दरवाज़ा खोला और कांता को अन्दर दाख़िल करके एक धक्के से दरवाज़ा बन्द कर दिया।

कांता अभी ठीक तरह से बैठ भी न पाई थी कि उसकी हैरत-भरी आवाज़, जो चीख़ से मिलती-जुलती थी, टैक्सी के अँधेरे में उभरी : "ख़ुशिया तुम... ?"

"हाँ मैं...तुम्हें रुपए मिल गए हैं ना?" फिर ख़ुशिया ने अपनी मोटी आवाज़ में कहा : "देखो ड्राइवर, टैक्सी जुहू ले चलो...।"

ड्राइवर ने सेल्फ़ दबाया तो इंजन फड़फड़ाया...कांता ने क्या कहा, ख़ुशिया ने क्या सुना, कुछ पता नहीं...टैक्सी एक धचके के साथ आगे बढ़ी और उस आदमी को सड़क के बीच हैरतज़दा छोड़कर नीम रोशन गली में ग़ायब हो गई।

इसके बाद कभी किसी ने ख़ुशिया को मोटर के पुर्ज़ों की दुकान के संगीन चबूतरे पर नहीं देखा।

---

1. व्याकुल, 2. व्याकुलता।

हतक

दिन-भर की थकी-माँदी वह अभी-अभी अपने बिस्तर पर लेटी थी और लेटते ही सो गई थी।

म्युनिसिपल कमेटी का दारोग़ा-ए-सफ़ाई, जिसे वह सेठ जी के नाम से पुकारा करती थी, अभी-अभी उसकी हड्डियाँ-पसलियाँ झँझोड़कर, शराब के नशे में चूर, घर वापस गया था—वह रात को वहीं ठहर जाता मगर उसे अपनी धर्मपत्नी का बहुत ख़याल था, जो उससे बेहद प्रेम करती थी।

वह रुपए, जो उसने अपनी जिस्मानी मशक़्क़त[1] के बदले उस दारोग़ा से वुसूल किए थे उसकी चुस्त और थूक से भरी चोली के नीचे से ऊपर को उभरे हुए थे; कभी-कभी साँस के उतार-चढ़ाव से चाँदी के यह सिक्के खनखनाने लगते, तो उनकी खनखनाहट उसके दिल की ग़ैर आहंग[2] धड़कनों में घुल-मिल जाती; ऐसा मालूम होता कि इन सिक्कों की चाँदी पिघलकर उसके दिल के ख़ून में टपक रही है।

उसका सीना अन्दर से तप रहा था—यह गर्मी कुछ तो उस ब्रांडी के बायस थी, जिसका अद्धा दारोग़ा अपने साथ लाया था और कुछ उस बेवड़ा[3] का नतीजा थी, जो सोडा ख़त्म हो जाने पर दोनों ने पानी मिलाकर पी थी।

वह सागवान के लम्बे और चौड़े पलंग पर औंधे मुँह लेटी हुई थी, उसकी बाँहें, जो काँधों तक नंगी थीं, पतंग की उस काँप की तरह फैली हुई थीं, जो ओस में भीग जाने के बायस पतले काग़ज़ से जुदा हो जाए; दाएँ बाज़ू की बग़ल में शिकनआलूद[4] गोश्त उभरा हुआ था, जो बार-बार मूँड़े जाने के बायस नीली रंगत इख़्तियार कर गया था, जैसे नुची हुई मुर्ग़ी की खाल का एक टुकड़ा वहाँ पर रख दिया गया हो।

---

1. परिश्रम, 2. बेमेल, 3. शराब, 4. सिलवटें पड़ा हुआ।

कमरा बहुत छोटा था जिसमें बेशुमार चीज़ें बेतरतीबी के साथ बिखरी हुई थीं; तीन-चार सूखे-सड़े चप्पल पलंग के नीचे पड़े थे, जिनके ऊपर मुँह रखकर एक ख़ारिशज़दा कुत्ता सो रहा था और नींद में किसी ग़ैरमरई[1] चीज़ को मुँह चिढ़ा रहा था। इस कुत्ते के बाल जगह-जगह से ख़ारिश के बायस उड़े हुए थे; दूर से अगर कोई इस कुत्ते को देखता तो समझता कि पैर पोंछनेवाला पुराना टाट दोहरा करके ज़मीन पर रखा है।

उस तरफ़ छोटे-से दीवारगीर पर सिंगार का सामान रखा था; गालों पर लगाने की सुर्ख़ी, होंठों की सुर्ख़ बत्ती, पाउडर, कंघी और लोहे के पिन, जो वह ग़ालिबन अपने जूड़े में लगाया करती थी। पास ही एक लम्बी खूँटी के साथ सब्ज़ तोते का पिंजरा लटक रहा था और तोता गर्दन को अपनी पीठ के बालों में छुपाए सो रहा था; पिंजरा कच्चे अमरूद के टुकड़ों और गले हुए संगतरे के छिलकों से भरा पड़ा था; इन बदबूदार टुकड़ों पर छोटे-छोटे काले रंग के मच्छर या पतंगे उड़ रहे थे।

पलंग के पास ही बेंत की एक कुर्सी पड़ी थी, जिसकी पुश्त सिर टेकने के बायस बेहद मैली हो रही थी; इस कुर्सी के दाएँ हाथ को एक ख़ूबसूरत तिपाई थी, जिस पर हिज़ मास्टर्स वायस का पोर्टेबिल ग्रामोफ़ोन पड़ा था। इस ग्रामोफ़ोन पर मँढ़े काले कपड़े की हालत बहुत बुरी थी, ज़ंगआलूद सुइयाँ तिपाई के अलावा कमरे के हर कोने में बिखरी हुई थीं; इस तिपाई के ऐन ऊपर, दीवार पर चार फ्रेम लटक रहे थे, जिनमें मुख़्तलिफ़ आदमियों की तसवीरें जड़ी हुई थीं।

इन तसवीरों से ज़रा इधर हटकर, यानी दरवाज़े में दाख़िल होते ही, बाईं तरफ़ की दीवार के कोने में गणेश जी की शोख़ रंग तसवीर थी, जो ताज़ा और सूखे हुए फूलों से लदी हुई थी; शायद यह तसवीर कपड़े के किसी थान से उतारकर फ्रेम में जड़ाई गई थी; इस तसवीर के साथ ही छोटे-से दीवारगीर पर, जो कि बेहद चिकना हो रहा था, तेल की एक प्याली धरी थी, जो दीए को रौशन करने के लिए वहाँ रखी गई थी; पास ही दीया पड़ा था, जिसकी लौ हवा बन्द होने के बायस माथे के तिलक के मानिंद सीधी खड़ी थी—इस दीवारगीर पर धूप की छोटी-बड़ी मरोड़ियाँ भी पड़ी थीं।

जब वह बोहनी करती थी तो दूर ही से गणेश जी की इस मूर्ति से रुपए

1. अदृश्य।

छुआकर और फिर अपने माथे के साथ लगाकर उन्हें अपनी चोली में रख लिया करती थी; उसकी छातियाँ चूँकि काफ़ी उभरी हुई थीं, इसलिए वह जितने रुपए भी अपनी चोली में रखती, महफ़ूज़[1] पड़े रहते थे—अलबत्ता कभी-कभी जब माधो पूना से छुट्टी लेकर आता तो उसे अपने कुछ रुपए पलंग के पाए के नीचे उस छोटे-से गढ़े में छुपाने पड़ते थे, जो उसने ख़ास इस काम की गरज़ से खोदा था।

माधो से रुपए महफ़ूज़ रखने का यह तरीक़ा सौगन्धी को रामलाल दल्लाल ने बताया था—उसने जब यह सुना था कि माधो पूने से आकर सौगन्धी पर धावे बोलता है तो उसने कहा था : ''उस साले को तूने कब से यार बनाया है... ? यह बड़ी अनोखी आशिकी-माशूक़ी है...साला एक पैसा अपनी जेब से निकालता नहीं और तेरे साथ मज़े उड़ाता रहता है...मज़े अलग रहे, तुझसे कुछ ले भी मरता है...सौगन्धी, मुझे कुछ दाल में काला-काला नज़र आता है...उस साले में कोई बात ज़रूर है, जो तुझे भा गया है...सात साल से यह धन्धा कर रहा हूँ और तुम छोकरियों की सारी कमज़ोरियाँ जानता हूँ...'' यह कहकर रामलाल ने, जो बम्बई शहर के मुख़्तलिफ़ हिस्सों में दस रुपए से लेकर सौ रुपए तक वाली एक सौ बीस छोकरियों का धन्धा करता था, सौगन्धी को बताया था : ''साली, अपना धन यूँ बर्बाद न कर...तेरे अंग पर से कपड़े भी उतारकर ले जाएगा वह तेरी माँ का यार...इस पलंग के नीचे छोटा-सा गढ़ा खोदकर उसमें सारे पैसे दबा दिया कर...और जब वह तेरा यार आया करे तो उससे कहा कर : 'तेरी जान की क़सम माधो, आज सुबह से एक धेले का मुँह नहीं देखा...जरा बाहरवाले से कहकर एक कप चाय और अफ़लातून बिस्कुट तो मँगा...भूख से मेरे पेट में चूहे दौड़ रहे हैं...' समझीं ? बहुत नाज़ुक वक़्त आ गया है मेरी जान...इस साली काँग्रेस ने शराब बन्द करके बाज़ार बिलकुल मन्दा कर दिया है...पर तुझे तो कहीं न कहीं से पीने को मिल ही जाती है...भगवान क़सम, जब तेरे यहाँ कभी रात की ख़ाली की हुई बोतल देखता हूँ और दारू की बास सूँघता हूँ तो जी चाहता है, तेरी जून में चला जाऊँ... !''

सौगन्धी को अपने जिस्म में सबसे ज़्यादा अपना सीना पसन्द था—एक बार जमना ने उससे कहा था : ''नीचे से इन बम्ब के गोलों को बाँध के रखा कर...अँगिया पहना करेगी तो इनकी सख़्ताई ठीक रहेगी... !''

1. सुरक्षित।

सौगन्धी यह सुनकर हँस दी थी : "जमना, तू सबको अपने सरीखा समझती है...दस रुपए में लोग तेरी बोटियाँ तोड़कर चले जाते हैं तो तू समझती है कि सबके साथ ऐसा ही होता होगा...कोई मुआ लगाए तो ऐसी-वैसी जगह हाथ...अरे हाँ, कल की बात तुझे सुनाऊँ...रामलाल रात के दो बजे एक पंजाबी को लाया...रात-भर के तीस रुपए तय हुए...जब हम सोने लगे तो मैंने बत्ती बुझा दी...अरे वह तो डरने लगा...सुनती हो जमना, तेरी क़सम...अँधेरा होते ही उसका सारा ठाठ किरकिरा हो गया...वह डर गया...मैंने कहा : 'चलो-चलो, देर क्यों करते हो...तीन बजनेवाले हैं, अभी दिन चढ़ आएगा...वह बोला : 'रौशनी करो, रौशनी करो...' मैंने कहा : 'यह रौशनी क्या हुआ...' वह बोला : 'लाइट... लाइट...' उसकी भिंची हुई आवाज़ सुनकर मुझसे हँसी न रुक सकी : 'भई मैं तो लाइट न करूँगी...' और यह कहकर मैंने उसकी गोश्त-भरी रान की चुटकी ली...वह तड़पकर उठ बैठा और उसने लाइट ऑन कर दी...मैंने झट-से चादर ओढ़ ली और कहा : 'तुझे शर्म नहीं आती मरदुए...' वह पलंग पर आया तो मैं उठी और मैंने लपककर लाइट बुझा दी...वह फिर घबराने लगा...तेरी क़सम...बड़े मज़े में रात कटी...कभी अँधेरा कभी उजाला, कभी उजाला कभी अँधेरा...ट्राम की खड़खड़ हुई तो पतलून-वतलून पहनकर वह उठ भागा...साले ने तीस रुपए सट्टे में जीते होंगे, जो यूँ मुफ़्त में दे गया...जमना, तू बिलकुल अल्हड़ है...बड़े-बड़े गुर याद हैं मुझे इन लोगों को ठीक करने के लिए...!"

सौगन्धी को वाकई बहुत से गुर याद थे, जो उसने अपनी एक-दो सहेलियों को बताए भी थे; आमतौर पर वह ये गुर सबको बताया करती थी : "अगर आदमी शरीफ़ हो, ज़्यादा बातें न करता हो तो उससे ख़ूब शरारतें करो, अनगिनत बातें करो, उसे छेड़ो, सताओ, उसके गुदगुदी करो, उससे खेलो...अगर दाढ़ी रखता हो तो उसकी दाढ़ी में उँगलियों से कंघी करते-करते दो-चार बाल भी नोच लो...अगर उसका पेट बड़ा हो तो उसे थपथपाओ...उसको इतनी मोहलत ही न दो कि वह अपनी मर्ज़ी से कुछ कर पाए...वह ख़ुश-ख़ुश चला जाएगा और तुम बची रहोगी...ऐसे मर्द जो गुपचुप रहते हैं, बड़े ख़तरनाक होते हैं बहन...उनका दाँव चल जाए तो हड्डी-पसली तोड़ देते हैं...!"

सौगन्धी इतनी चालाक नहीं थी, जितना ख़ुद को ज़ाहिर करती थी—उसके गाहक बहुत कम थे—ग़ायत दर्जा[1] जज़्बाती लड़की थी; यही वजह है

1. बहुत अधिक।

कि वह तमाम गुर जो उसे याद थे, उसके दिमाग़ से फिसलकर उसके पेट में आ जाते थे, जिस पर एक बच्चा हो जाने के बायस कई चुरसें पड़ गई थीं—इन चुरसों को पहली मर्तबा देखकर ऐसा लगा था कि उसके ख़ारिशज़दा कुत्ते ने अपने पंजे से यह निशान बना दिए हैं—जब कोई कुतिया बड़ी बेएतिनाई[1] से उसके पालतू कुत्ते के पास से गुज़रती थी तो वह शर्मिंदगी दूर करने के लिए ज़मीन पर अपने पंजों से इसी क़िस्म के निशान बनाया करता था।

सौगन्धी दिमाग़ में ज़्यादा रहती थी लेकिन जूँ ही कोई नर्मो-नाजुक बात, कोई कोमल बोल उससे कहता तो झट पिघलकर वह अपने जिस्म के दूसरे हिस्सों में फैल जाती : गो मर्द और औरत के जिस्मानी मिलाप को उसका दिमाग़ बिलकुल फ़ुज़ूल समझता था; मगर उसके जिस्म के बाक़ी आज़ा[2], सबके-सब उस मिलाप के बहुत बुरी तरह क़ायल थे; उसके आज़ा थकन चाहते थे, ऐसी थकन जो उन्हें झँझोड़कर, उन्हें मारकर सुलाने पर मजबूर कर दे! ऐसी नींद जो थककर चूर-चूर हो जाने के बाद आए, कितनी मज़ेदार होती है; वह बेहोशी, जो मार खाकर बन्द-बन्द ढीले हो जाने पर तारी होती है, कितना आनन्द देती है; कभी ऐसा मालूम होता है कि तुम हो और कभी ऐसा मालूम होता है कि तुम नहीं हो और इस होने और न होने के बीच में कभी-कभी ऐसा भी महसूस होता है कि तुम हवा में बहुत ऊँची जगह लटके हुए हो, ऊपर हवा, नीचे हवा, दाएँ हवा, बाएँ हवा, बस हवा ही हवा और फिर इस हवा में दम घुटना भी एक ख़ास मज़ा देता है।

बचपन में जब वह आँख-मिचौली खेला करती थी और अपनी माँ का बड़ा सन्दूक़ खोलकर उसमें छुप जाया करती थी तो नाकाफ़ी हवा में दम घुट जाने के साथ-साथ पकड़े जाने के ख़ौफ़ से वह तेज़ धड़कन, जो उसके दिल में पैदा हो जाया करती थी, उसे कितना मज़ा दिया करती थी।

सौगन्धी चाहती थी कि अपनी सारी ज़िन्दगी किसी ऐसे ही सन्दूक़ में छुपकर गुज़ार दे, जिसके बाहर उसको ढूँढ़नेवाले फिरते रहें; कभी-कभी उसको ढूँढ़ निकालें कि फिर वह भी उनको ढूँढ़ने की कोशिश करे—यह ज़िन्दगी जो वह पाँच बरसों से गुज़ार रही थी, आँख-मिचौली ही तो थी; कभी वह किसी को ढूँढ़ लेती थी और कभी कोई उसे ढूँढ़ लेता था। बस यूँ ही उसका जीवन बीत रहा था। वह ख़ुश थी, इसलिए कि उसको ख़ुश रहना पड़ता था—

1. उपेक्षा, 2. अंग।

हर रोज़ रात को कोई न कोई मर्द उसके चौड़े सागवानी पलंग पर होता था और सौगन्धी, जिसको मर्दों को ठीक करने के लिए बेशुमार गुर याद थे, इस बात का बार-बार तहैया[1] करने पर भी कि वह उन मर्दों की कोई ऐसी-वैसी बात नहीं मानेगी और उनके साथ बड़े रूखेपन के साथ पेश आएगी, हमेशा अपने जज़्बात के धारे में बह जाया करती थी और फ़क़त एक प्यासी औरत रह जाया करती थी।

हर रोज़ रात को उसका पुराना या नया मुलाक़ाती उससे कहा करता था : 'सौगन्धी, मैं तुझसे प्रेम करता हूँ... !' और सौगन्धी यह जानते हुए भी कि वह झूठ बोल रहा है, बस मोम हो जाती थी और ऐसा महसूस करती थी, जैसे सचमुच उससे प्रेम किया जा रहा है—प्रेम...कितना सुन्दर बोल है—वह चाहती थी कि इस प्रेम को पिघलाकर अपने अंग-अंग पर मल ले; इसकी अपने बदन पर मालिश कर ले कि यह सारे का सारा उसके मसामों में रच-बस जाए या फिर वह ख़ुद उसके अन्दर चली जाए, सिमट-सिमटाकर उसके अन्दर दाख़िल हो जाए और ऊपर से ढकना बन्द कर दे—कभी-कभी जब प्रेम किए जाने का जज़्बा उस के अन्दर बहुत शिद्दत[2] इख़्तियार कर लेता तो कई बार उसके जी में आता कि अपने पास पड़े हुए आदमी को अपनी गोद में लेकर थपथपाना शुरू कर दे और लोरियाँ देकर उसे अपनी गोद ही में सुला दे।

प्रेम कर सकने की अह्लियत[3] उसके अन्दर इस क़दर ज़्यादा थी कि हर उस मर्द से, जो उसके पास आता था, वह मुहब्बत कर सकती थी और फिर उस मुहब्बत को निबाह भी सकती थी। अब तक चार मर्दों से अपना प्रेम निबाह ही तो रही थी जिनकी तसवीरें उसके सामने दीवार पर लटक रही थीं—हर वक़्त यह एहसास उसके दिल में मौजूद रहता था कि वह बहुत अच्छी है। यह अच्छापन मर्दों में क्यों नहीं होता, यह बात उसकी समझ में नहीं आती थी—एक बार आईना देखते हुए बेइख़्तियार उसके मुँह से निकल गया था : 'सौगन्धी, तुमसे ज़माने ने अच्छा सुलूक नहीं किया... !'

यह ज़माना, यानी पाँच बरसों के ये दिन और उनकी ये रातें, उसके जीवन के हर तार के साथ वाबस्ता थीं, गो इस ज़माने से उसको ख़ुशी नसीब नहीं हुई थी, जिसकी ख़्वाहिश उसके दिल में मौजूद थी। ताहम[4] वह चाहती थी कि यूँ ही उस के दिन बीतते चले जाएँ। उसे कौन-सा महल खड़ा करना था जो

1. पक्का इरादा, 2. तेज़ी, 3. योग्यता, 4. फिर भी।

रुपए-पैसे का लालच करती—दस रुपए उसका आम निख़[1] था, जिसमें से ढाई रुपए रामलाल अपनी दल्लाली के काट लेता था, साढ़े सात रुपए उसे रोज़ मिल ही जाया करते थे, जो उसकी अकेली जान के लिए काफ़ी थे—माधो जब पूना से बक़ौल रामलाल दल्लाल, सौगन्धी पर धावे बोलने के लिए आता था तो वो दस-पन्द्रह रुपए ख़िराज[2] भी अदा कर देती थी; यह ख़िराज सिर्फ़ इस बात का था कि सौगन्धी को उससे कुछ वह हो गया था। रामलाल दल्लाल ठीक कहता था कि उसमें ऐसी कोई बात ज़रूर थी जो सौगन्धी को बहुत भा गई थी।

सौगन्धी से जब माधो की पहली मुलाक़ात हुई तो उसने कहा था : 'तुझे लाज नहीं आती अपना भाव करते...! जानती है तू मेरे साथ किस चीज़ का सौदा कर रही है...? और मैं तेरे पास क्यों आया हूँ...?...छी: छी: छी: ...दस रुपए और जैसा कि तू कहती है; ढाई रुपए दल्लाल के..., बाक़ी रहे साढ़े सात, रहे ना साढ़े सात...? अब इन साढ़े सात रुपयों में तू मुझे ऐसी चीज़ देने का वचन देती है, जो तू दे ही नहीं सकती और मैं ऐसी चीज़ लेने आया हूँ, जो मैं ले ही नहीं सकता...मुझे औरत चाहिए, पर तुझे क्या इस वक़्त, इस घड़ी मर्द चाहिए...? मुझे तो कोई भी औरत भा जाएगी, इसलिए कि मुझे औरत चाहिए, पर तुझे क्या मैं जँचता हूँ...? तेरा-मेरा नाता ही क्या है, कुछ भी नहीं...बस यह दस रुपए, जिनमें से ढाई दल्लाली में चले जाएँगे और बाक़ी इधर-उधर बिखर जाएँगे, तेरे और मेरे बीच में बज रहे हैं...तू भी इनका बजना सुन रही है और मैं भी...तेरा मन कुछ और सोचता है, मेरा मन कुछ और...क्यों न कोई बात करें कि तुझे मेरी ज़रूरत हो और मुझे तेरी...पूना में हवलदार हूँ...महीने में एक बार आया करूँगा, तीन-चार दिन के लिए...यह धन्धा छोड़...मैं तुझे ख़र्च दिया करूँगा...क्या भाड़ा है इस खोली का...?'

माधो ने और भी बहुत कुछ कहा था, जिसका असर सौगन्धी पर इस क़दर ज़्यादा हुआ था कि वह चन्द लम्हात के लिए ख़ुद को हवलदारनी समझने लगी थी—बातें करने के बाद माधो ने उसके कमरे की बिखरी हुई चीज़ें क़रीने से रखी थीं और नंगी तसवीरें, जो सौगन्धी ने अपने सिरहाने लटका रखी थीं, बिना पूछे-गछे फाड़ दी थीं और कहा था : 'भई, मैं ऐसी तसवीरें यहाँ नहीं रखने दूँगा...और पानी का यह घड़ा...देखो तो कितना मैला

1. भाव, 2. लगान।

है और यह...यह चीथड़े, यह चिंदियाँ...उफ़... कितनी बुरी बास आती है, उठा के बाहर फेंक इनको...और तूने अपने बालों का यह क्या सत्यानास कर रखा है...और...और...'

तीन घंटे की बातचीत के बाद सौगन्धी और माधो आपस में घुल-मिल गए थे और सौगन्धी को तो ऐसा महसूस हुआ था कि वह बरसों से हवलदार को जानती है—उस वक़्त तक किसी ने भी कमरे में बदबूदार चीथड़ों, मैले घड़े और नंगी तसवीरों की मौजूदगी का ख़याल नहीं किया था और न कभी किसी ने उसको यह महसूस करने का मौक़ा दिया था कि उसका एक घर है, जिसमें घरेलूपन आ सकता है—लोग आते थे और बिस्तर तक की ग़िलाज़त को महसूस किए बग़ैर चले जाते थे। कोई सौगन्धी से यह नहीं कहता था : 'देखो तो आज तेरी नाक लाल हो रही है...कहीं ज़ुकाम न हो जाए तुझे...ठहर, मैं तेरे वास्ते दवा लाता हूँ...!'

माधो कितना अच्छा था। उसकी हर बात बावन तोला और पाव रत्ती की थी। क्या खरी-खरी सुनाई थी उसने सौगन्धी को—उसे महसूस होने लगा था कि उसे माधो की ज़रूरत है, चुनांचे उन दोनों में सम्बन्ध हो गया।

महीने में एक बार माधो पूना से आता था और वापस जाते हुए हमेशा सौगन्धी से कहा करता था : 'देख सौगन्धी, अगर तूने फिर से अपना धन्धा शुरू किया तो बस तेरी-मेरी टूट जाएगी...अगर तूने एक बार भी किसी मर्द को अपने यहाँ ठहराया तो चुटिया से पकड़कर बाहर निकाल दूँगा...देख, इस महीने का ख़र्च मैं तुझे पूना पहुँचते ही मनीऑर्डर कर दूँगा...हाँ, क्या भाड़ा है इस खोली का... ?'

न माधो ने कभी पूना से ख़र्च भेजा था और न सौगन्धी ने अपना धन्धा बन्द किया था। दोनों अच्छी तरह जानते थे कि क्या हो रहा है। न सौगन्धी ने कभी माधो से यह कहा था : 'तू यह क्या टर-टर किया करता है...एक फूटी कौड़ी भी दी है तूने... ?' और न माधो ने कभी सौगन्धी से पूछा था : 'यह माल तेरे पास कहाँ से आता है, जबकि मैं तुझे कुछ देता ही नहीं... ?' दोनों झूठे थे; दोनों एक मुलम्मा की हुई ज़िन्दगी बसर कर रहे थे—लेकिन सौगन्धी ख़ुश थी; जिसको असली सोना न मिले, वह मुलम्मा किए हुए गहनों ही पर राज़ी हो जाया करता है।

उस वक़्त सौगन्धी थकी-माँदी सो रही थी—बिजली का कुमकुमा जिसे ऑफ़ करना वो भूल गई थी, उसके सिर के ऊपर लटक रहा था; उसकी तेज़ रोशनी उसकी मुँदी हुई आँखों के साथ टकरा रही थी। मगर वह गहरी नींद सो रही थी।

दरवाज़े पर दस्तक हुई।

रात के दो बजे यह कौन आया—सौगन्धी के ख़्वाबआलूद कानों में दस्तक की आवाज़ भिनभिनाहट बनकर पहुँची। दरवाज़ा जब ज़ोर से खटखटाया गया तो वह चौंककर उठ बैठी—दो मिली-जुली शराबों और दाँतों की रेखों में फँसे हुए मछली के रेज़ों ने उसके मुँह के अन्दर ऐसा लुआब[1] पैदा कर दिया था, जो बेहद कसैला और लेसदार था। धोती के पल्लू से उसने यह बदबूदार लुआब साफ़ किया और आँखें मलने लगी। पलंग पर वह अकेली थी। झुककर उसने पलंग के नीचे देखा; उसका कुत्ता सूखे हुए चप्पलों पर मुँह रखे सो रहा था और नींद में किसी ग़ैरमरई चीज़ को मुँह चिढ़ा रहा था और तोता पीठ के बालों में सिर दिए सो रहा था।

दरवाज़े पर फिर दस्तक हुई।

सौगन्धी बिस्तर पर से उठी। उसका सिर दर्द के मारे फटा जा रहा था। घड़े से पानी का एक डोंगा निकालकर उसने कुल्ली की और दूसरा डोंगा गटागट पीकर उसने दरवाज़े का पट थोड़ा-सा खोला और कहा : "रामलाल!"

रामलाल, जो बाहर दस्तक देते-देते थक गया था, भिन्नाकर कहने लगा : "तुझे साँप सूँघ गया था या क्या हो गया था? एक क्लॉक से बाहर खड़ा दरवाज़ा खटखटा रहा हूँ...कहाँ मर गई थी?" फिर आवाज़ दबाकर उसने हौले-से कहा : "अन्दर कोई है तो नहीं?"

जब सौगन्धी ने कहा 'नहीं' तो रामलाल की आवाज़ फिर ऊँची हो गई : "तो दरवाज़ा क्यों नहीं खोलती...? भई, हद हो गई...क्या नींद पाई है...? यूँ एक-एक छोकरी उतारने में दो-दो घंटे सिर खपाना पड़े तो मैं अपना धन्धा कर चुका...अब तू मेरा मुँह क्या देखती है...झटपट यह धोती उतारकर वह फूलोंवाली साड़ी पहन... पौडर-वौडर लगा और चल मेरे साथ...बाहर मोटर में एक सेठ बैठे तेरा इन्तज़ार कर रहे हैं...चल-चल एकदम, जल्दी कर..."

सौगन्धी आरामकुर्सी पर बैठ गई और रामलाल आईने के सामने अपने बालों में कंघा करने लगा।

---

1. थूक।

सौगन्धी ने तिपाई की तरफ़ अपना हाथ बढ़ाया और बाम की शीशी उठाकर, उसका ढकना खोलते हुए कहा : "रामलाल, आज मेरा जी अच्छा नहीं... !"

रामलाल ने कंघी दीवारगीर पर रख दी और मुड़कर कहा : "तो पहले ही कह दिया होता।"

सौगन्धी ने माथे और कनपटियों पर बाम मलते हुए रामलाल की ग़लतफ़हमी दूर की : "वह बात नहीं रामलाल...ऐसे ही मेरा जी अच्छा नहीं...बहुत पी गई... !"

रामलाल के मुँह में पानी भर आया : "थोड़ी बची हो तो ला...ज़रा हम भी मुँह का मज़ा ठीक कर लें।"

सौगन्धी ने बाम की शीशी तिपाई पर रख दी और कहा : "बचाई होती तो यह मुआ सिर में दर्द ही क्यों होता...देख रामलाल, वह जो बाहर मोटर में बैठा है, तू उसे अन्दर ही ले आ... !"

रामलाल ने जवाब दिया : "नहीं भई, वह अन्दर नहीं आ सकते। जेंटलमैन आदमी हैं...वह तो मोटर को गली के बाहर खड़ी करते हुए भी घबराते थे... तू कपड़े-वपड़े पहन ले और ज़रा गली की नुक्कड़ तक चल...सब ठीक हो जाएगा।"

साढ़े सात रुपए का सौदा सौगन्धी इस हालत में, जबकि उसके सिर में शिद्दत से दर्द हो रहा था, कभी क़बूल न करती, मगर उसे रुपयों की सख़्त ज़रूरत थी। उसके साथवाली खोली में एक मद्रासी औरत रहती थी, जिसका ख़ाविन्द मोटर के नीचे आकर मर गया था। इस औरत को अपनी जवान लड़की समेत वतन जाना था। उसके पास चूँकि किराया ही नहीं था, इसलिए वह क़समपुर्सी[1] की हालत में पड़ी हुई थी—सौगन्धी ने कल ही उसको ढारस दी थी और उससे कहा था : 'बहन तू चिन्ता न कर...मेरा मर्द पूना से आने ही वाला है...मैं उससे कुछ रुपए लेकर तेरे जाने का बन्दोबस्त कर दूँगी!...'

माधो पूना से आनेवाला था, मगर रुपयों का बन्दोबस्त तो सौगन्धी ही को करना था, चुनांचे वह उठी और जल्दी-जल्दी कपड़े तब्दील करने लगी—पाँच मिनटों में उसने धोती उतारकर फूलोंवाली साड़ी पहनी और गालों पर सुर्ख़ पाउडर लगाकर तैयार हो गई। घड़े के ठंडे पानी का एक और डोंगा पिया और रामलाल के साथ हो ली।

1. निःसहायता।

गली जो कि छोटे शहरों के बाज़ारों से भी कुछ बड़ी थी, बिलकुल ख़ामोश थी; गैस के वह लैम्प, जो खम्बों पर जड़े हुए थे, पहले की निस्बत बहुत धुँधली रौशनी दे रहे थे, ज़ंग के बायस उनके शीशों को गँदला कर दिया गया था—उस अन्धी रौशनी में गली के आख़िरी सिरे पर एक मोटर नज़र आ रही थी।

कमज़ोर रौशनी में उस सियाह रंग की मोटर का साया और रात के पिछले पहर की भेदों-भरी ख़ामोशी—सौगन्धी को ऐसा लगा कि उसके सिर का दर्द फ़ज़ा पर भी छा गया है; एक कसैलापन उसे हवा के अन्दर भी महसूस हुआ, जैसे ब्रांडी और बेवड़ा की बास से हवा भी बोझल हो रही हो।

आगे बढ़कर रामलाल ने मोटर के अन्दर बैठे हुए आदमियों से कुछ कहा—इतने में सौगन्धी मोटर के पास पहुँच गई।

रामलाल ने एक तरफ़ हटकर फिर कहा : "लीजिए वह आ गई...बड़ी अच्छी छोकरी है...थोड़े ही दिन हुए हैं इसे धन्धा शुरू किए..." फिर उसने सौगन्धी से मुख़ातिब होकर कहा : 'सौगन्धी, इधर आ...सेठ जी बुलाते हैं..."

सौगन्धी साड़ी का एक किनारा अपनी उँगली पर लपेटती हुई आगे बढ़ी और मोटर के दरवाज़े के पास खड़ी हो गई।

सेठ साहिब ने बैटरी उसके चेहरे के पास रौशन की—एक लम्हे के लिए उस रौशनी ने सौगन्धी की ख़ुमारआलूद आँखों में चकाचौंध पैदा की—फिर बटन दबने की आवाज़ पैदा हुई और रौशनी बुझ गई और साथ ही सेठ के मुँह से 'ऊँह...' निकली। फिर एकदम मोटर का इंजन फड़फड़ाया और मोटर यह जा, वह जा—

सौगन्धी कुछ सोचने भी न पाई थी; उसकी आँखों में अभी तक बैटरी की तेज़ रौशनी घुसी हुई थी, वह ठीक तरह से सेठ का चेहरा भी न देख सकी थी—आख़िर यह हुआ क्या; इस 'ऊँह' का क्या मतलब था ? 'ऊँह' जो अभी तक उसके कानों में भिनभिना रही थी : 'क्या... ? क्या... ?'

उसे रामलाल दल्लाल की आवाज़ सुनाई दी : "पसन्द नहीं किया तुझे... अच्छा भई, मैं चलता हूँ...दो घंटे मुफ़्त में ही बर्बाद किए..."

यह सुनकर सौगन्धी की टाँगों में, उसकी बाँहों में, उसके हाथों में एक ज़बर्दस्त हरकत पैदा हुई : 'कहाँ है वह मोटर...कहाँ है वह सेठ...तो 'ऊँह' का मतलब यह है कि उसने मुझे पसन्द नहीं किया...उसकी...' गाली उसके

पेट के अन्दर से उठी और ज़ुबान की नोक पर आकर रुक गई। वह आख़िर गाली किसे देती? मोटर तो जा चुकी थी। उसकी दुम की सुर्ख़ बत्ती उसके सामने, दूर, बाज़ार के अँधियारे में डूब रही थी और सौगन्धी को महसूस हो रहा था कि वह लाल-लाल अंगारा 'ऊँह' है, जो उसके सीने में बरमे की तरह उतरता चला जा रहा है। उसके जी में आई कि ज़ोर से पुकारे : 'ओ सेठ...ज़रा मोटर रोकना अपनी...बस एक मिनट के लिए...' पर वह सेठ बहुत दूर निकल चुका था।

वह सुनसान बाज़ार में खड़ी थी—फूलोंवाली साड़ी, जो वह ख़ास-ख़ास मौक़ों पर पहना करती थी, रात के पिछले पहर की हल्की-फुल्की हवा से लहरा रही थी; साड़ी और उसकी रेशमी सरसराहट सौगन्धी को बहुत बुरी मालूम हो रही थी, वह चाह रही थी कि उस साड़ी के चीथड़े उड़ा दे, क्योंकि साड़ी हवा में लहरा-लहराकर 'ऊँह...ऊँह' कर रही थी।

गालों पर उसने पाउडर लगाया था और होंठों पर सुर्ख़ी—जब उसे ख़याल आया कि यह सिंगार उसने अपने-आपको पसन्द कराने के वास्ते किया था तो शर्म के मारे उसे पसीना आ गया।

शर्मिन्दगी दूर करने के लिए उसने कुछ सोचा : 'मैंने उस मुए को दिखाने के लिए थोड़े ही अपने-आपको सजाया था...यह तो मेरी आदत है...मेरी क्या, सबकी यही आदत है...पर...पर...यह रात के दो बजे और रामलाल दल्लाल और...यह बाज़ार...और वह मोटर और बैटरी की चमक...' यह सब कुछ ध्यान में आते ही रौशनी के धब्बे उसकी हद्दे-निगाह[1] तक फ़ज़ा में इधर-उधर तैरने लगे और मोटर के इंजन की फड़फड़ाहट उसे हवा के हर झोंके में सुनाई देने लगी।

उसके माथे पर बाम का लेप, जो सिंगार करने के दौरान बिलकुल हल्का हो गया था, पसीना आने के बायस उसके मसामों में दाख़िल होने लगा—सौगन्धी को अपना माथा किसी और का माथा मालूम हुआ। जब हवा का एक झोंका उसके अर्क़ आलूद[2] माथे के पास से गुज़रा तो उसे ऐसा लगा कि सर्द-सर्द टीन का एक टुकड़ा काटकर उसके माथे के साथ चस्पाँ कर दिया गया है; सिर में दर्द वैसे का वैसा मौजूद था मगर ख़यालात की भीड़-भाड़ और उनके शोर ने इस दर्द को अपने नीचे दबा रखा था।

---

1. दृष्टि की सीमा, 2. पसीने में तर।

सौगन्धी ने कई बार इस दर्द को अपने ख़यालात के नीचे से निकालकर ऊपर लाना चाहा मगर नाकाम रही; वह चाहती थी कि किसी न किसी तरह उसका अंग-अंग दुखने लगे, उसके सिर में दर्द हो, उसकी टाँगों में दर्द हो, उसके पेट में दर्द हो, उसकी बाँहों में दर्द हो, ऐसा दर्द कि वह सिर्फ़ दर्द ही का ख़याल करे और बाक़ी सब कुछ भूल जाए। यह सोचते-सोचते उसके दिल में कुछ हुआ—क्या यह दर्द था... ? एक लम्हे के लिए उसका दिल सिकुड़ा और फिर फैल गया। यह क्या था... ? लानत! यह तो वही 'ऊँह' थी, जो उसके दिल के अन्दर कभी सिकुड़ रही थी और कभी फैल रही थी।

घर की तरफ़ सौगन्धी के क़दम उठे ही थे कि रुक गए और वह ठहरकर फिर सोचने लगी : 'रामलाल दल्लाल का ख़याल है कि उसे मेरी शक्ल पसन्द नहीं आई...' शक्ल का तो उसने ज़िक्र नहीं किया, उसने तो यह कहा था : 'सौगन्धी, तुझे पसन्द नहीं किया... !' उसे...उसे...मेरी शक्ल पसन्द नहीं आई तो क्या हुआ...मुझे भी तो कई आदमियों की शक्ल पसन्द नहीं आती...वह, जो अमावस की रात को आया था, कितनी बुरी सूरत थी उसकी...क्या मैंने नाक-भौं नहीं चढ़ाई थी...जब वह मेरे साथ सोने लगा था, तो मुझे घिन नहीं आई थी...क्या मुझे उबकाई आते-आते नहीं रुक गई थी... ? ठीक है, पर सौगन्धी, तूने उसे दुत्कारा नहीं था, तूने उसे ठुकराया नहीं था...इस मोटरवाले सेठ ने तो तेरे मुँह पर थूका है...ऊँह...इस 'ऊँह' का और मतलब ही क्या है...यही कि इस छछूँदर के सिर में चमेली का तेल...ऊँह, यह मुँह और मसूर की दाल...अरे रामलाल, तू यह छिपकली कहाँ से पकड़ लाया है...इस लौंडिया की इतनी तारीफ़ कर रहा था तू...दस रुपए और यह औरत...ख़च्चर क्या बुरी है... ।'

सौगन्धी सोच रही थी और उसके पैर के अँगूठे से लेकर सिर की चोटी तक गर्म लहरें दौड़ रही थीं। उसको कभी अपने-आप पर ग़ुस्सा आ रहा था और कभी रामलाल दल्लाल पर, जिसने रात के दो बजे उसे बे-आराम किया। लेकिन फ़ौरन ही वह ख़ुद को और रामलाल दल्लाल को बेक़सूर पाकर सेठ का ख़याल करने लगती—सेठ का ख़याल आते ही उसकी आँखें, उसके कान, उसकी बाँहें, उसकी टाँगें, उसका सब कुछ पीछे को मुड़ जाता कि वह उस सेठ को कहीं देख पाए। उसके अन्दर यह ख़्वाहिश बड़ी शिद्दत के साथ पैदा हो रही थी कि जो कुछ हो चुका है, एक बार फिर हो, सिर्फ़ एक बार—वह हौले-

थीं—बाहर कच्ची सड़क से मोटर स्टार्ट होने की आवाज़ उसके कानों में पहुँची तो वह चौंकी और सरकंडों की बाड़ की तरफ़ लपकी—गर्दो-ग़ुबार के सिवा सड़क पर कुछ भी नहीं था।

सरदार नोटों की गड्डी उठाकर नोट गिन चुकी थी; एक नोट और होता तो पूरे दो हज़ार होते; इस कमी का उसे अफ़सोस न हुआ—सारे नोट उसने अपनी घेरेदार शलवार के नेफ़े में बड़ी सफ़ाई से उड़सने के बाद डिबिया खोली, अफ़ीम की एक बड़ी गोली निकाली और बड़े इत्मीनान से मुँह में डालकर खाट पर लेट गई और देर तक सोती रही।

नवाब बहुत ख़ुश थी—वह बार-बार अपनी उस उँगली को देखती थी, जिसमें हीरे की अँगूठी पड़ी थी।

तीन-चार रोज़ गुज़र गए...इस दौरान में पाँच-छह पुराने गाहकों में से एक गाहक आया तो सरदार ने कहा कि पुलिस का ख़तरा है, इसलिए उसने धन्धा बन्द कर दिया है। यह गाहक जो ख़ासा दौलतमन्द था, बेनैलो-मराम[1] वापस चला गया।

सरदार को हैबत ख़ान ने बहुत मुतास्सिर किया था; उसने अफ़ीम खाकर पींग के आलम में सोचा था कि अगर आमदनी उतनी ही रहे, जितनी कि है, और गाहक सिर्फ़ एक हो तो बहुत अच्छा है। उसने फ़ैसला कर लिया था कि वह सब गाहकों को आहिस्ता-आहिस्ता यह कहकर टरका देगी कि पुलिसवाले उसके पीछे पड़ गए हैं, और वह यह बर्दाश्त नहीं कर सकती कि गाहकों की इज़्ज़त ख़तरे में पड़ जाए।

हैबत ख़ान एक हफ़्ते के बाद नमूदार हुआ—इस दौरान में सरदार दो और गाहकों को मना कर चुकी थी कि वह इधर का रुख़ न किया करें।

हैबत ख़ान उसी शान से आया, जिस शान से वह पहले रोज़ आया था—आते ही उसने नवाब को अपनी छाती के साथ भींच लिया, सरदार से उसने कोई बात न की। नवाब उसे, बल्कि यूँ कहिए, वह नवाब को उस कोठड़ी में ले गया, जहाँ निवाड़ी पलंग बिछा हुआ था।

इस बार सरदार अन्दर न आई; वह अपनी खाट पर अफ़ीम की गोली खाकर ऊँघती रही। इस बार हैबत ख़ान बहुत महज़ूज़[2] हुआ; उसको नवाब का अल्हड़पन और भी ज़्यादा पसन्द आया। नवाब पेशेवर रंडियों के चलित्तरों से

1. असफल, 2. आनन्द-विभोर।

क़त्अन नावाक़िफ़ थी; उसमें वह घरेलूपन भी नहीं था, जो आम घरेलू औरतों में होता है; उसमें कोई ऐसी बात थी, जो ख़ुद उसकी अपनी थी, दूसरों से बिलकुल मुख़्तलिफ़; वह बिस्तर में हैबत ख़ान के साथ इस तरह लेटती थी, जिस तरह कोई बच्चा अपनी माँ के साथ लेटता है, माँ की छातियों पर हाथ फेरता है, माँ की नाक के नथुनों में अपनी उँगलियाँ डालता है, माँ के बाल नोचता है, और फिर आहिस्ता-आहिस्ता सो जाता है।

हैबत ख़ान के लिए यह एक नया तजरबा था, उसके लिए औरत की यह क़िस्म बिलकुल निराली, दिलचस्प और फ़रहतबख़्श[1] थी—वह अब हफ़्ते में दो बार आने लगा था कि नवाब उसके लिए एक बेपनाह कशिश बन गई थी।

सरदार ख़ुश थी कि उसे अपने नेफ़े में उड़सने के लिए काफ़ी नोट मिल जाते थे, लेकिन अब नवाब अपने अल्हड़पन के बावजूद सोचने लगी थी कि हैबत ख़ान डरा-डरा-सा क्यों रहता है—जब कभी सरकंडों के उस पार, कच्ची सड़क पर से कोई लारी या मोटर गुज़रती है तो वह क्यों सहम जाता है, क्यों उससे अलग होकर बाहर जाता है और क्यों छुप-छुपकर देखता है कि कौन है, कौन नहीं है?

एक रात बारह बजे के क़रीब सड़क पर से कोई लारी गुज़री—हैबत ख़ान और नवाब दोनों एक-दूसरे से गुँथे हुए सो रहे थे कि एकदम हैबत ख़ान बड़े ज़ोर से काँपा और उठकर बैठ गया।

नवाब की नींद बड़ी हल्की थी—हैबत ख़ान काँपा तो वह सिर से पाँव तक यूँ लरज़ गई जैसे उसके अन्दर ज़लज़ला आ गया है; चीख़कर उसने कहा : "क्या हुआ?"

हैबत ख़ान अब किसी क़दर सँभल चुका था, उसने ख़ुद को और ज़्यादा सँभालकर कहा : "कोई बात नहीं...मैं...मैं...शायद ख़्वाब में डर गया था।"

रात की ख़ामोशी में लारी की आवाज़ दूर से अभी तक आ रही थी।

नवाब ने कहा : "नहीं ख़ान...कोई बात है...जब भी कोई मोटर या लारी सड़क पर से गुज़रती है, तुम्हारी यही हालत हो जाती है..."

हैबत ख़ान की शायद यह दुखती रग थी, जिस पर नवाब ने हाथ रख दिया था—उसने अपना मर्दाना वक़ार क़ायम रखने के लिए बड़े तेज़ लहज़े में कहा : "मोटरों और लारियों से डरने की क्या वजह हो सकती है?"

---

1. आनन्ददायक।

नवाब का दिल बड़ा नाज़ुक था—हैबत ख़ान के तेज लहज़े से उसे ठेस लगी और उसने बिलख-बिलखकर रोना शुरू कर दिया।

जब हैबत ख़ान ने नवाब को चुप कराया तो वह अपनी ज़िन्दगी के एक लतीफ़तरीन हज़ से आश्ना हुआ और उसका जिस्म नवाब के जिस्म से और ज़्यादा क़रीब हो गया।

हैबत ख़ान अच्छे क़द-काठी का आदमी था, उसका जिस्म गठा हुआ था; वह ख़ूबसूरत था—उसकी बाँहों में नवाब ने ज़िन्दगी में पहली बार बड़ी प्यारी हरारत महसूस की थी; उसको जिस्मानी लज़्ज़त की अलिफ़ बे हैबत ख़ान ही ने सिखाई थी, वह अब उससे मुहब्बत करने लगी थी, यूँ कह लीजिए कि वह शै, जो मुहब्बत होती है, उसके भेद अब नवाब पर खुल रहे थे।

हैबत ख़ान अगर एक हफ़्ते ग़ायब रहता तो नवाब ग्रामोफ़ोन पर दर्दीले गीतों के रिकॉर्ड बजाती और ख़ुद उनके साथ गाती और आहें भरती—वह अब तक बस एक उलझन में गिरफ़्तार थी कि हैबत ख़ान मोटरों और लारियों की आमदो-रफ़्त से क्यों घबराता है?

महीनों गुज़र गए-नवाब की सिपुर्दगी और उसके इल्तिफ़ात[1] में इज़ाफ़ा होता गया, मगर उसकी उलझन भी बढ़ती गई कि अब हैबत ख़ान चन्द घंटों के लिए आता था और अफ़रा-तफ़री के आलम में वापस चला जाता था। वह महसूस करने लगी थी कि यह सब किसी मजबूरी की वजह से है; वह यह जान गई थी कि हैबत ख़ान का जी ज़्यादा से ज़्यादा देर उसके साथ रहने को चाहता है—उसने कई मर्तबा हैबत ख़ान से इस बारे में पूछा, मगर वह बात गोल कर गया।

एक दिन सुबह-सवेरे हैबत ख़ान की डोज सरकंडों के पार रुकी—नवाब सो रही थी, हॉर्न बजा तो वह चौंककर उठ बैठी, फिर वह आँखें मलती-मलती बाहर निकल आई।

हैबत ख़ान जरा फ़ासले पर मोटर खड़ी करने के बाद मकान के पास पहुँच चुका था; नवाब दौड़ती हुई उससे लिपट गई; वह उसे गोद में उठाकर अन्दर उस कोठड़ी में ले गया, जहाँ निवाड़ का पलंग बिछा हुआ था।

देर तक दोनों बातें करते रहे, प्यार-मुहब्बत की बातें—जाने नवाब के दिल में क्या आई कि उस रोज़ उसने अपनी ज़िन्दगी की पहली फ़रमाइश की : "ख़ान, मुझे सोने के कड़े ला दो!"

1. प्रवृत्ति।

हैबत ख़ान ने उसकी मोटी-मोटी गोश्त-भरी सुर्ख़ो-सफ़ेद कलाइयों को कई मर्तबा चूमा और कहा : "कल ही आ जाएँगे...तुम्हारे लिए तो मेरी जान हाज़िर है...!"

नवाब ने एक अदा के साथ, मगर अपने मख़्सूस अल्हड़ अन्दाज़ में कहा : "ख़ान, जाने दो...जान तो मुझे ही देनी पड़ेगी!"

हैबत ख़ान यह सुनकर कई बार उसके सदक़े हुआ और बड़ा पुरलुत्फ़ वक़्त गुज़ारने के बाद चला गया। चलते-चलते वह वादा कर गया कि वह अगले दिन आएगा और सोने के कड़े उसके नर्म-नर्म हाथों में ख़ुद पहनाएगा।

नवाब ख़ुश थी—उस रात वह देर तक मसर्रत[1] भरे रिकॉर्ड बजा-बजाकर उस छोटी-सी कोठड़ी में नाचती रही, जिसमें निवाड़ी पलंग बिछा हुआ था।

सरदार भी ख़ुश थी—उसने फिर अपनी डिबिया में से अफ़ीम की एक बड़ी गोली निकाली और निगलकर सो गई।

दूसरे दिन नवाब और ज़्यादा ख़ुश थी कि सोने के कड़े आनेवाले हैं और हैबत ख़ान ख़ुद उसको कड़े पहनानेवाला है—वह सारा दिन मुंतज़िर[2] रही, पर वह न आया।

उसने सोचा : 'शायद मोटर ख़राब हो गई हो, शायद वह रात को आ जाए।' वह सारी रात जागती रही, मगर हैबत ख़ान न आया।

उसके दिल को, जो बहुत नाज़ुक था, बड़ी ठेस पहुँची—उसने अपनी माँ को, या जो कोई भी वह उसकी थी, बार-बार कहा : "देखो, ख़ान नहीं आया है...वादा करके फिर गया है..." फिर वह सोचती और कहती : 'ऐसा न हो, कुछ हो गया हो...' और वह सहम-सी जाती।

कई बातें उसके दिमाग़ में आ रही थीं : मोटर का हादिसा, अचानक बीमारी, किसी डाकू का हमला—फिर बार-बार उसको लारियों और मोटरों की आवाज़ों का ख़याल आ जाता, जिनको सुनकर हैबत ख़ान हमेशा बौखला जाता था; वह सोचती रही, मगर उसकी समझ में कुछ न आया।

एक हफ़्ता गुज़र गया, मगर हैबत ख़ान न आया—इसी दौरान में तीन-चार लारियाँ और दो मोटरें उस कच्ची सड़क पर से धूल उड़ाती गुज़र गईं—नवाब का हर बार यही जी चाहा कि दौड़ती हुई उनके पीछे जाए और उन सबको आग लगा दे; वह महसूस कर रही थी कि यही वह चीज़ें हैं, जो हैबत

---

1. प्रसन्नता, 2. प्रतीक्षा में।

ख़ान के आने में रुकावट का बायस हैं; फिर वह सोचती कि मोटरें और लारियाँ रुकावट का क्या बायस हो सकती हैं; फिर वह अपनी कमअक़्ली पर हँसने लगती—यह बात उसकी समझ से बालातर थी कि हैबत ख़ान जैसा तनोमन्द मर्द मोटरों और लारियों की आवाज़ सुनकर सहम क्यों जाता है, और इस हक़ीक़त को उसके दिमाग़ की पैदा की हुई कोई दलील झुठला न पाती; और जब ऐसा होता तो वह बेहद रंजीदा और मग़मूम[1] हो जाती और वह ग्रामोफ़ोन पर दर्दीले रिकॉर्ड सुनना शुरू कर देती और उसकी आँखें नमनाक हो जातीं।

एक हफ़्ता और गुज़र गया।

एक रोज़ दोपहर को जब नवाब और सरदार खाना खाकर फ़ारिग़ हो चुकी थीं और कुछ देर आराम करने के बारे में सोच रही थीं कि अचानक उन्हें बाहर कच्ची सड़क पर से मोटर के हॉर्न की आवाज़ सुनाई दी—दोनों आवाज़ सुनकर चौंकीं कि यह आवाज़ हैबत ख़ान के डोज की हॉर्न की आवाज़ नहीं थी।

सरदार बाहर बाड़ की तरफ़ लपकी कि देखें, कौन है; पुराना गाहक है तो उसे टरका दे। जब वह सरकंडों के पास पहुँची तो उसने देखा कि एक नई मोटर में हैबत ख़ान बैठा हुआ है और पिछली निशस्त पर एक ख़ुशपोश और ख़ूबसूरत औरत मौजूद है।

हैबत ख़ान ने मोटर कुछ दूर खड़ी की और बाहर निकला; उसके साथ ही पिछली निशस्त से वह औरत भी बाहर निकली; दोनों उनके मकान की तरफ़ बढ़ने लगे।

सरदार ने सोचा कि यह क्या सिलसिला है ? औरत के लिए तो हैबत ख़ान इतनी दूर से चलकर यहाँ आता है, यह औरत, जो इतनी ख़ूबसूरत है, जवान है, क़ीमती कपड़ों में मलबूस है, हैबत ख़ान के साथ यहाँ क्या करने आई है—वह अभी यह सोच ही रही थी कि हैबत ख़ान उस ख़ूबसूरत औरत के साथ मकान में दाख़िल हो गया; वह उनके पीछे-पीछे चली; उसकी तरफ़ दोनों में से किसी ने ध्यान ही नहीं दिया था।

जब वह अन्दर पहुँची तो उसने देखा कि नवाब, हैबत ख़ान और वह औरत, तीनों निवाड़ी पलंग पर बैठे हुए हैं और एक ख़ामोशी तारी है, अजीब क़िस्म की ख़ामोशी—ज़ेवरों से लदी-फँदी औरत किसी क़दर मुज़्तरिब[2] नज़र आ रही थी; उसकी एक टाँग बड़े ज़ोर से हिल रही थी।

1. दुखी, 2. व्याकुल, आतुर।

सरदार दहलीज़ के पास ही खड़ी हो गई—उसके क़दमों की आहट सुनकर जब हैबत ख़ान ने उसकी तरफ़ देखा तो उसने सलाम किया।

हैबत ख़ान ने कोई जवाब न दिया—वह सख़्त बौखलाया हुआ था।

ज़ेवरों से लदी-फँदी औरत की टाँग हिलना बन्द हुई और वह सरदार से मुख़ातिब हुई : "हम आए हैं...खाने-पीने का तो कुछ बन्दोबस्त करो!"

सरदार ने सर-ता-पा मेहमाननवाज़ बनकर कहा : "जो कहिए, अभी तैयार हो जाता है!"

उस औरत ने जिसके ख़द्दोख़ाल से साफ़ मतरश्शेह[1] था, कि बड़े धड़ल्ले की औरत है, सरदार से कहा, "तुम चलो बावर्चीख़ाने में...चूल्हा सुलगाओ...बड़ी देगची है घर में?"

"है!" सरदार ने अपना वज़नी सिर हिलाया।

"तो जाओ...उसको धोकर साफ़ करो...मैं अभी आती हूँ।" वह औरत पलंग पर से उठी और ग्रामोफ़ोन देखने लगी।

सरदार ने माज़िरत-भरे लहजे में कहा : "गोश्त तो यहाँ नहीं मिलेगा।"

उस औरत ने एक रिकॉर्ड पर सुई रखी : "मिल जाएगा...तुमसे जो कहा है, वह करो...और देखो, आग काफ़ी हो..."

सरदार यह अह्काम[2] लेकर चली गई—अब वह ख़ुशपोश औरत मुस्कराकर नवाब से मुख़ातिब हुई : "नवाब, हम तुम्हारे लिए सोने के कड़े ले आए हैं।" यह कहकर उसने अपना वैनिटी बैग खोला और उसमें से बारीक सुर्ख़ काग़ज़ में लिपटे हुए कड़े निकाले, जो काफ़ी वज़नी और ख़ूबसूरत थे।

नवाब क़रीब बैठे हुए ख़ामोश हैबत ख़ान को देख रही थी—उसने कड़ों को एक नज़र देखा और हैबत ख़ान से बड़ी नर्मो-नाज़ुक मगर सहमी हुई आवाज़ में पूछा : "ख़ान, यह कौन है?" उसका इशारा उस औरत की तरफ़ था।

वह औरत कड़ों से खेलती हुई बोली : "मैं कौन हूँ... ? मैं हैबत ख़ान की बहन हूँ..." यह कहकर उसने हैबत ख़ान की तरफ़ देखा, जो उसके जवाब पर सिकुड़-सा गया था; फिर वह नवाब से मुख़ातिब हुई : "मेरा नाम हलाकत है..."

नवाब कुछ न समझ सकी—वह उस औरत की आँखों से ख़ौफ़ खा रही थी, जो यक़ीनन ख़ूबसूरत थीं, मगर बड़े ख़ौफ़नाक तौर पर खुली हुई थीं; उनमें जैसे आग बरस रही थी—फिर वह ज़रा आगे बढ़ी; उसने सिमटी हुई, सहमी

1. प्रकट, 2. आदेश।

हुई नवाब की कलाइयाँ पकड़ीं और उनमें कड़े डालने लगी; यकायक उसने नवाब की कलाइयाँ छोड़ दीं और हैबत ख़ान से मुख़ातिब हुई : "तुम जाओ हैबत ख़ान...मैं नवाब को अच्छी तरह सजा-बनाकर तुम्हारी ख़िदमत में पेश करना चाहती हूँ..."

हैबत ख़ान मबहूत[1] था; जब वह न उठा तो वह औरत, जिसने अपना नाम हलाकत बताया था, ज़रा तेज़ी से बोली : "जाओ...सुना नहीं तुमने?"

हैबत ख़ान काँपा और नवाब की तरफ़ देखता हुआ बाहर निकल गया। वह बहुत मुज़्तरिब था; उसकी समझ में नहीं आ रहा था कि वह कहाँ जाए और क्या करे?

कोठड़ियों के बाहर एक बरामदा-सा था, जिसके एक कोने में टाट लगा बावर्चीख़ाना था—हैबत ख़ान ने देखा कि सरदार आग सुलगा चुकी है।

उसने कोई बात न की और सरकंडों के उस पार कच्ची सड़क पर चला गया—उसकी हालत नीम दीवानों की-सी थी; ज़रा-सी आहट पर वह चौंक उठता था—थोड़ी देर के बाद उसको दूर से एक लारी आती दिखाई दी; उसने सोचा कि वह लारी रुकवा ले और फिर उसमें बैठकर वहाँ से ग़ायब हो जाए; जब लारी उसके क़रीब पहुँची तो ऐसी धूल उड़ी कि वह धूल में गुम हो गया; उसने आवाज़ें दीं, मगर धूल के बायस उसका हलक़ इस क़ाबिल ही न रहा कि वह बुलन्द आवाज़ निकाल सकता।

गर्दो-ग़ुबार कम हुआ तो हैबत ख़ान तक़रीबन नीम मुर्दा था—उसने चाहा कि सरकंडों के पीछे उस मकान में जाए, जहाँ उसने कई दिन और कई रातें नवाब के अल्हड़ पहलू में गुज़ारी थीं, मगर वह जा न सका; उसके क़दम ही नहीं उठते थे।

वह बहुत देर तक कच्ची सड़क पर धूल में लथपथ खड़ा सोचता रहा—वह औरत जो उस वक़्त नवाब के पास थी, उसके साथ उसके ताल्लुक़ात काफ़ी पुराने थे; बहुत पुरानी बात है कि वह उस औरत के ख़ाविन्द की मौत पर अफ़सोस करने गया था, जो उसका लँगोटिया था; वह मातमपुर्सी दोनों के बाहमी ताल्लुक़ात में तब्दील हो गई; दूसरे दिन वह फिर उस औरत के घर में था; उस औरत ने उसे ऐसे तहक्कुम[2] से अन्दर बुलाया था और फिर ऐसे तहक्कुम से अपना आप उसके सिपुर्द किया था, जैसे वह उसका ग़ुलाम हो।

1. चकित, 2. हुक्म जताना, ज़ोर दिखाना।

तब हैबत ख़ान औरत के मामले में बिलकुल कोरा था—शाहीना का अजीबो-ग़रीब तहक्कुम भरा इल्तिफ़ात उसके लिए बहुत बड़ी बात थी।

शाहीना के पास बेअन्दाज़ा दौलत थी, कुछ उसकी अपनी और कुछ उसके मरहूम ख़ाविन्द की—हैबत ख़ान को इस दौलत से कोई सरोकार नहीं था; शाहीना उसकी ज़िन्दगी की सबसे पहली औरत थी और वह उसके तहक्कुम के नीचे दबकर रह गया था।

बहुत देर तक वह कच्ची सड़क पर खड़ा सोचता रहा और काँपता रहा, आख़िर उससे न रहा गया—वह सरकंडों की ओट में छुपे मकान की तरफ़ बढ़ा; बरामदे में टाट लगे बावर्चीख़ाने में उसने सरदार को कुछ भूनते हुए देखा।

जब वह अन्दर उस कोठड़ी की तरफ़ बढ़ा, जहाँ निवाड़ का पलंग बिछा हुआ था तो उसने दरवाज़ा बन्द पाया; उसने हौले-से दस्तक दी।

चन्द लम्हात के बाद अन्दर से दरवाज़ा खुला।

उसने देखा कि कच्चे फ़र्श पर ख़ून ही ख़ून फैला हुआ है; वह काँप उठा; फिर उसने शाहीना की तरफ़ देखा, जो दरवाज़े के पट के साथ लगी खड़ी थी।

शाहीना ने कहा : "मैंने तुम्हारी नवाब को सजा-बना दिया है..."

हैबत ख़ान ने अपने ख़ुश्क गले को लुआब से किसी क़दर तर करते हुए पूछा : "नवाब कहाँ है?"

शाहीना ने जवाब दिया : "कुछ तो पलंग पर है...और कुछ...उसका बेहतरीन हिस्सा बावर्चीख़ाने में है..."

हैबत ख़ान पर हैबत तारी हो गई—वह कुछ न कह सका; वहीं खड़ा रहा; उसने आँखें फाड़कर देखा कि फर्श पर ख़ून के साथ-साथ ख़ून-भरे गोश्त के छोटे-छोटे टुकड़े भी पड़े हुए हैं और ख़ून में लथपथ एक तेज़ छुरी भी पड़ी हुई है, और निवाड़ी पलंग पर कोई ख़ून आलूदा चादर ओढ़े लेटा हुआ है।

शाहीना ने मुस्कराकर कहा : "चादर उठाकर दिखाऊँ? तुम्हारी सजी-बनी नवाब है...मैंने अपने हाथों से उसका सिंगार किया है...तुम पहले खाना खा लो, बहुत भूख लगी होगी तुम्हें...सरदार बड़ा लज़ीज़ गोश्त भून रही है...बोटियाँ मैंने ख़ुद अपने हाथों से काटी हैं..."

हैबत ख़ान के पाँव लड़खड़ा गए—वह बमुश्किल चिल्लाया : "शाहीना, यह तुमने क्या किया...?"

शाहीना मुस्कराई : ''जानेमन, पहली मर्तबा नहीं...यह दूसरी मर्तबा है...मेरा ख़ाविन्द, अल्लाह उसे जन्नत नसीब करे, तुम्हारी तरह ही बेवफ़ा था...मैंने उसको ख़ुद अपने इन्हीं हाथों से मारा था और उसका गोश्त पकाकर चीलों और कव्वों को खिलाया था...तुमसे मुझे प्यार है, इसलिए मैंने तुम्हारे बजाय...'' उसने जुमला मुकम्मल न किया; तेज़ी से वह पीछे हटी और उसने हाथ बढ़ाकर ख़ून आलूदा चादर खींच ली।

हैबत ख़ान की चीख़ उसके हलक़ के अन्दर ही फँसी रह गई और वह बेहोश होकर गिर पड़ा।

जब उसे होश आया तो उसने देखा कि शाहीना कार चला रही है, और वह ग़ैर इलाक़े में हैं।

सड़क के किनारे

यही दिन थे; आसमान उसकी आँखों की तरह ऐसा ही नीला था, जैसा कि आज है, धुला हुआ, निथरा हुआ...और धूप भी ऐसी ही कुनकुनी थी, सुहाने ख़्वाबों की तरह...मिट्टी की बास भी ऐसी ही थी, जैसी कि इस वक़्त मेरे दिलो-दिमाग़ में रच रही है...और मैंने इसी तरह लेटे-लेटे अपनी फड़फड़ाती हुई रूह उसके हवाले की थी...

फिर उसने मुझसे कहा था : "तुमने मुझे जो ये लम्हात अता किए हैं, यक़ीन जानो, मेरी ज़िन्दगी इनसे ख़ाली थी...जो ख़ाली जगहें तुमने आज मेरी हस्ती में पुर की हैं, तुम्हारी शुक्रगुज़ार हैं...तुम मेरी ज़िन्दगी में न आते तो शायद मेरी ज़िन्दगी हमेशा अधूरी रहती...मेरी समझ में नहीं आता, मैं तुमसे और क्या कहूँ...मेरी तकमील हो गई है, ऐसे मुकम्मल तौर पर कि महसूस होता है, मुझे अब तुम्हारी ज़रूरत नहीं रही... ।"

और वह चला गया...हमेशा के लिए चला गया...

मेरी आँखें रोईं, मेरा दिल रोया...मैंने उसकी मिन्नत-समाजत की, उससे लाख मर्तबा पूछा : "अब तुम्हें मेरी ज़रूरत क्यों नहीं रही...मुझे तुम्हारी ज़रूरत, अपनी तमाम शिद्दतों के साथ अब है...उन लम्हात के बाद, जिन्होंने बक़ौल तुम्हारे, तुम्हारी हस्ती की ख़ाली जगहें पुर की हैं..."

उसने कहा : "तुम्हारे वुजूद[1] के जिस-जिस ज़र्रे की मेरी हस्ती की तामीरो-तकमील[2] के लिए ज़रूरत थी, यह लम्हात वह ज़र्रे चुन-चुनकर मुझे देते रहे...अब कि मेरी हस्ती की तकमील हो गई है, तुम्हारा और मेरा रिश्ता ख़ुद-ब-ख़ुद ख़त्म हो गया है... ।"

किस क़दर ज़ालिमाना लफ़्ज़ थे...मुझसे यह पथराव बर्दाश्त न हो सका...मैं

1. अस्तित्व, 2. रचना और पूर्ति।

चीख़-चीख़कर रोने लगी, मगर उस पर कुछ असर न हुआ...मैंने उससे कहा : "वह ज़र्रे, जिनसे तुम्हारी हस्ती की तकमील हुई है, मेरे वुजूद का एक हिस्सा थे। क्या उन ज़र्रों का मुझसे कोई रिश्ता नहीं...क्या मेरे वुजूद का बक़ाया हिस्सा उन ज़र्रों से अपना नाता तोड़ सकता है...तुम मुकम्मल हो गए हो...लेकिन मुझे अधूरा करके...क्या मैंने इसीलिए तुम्हें अपना माबूद[1] बनाया था..."

उसने कहा : "फूलों और कलियों का रस चूस-चूसकर भँवरे शहद कशीद[2] करते हैं, मगर वह शहद तो क्या, उसकी तलछट तक भी उन फूलों और कलियों के होंठों तक नहीं लाते...ख़ुदा अपनी परस्तिश[3] कराता है, मगर ख़ुद बन्दगी नहीं करता...अदम के साथ ख़ल्वत[4] में चन्द लम्हे बसर करके उसने वुजूद की तकमील की...लेकिन अब अदम कहाँ है...उसकी अब वुजूद को क्या ज़रूरत है...अदम एक ऐसी माँ थी, जो वुजूद को जन्म देते ही ज़चगी के बिस्तर पर फ़ना हो गई थी..."

औरत रो सकती है, दलीलें पेश नहीं कर सकती...औरत की सबसे बड़ी दलील उसकी आँख से ढलका हुआ आँसू है...मैंने उससे कहा : "देखो...मैं रो रही हूँ...मेरी आँखें आँसू बरसा रही हैं...तुम जा रहे हो तो जाओ, मगर मेरे कुछ आँसुओं को तो अपने रूमाल के कफ़न में लपेटकर साथ लेते जाओ...मैं तो सारी उम्र रोती रहूँगी, मगर मुझे इतना तो याद रहेगा कि चन्द आँसुओं के कफ़न-दफ़न का सामान तुमने किया था, मुझे ख़ुश करने के लिए..."

उसने कहा : 'मैं तुम्हें ख़ुश कर चुका हूँ...तुम्हें उस ठोस मसर्रत[5] से हमकिनार कर चुका हूँ, जिसके तुम ख़्वाब ही देखा करती थीं...क्या वह लुत्फ़, वह कैफ़ तुम्हारी ज़िन्दगी के बक़ाया लम्हात का सहारा नहीं बन सकता...तुम कहती हो कि मेरी तकमील ने तुम्हें अधूरा कर दिया है, लेकिन यह अधूरापन ही क्या तुम्हारी ज़िन्दगी को मुतहर्रिक रखने के लिए काफ़ी नहीं...मैं मर्द हूँ...आज तुमने मेरी तकमील की है, कल कोई और करेगा...मर्द का वुजूद कुछ ऐसे आबो-गिल[6] से बना होता है, और उसकी ज़िन्दगी में ऐसे कई लम्हात आते हैं, जब वह ख़ुद को तश्ना-ए-तकमील[7] समझता है, और तुम-जैसी कई औरतें आती हैं, जो उन लम्हात की पैदा की हुई ख़ाली जगहें पुर करती हैं..."

मैं रोती रही, झुँझलाती रही।

---

1. जिसकी उपासना की जाए, 2. खींचना, 3. पूजा, 4. एकान्त, 5. आनन्द, 6. पानी-मिट्टी, 7. पूर्ति का प्यासा।

मैंने सोचा : ये चन्द लम्हात अभी-अभी मेरी मुट्ठी में थे, नहीं-नहीं, मैं उन लम्हात की मुट्ठी में थी...मैंने क्यों ख़ुद को उन लम्हात के हवाले किया, क्यों अपनी फड़फड़ाती रूह उनके मुँह खुले क़फ़स में डाल दी...हाँ, एक मज़ा था, एक लुत्फ़ था, एक कैफ़ था, था ज़रूर था...और यह उसके और मेरे तसादुम[1] में था, लेकिन यह क्या कि वह अब साबितो-सालिम रहा और मुझमें तरेड़े पड़ गए...यह क्या कि वह अब मेरी ज़रूरत महसूस नहीं करता, और मैं और भी शिद्दत से उसकी ज़रूरत महसूस करती हूँ...वह ताक़तवर बन गया है, मैं नहीफ़ हो गई हूँ...यह क्या कि आसमान पर दो बादल हम-आग़ोश हों; एक रो-रोकर बह जाए, दूसरा बिजली बनकर कौंधे, लपके, बरसे, सिमटे और ग़ायब हो जाए...यह किसका क़ानून है...आसमानों का या ज़मीनों का...या इनके बनानेवालों का... ?

मैं सोचती रही, झुँझलाती रही : दो रूहों का सिमटकर एक हो जाना और एक होकर वालिहाना वुसअत[2] इख़्तियार कर जाना...क्या यह सब शाइरी है...नहीं, दो रूहें तो सिमटकर उस नन्हे-से नुक़्ते पर पहुँचती हैं, जो फैलकर कायनात बनता है...लेकिन इस कायनात में क्यों एक रूह घायल छोड़ दी जाती है...क्या इस क़ुसूर पर कि उसने दूसरी रूह को उस नन्हे-से नुक़्ते तक पहुँचने में मदद दी थी... ?

यह कैसी कायनात है...

यही दिन थे, आसमान उसकी आँखों की तरह ऐसा ही नीला था, जैसा कि आज है...और धूप भी ऐसी ही कुनकुनी थी...और मैंने इसी तरह लेटे-लेटे अपनी फड़फड़ाती हुई रूह उसके हवाले की थी...

वह मौजूद नहीं है...बिजली का कौंधा बनकर जाने वह किन बदलियों की गिर्या-ओ-जारी[3] से खेल रहा है...वह अपनी तकमील करके चला गया...वह एक साँप था, जो मुझे डसकर चला गया...क्यों उसकी छोड़ी हुई लकीर मेरे पेट में करवटें ले रही है...क्या यह मेरी तकमील हो रही है...

नहीं, नहीं...यह तकमील कैसे हो सकती है...यह तो तख़रीब[4] है...लेकिन यह मेरे जिस्म की ख़ाली जगहें क्यों पुर हो रही हैं...

यह मेरे जिस्म के गड्ढे किस मलबे से पुर किए जा रहे हैं...मेरी रगों में यह कैसी सरसराहटें दौड़ रही हैं...मेरे पेट में कौन-सा नन्हा-सा नुक़्ता फैलते

---

1. संघर्ष, 2. प्रेमियों-जैसी शक्ति, 3. रोना-धोना, 4. तोड़-फोड़, विध्वंस।

हुए पेचो-ताब खा रहा है...मेरी नाव डूबकर अब किन समन्दरों में उभरने के लिए उठ रही है... यह मेरे अन्दर दहकते हुए चूल्हों पर किस मेहमान के लिए दूध गर्म किया जा रहा है...यह मेरा दिल मेरे ख़ून को धुनक-धुनककर किसके लिए नर्मो-नाज़ुक रज़ाइयाँ तैयार कर रहा है...यह मेरा दिमाग़ मेरे ख़यालात के रंग-बिरंगे धागों से किसके लिए नन्ही-मुन्नी पोशाकें बुन रहा है...मेरा रंग किसके लिए निखर रहा है...मेरे अंग-अंग और रोम-रोम में फँसी हुई हिचकियाँ लोरियों में क्यों तब्दील हो रही हैं...

यही दिन थे; आसमान उसकी आँखों की तरह ऐसा ही नीला था, जैसा कि आज है...लेकिन अब यह आसमान अपनी बुलंदियों से उतरकर क्यों मेरे पेट में तन गया है...उसकी नीली-नीली आँखें क्यों मेरी रगों में दौड़ती-फिरती हैं...

मेरी छातियों की गोलाइयों में मस्जिदों के मेहराबों-ऐसी तक़दीस[1] क्यों आ रही है...

नहीं-नहीं, यह तक़दीस नहीं...मैं इन मेहराबों को ढहा दूँगी...मैं अपने अन्दर दहकते हुए तमाम चूल्हे सर्द कर दूँगी...जिन पर बिन बुलाए मेहमान की ख़ातिरदारियाँ चढ़ी हुई हैं...मैं अपने ख़यालात के तमाम रंग-बिरंगे धागे उलझा दूँगी...

यही दिन थे; आसमान उसकी आँखों की तरह ऐसा ही नीला था, जैसा कि आज है...मैं वे दिन क्यों याद करती हूँ; वे दिन, जिनके सीने पर से वह अपने नक़्शे-क़दम भी उठाकर ले गया है...लेकिन यह...यह नक़्शे-क़दम किसका है, यह जो मेरे पेट की गहराइयों में तड़प रहा है...क्या यह मेरा जाना-पहचाना नहीं...मैं इसे खुरच दूँगी, इसे मिटा दूँगी...नक़्शे-क़दम नहीं, रसौली है, फोड़ा है, बहुत ख़ौफ़नाक फोड़ा... लेकिन मुझे यह क्यों महसूस हो रहा है कि यह तो फाहा है...फाहा है तो किस ज़ख़्म का...उस ज़ख़्म का, जो वह मुझे लगाकर चला गया था...नहीं-नहीं...ऐसा लगता है, यह किसी पैदाइशी ज़ख़्म का फाहा है...ऐसा ज़ख़्म, जो मैंने कभी देखा ही नहीं...जो मेरी कोख में जाने कब से सो रहा था...

यह कोख है क्या...फ़ुज़ूल-सी मिट्टी की हंडकुलिया...बच्चों का खिलौना...मैं इसे तोड़-फोड़ दूँगी...।

कौन मेरे कान में कह रहा है : यह दुनिया एक चौराहा है...अपना भांडा क्यों चौराहे पर फोड़ती है...याद रख, तुझ पर उँगलियाँ उठेंगी...

---

1. पवित्रता।

उँगलियाँ...उँगलियाँ उधर क्यों न उठेंगी, जिधर वह अपनी हस्ती मुकम्मल करके चला गया है...क्या इन उँगलियों को वह रास्ता मालूम नहीं...यह दुनिया एक चौराहा है...लेकिन वह तो मुझे एक दोराहे पर छोड़कर चला गया था...इस राह भी अधूरापन, उस राह भी अधूरापन...इधर भी आँसू, उधर भी आँसू...

यह किसका आँसू मेरे सीप में मोती बन रहा है...यह मोती पिरोया कहाँ जाएगा...

उँगलियाँ उठेंगी...जब सीप का मुँह खुलेगा, मोती फिसलकर चौराहे पर गिर पड़ेगा, फिर उँगलियाँ उठेंगी...सीप की तरफ़ भी और मोती की तरफ़ भी...उँगलियाँ सँपोलिया बनकर दोनों को डस लेंगी और अपने ज़हर से उनको नीला कर देंगी...

आसमान उसकी आँखों की तरह ऐसा ही नीला था, जैसा कि आज है... आसमान गिर क्यों नहीं पड़ता...वह कौन-से सुतून हैं, जो आसमान को थामे हुए हैं...उस दिन जो ज़लज़ला आया था, क्या वह इन सुतूनों की बुनियादें हिला देने के लिए काफ़ी नहीं था...यह क्यों अब तक उसी तरह तना हुआ है...

मेरी रूह पसीने में ग़र्क़ है...उसका हर मसाम[1] खुला हुआ है...चारों तरफ़ आग दहक रही है...मेरे अन्दर कुठाली में सोना पिघल रहा है...धौंकनियाँ चल रही हैं, शोले भड़क रहे हैं...आतिशफ़िशाँ[2] पहाड़ के लावे की तरह सोना पिघल रहा है...मेरी रगों में नीली आँखें दौड़ रही हैं, हाँफ रही हैं...घंटियाँ बज रही हैं...कोई आ रहा है...कोई आ रहा है...बन्द कर दो...किवाड़ बन्द कर दो...

कुठाली उलट गई है...पिघला हुआ सोना बह रहा है...घंटियाँ बज रही हैं...मेरी आँखें मुँद रही हैं...नीला आसमान गँदला होकर नीचे आ रहा है...

यह किसके रोने की आवाज़ है...इसे चुप कराओ...इसकी चीख़ें मेरे दिल पर हथौड़े मार रही हैं...चुप कराओ...इसे चुप कराओ...

मैं गोद बन रही हूँ...मैं क्यों गोद बन रही हूँ...

मेरी बाँहें खुल रही हैं...चूल्हों पर दूध उबल रहा है...मेरी छातियों की गोलाइयाँ प्यालियाँ बन रही हैं...

लाओ, इस गोश्त के लोथड़े को मेरे दिल के धुनके हुए ख़ून के नर्म-नर्म गालों में लिटा दो...

---

1. रोमछिद्र, 2. ज्वालामुखी।

मत छीनो...मत छीनो इसे...मुझसे जुदा न करो, ख़ुदा के लिए मुझसे जुदा न करो...

उँगलियाँ...उँगलियाँ...उठने दो उँगलियाँ...मुझे कोई परवाह नहीं...यह दुनिया चौराहा है...फूट जाने दो मेरी ज़िन्दगी के तमाम भांडे...

मेरी ज़िन्दगी तबाह हो जाएगी...

हो जाने दो तबाह...मुझे मेरा गोश्त वापस दे दो...मेरी रूह का यह टुकड़ा मुझसे मत छीनो...यह बड़ा क़ीमती है...यह गौहर है, जो मुझे उन चन्द लम्हात ने अता किया है, उन चन्द लम्हात ने, जिन्होंने मेरे वुजूद के कई ज़र्रे चुनकर किसी की तकमील की थी, और जो मुझे अपने ख़याल में अधूरा छोड़कर चला गया था...मेरी तकमील तो आज हुई है...

मान लो...मान लो...मेरे पेट के ख़ला से पूछो...मेरी दूध-भरी छातियों से पूछो...उन लोरियों से पूछो, जो मेरे अंग-अंग और रोम-रोम में तमाम हिचकियाँ सुलाकर जाग रही हैं...उन झूलनों से पूछो, जो मेरे बाज़ुओं में डल रहे हैं...मेरे चेहरे की ज़र्दियों से पूछो, जो गोश्त के इस लोथड़े के गालों को अपनी तमाम सुर्ख़ियाँ चुसाती रही हैं...उन साँसों से पूछो, जो चोरी-छुपे इसको इसका हिस्सा पहुँचाते रहे हैं।

उँगलियाँ...उठने दो उँगलियाँ...मैं उन्हें काट डालूँगी...शोर मचेगा तो मैं वह काटी हुई उँगलियाँ उठाकर अपने कानों में ठूँस लूँगी...मैं गूँगी हो जाऊँगी, बहरी हो जाऊँगी, अन्धी हो जाऊँगी...मेरा गोश्त मेरे इशारे समझ लिया करेगा...मैं इसे टटोल- टटोलकर पहचान लिया करूँगी...

मत छीनो...मत छीनो इसे...यह मेरी कोख की माँग का सिन्दूर है...मेरी ममता के माथे की बिंदिया है, मेरे गुनाह का कड़वा फल है...

लोग इस पर थू-थू करेंगे...

मैं चाट लूँगी, सब थूकें...

देखो, मैं हाथ जोड़ती हूँ, पाँव पड़ती हूँ...मेरे भरे हुए दूध के बर्तन औंधे न करो...मेरे दिल के धुनके हुए ख़ून के नर्म-नर्म गालों में आग न लगाओ...मेरी बाँहों के झूलनों की रस्सियाँ न तोड़ो...मेरे कानों को उन गीतों से महरूम न करो, जो इसके रोने में मुझे सुनाई देते हैं...

मत छीनो...मत छीनो...मुझसे जुदा न करो...ख़ुदा के लिए मुझे इससे जुदा न करो...

मंटो

लाहौर : इक्कीस जनवरी।

धोबी मंडी से पुलिस ने एक नौज़ाईदा[1] बच्ची को सर्दी से ठिठुरते हुए सड़क के किनारे पड़ी हुई पाया और अपने क़ब्ज़े में ले लिया...किसी संगदिल ने बच्ची की गर्दन को मज़बूती से कपड़े में जकड़ रखा था और उरियाँ जिस्म को गीले कपड़े में बाँध रखा था कि वह सर्दी से मर जाए, मगर वह ज़िन्दा थी...बच्ची बहुत ख़ूबसूरत है, उसकी आँखें नीली हैं...बच्ची को हस्पताल पहुँचा दिया गया है।

---

1. नवजात।

ठंडा गोश्त

ईशर सिंह ज्यों ही होटल के कमरे में दाख़िल हुआ, कुलवन्त कौर पलंग पर से उठी। अपनी तेज़-तेज़ आँखों से उसकी तरफ़ घूर के देखा और दरवाज़े की चिटख़नी बन्द कर दी। रात के बारह बज चुके थे, शहर का मुज़ाफ़ात[1] एक अजीब पुरअसरार ख़ामोशी में ग़र्क़ था।

कुलवन्त कौर पलंग पर आलथी-पालथी मारकर बैठ गई। ईशर सिंह जो ग़ालिबन अपने परागंदा[2] ख़यालात के उलझे हुए धागे खोल रहा था, हाथ में किरपान लिये एक कोने में खड़ा था। चन्द लम्हात इसी तरह ख़ामोशी में गुज़र गए। कुलवन्त कौर को थोड़ी देर के बाद अपना आसन पसन्द न आया, और वह दोनों टाँगें पलंग के नीचे लटकाकर उन्हें हिलाने लगी। ईशर सिंह फिर भी कुछ न बोला।

कुलवन्त कौर भरे-भरे हाथ-पैरोंवाली औरत थी। चौड़े-चकले कूल्हे थुल-थुल करनेवाले गोश्त से भरपूर, कुछ बहुत ही ज़्यादा ऊपर को उठा हुआ सीना, तेज़ आँखें, बालाई[3] होंठ पर बालों का सुरमई गुबार, ठोड़ी की साख़्त[4] से पता चलता था कि बड़े धड़ल्ले की औरत है।

ईशर सिंह सिर न्योढ़ाए एक कोने में चुपचाप खड़ा था। सिर पर उसकी कसकर बाँधी हुई पगड़ी ढीली हो रही थी। उसके हाथ जो किरपान थामे हुए थे, थोड़े-थोड़े लरज़ाँ थे मगर उसके क़दो-क़ामत और ख़द्दो-ख़ाल से पता चलता था कि वह कुलवन्त कौर-जैसी औरत के लिए मौज़ूँतरीन[5] मर्द है।

चन्द और लम्हात जब इसी तरह ख़ामोशी से गुज़र गए तो कुलवन्त कौर छलक पड़ी, लेकिन तेज़-तेज़ आँखों को नचाकर वह सिर्फ़ इस कदर कह सकी : ''ईशर सिंयाँ...''

---

1. आसपास का क्षेत्र, 2. अस्त-व्यस्त, परेशान, 3. ऊपर का, 4. बनावट, 5. बहुत सही।

ईशर सिंह ने गर्दन उठाकर कुलवन्त कौर की तरफ़ देखा, मगर उसकी निगाहों की गोलियों की ताब न लाकर मुँह दूसरी तरफ़ मोड़ लिया।

कुलवन्त कौर चिल्लाई : "ईशर सिंयाँ..." लेकिन फ़ौरन ही आवाज़ भींच ली और पलंग पर से उठकर उसकी जानिब जाते हुए बोली : "कहाँ रहे तुम इतने दिन?"

ईशर सिंह ने ख़ुश्क होंठों पर ज़ुबान फेरी : "मुझे मालूम नहीं।"

कुलवन्त कौर भिन्ना गई : "यह भी कोई माँया जवाब है!"

ईशर सिंह ने किरपान एक तरफ़ फेंक दी और पलंग पर लेट गया। ऐसा मालूम होता था कि वह कई दिनों का बीमार है। कुलवन्त कौर ने पलंग की तरफ़ देखा जो अब ईशर सिंह से लबालब भरा था। उसके दिल में हमदर्दी का जज़्बा पैदा हो गया। चुनांचे उसके माथे पर हाथ रखकर उसने बड़े प्यार से पूछा : "जानी, क्या हुआ है तुम्हें?"

ईशर सिंह छत की तरफ़ देख रहा था, उससे निगाहें हटाकर उसने कुलवन्त कौर के मानूस[1] चेहरे को टटोलना शुरू किया : "कुलवन्त!" उसकी आवाज़ में दर्द था।

कुलवन्त कौर सारी सिमटकर अपने बालाई होंठ में आ गई : "हाँ, जानी!" कहकर वह उसको दाँतों से काटने लगी।

ईशर सिंह ने पगड़ी उतार दी। कुलवन्त कौर की तरफ़ सहारा लेनेवाली निगाहों से देखा, उसके गोश्त-भरे कूल्हे पर ज़ोर से धप्पा मारा और सिर को झटका देकर अपने आप से कहा : 'यह कुड़िया दिमाग़ ही ख़राब है...।'

झटका देने से उसके केश खुल गए। कुलवन्त कौर उँगलियों से उनमें कंघी करने लगी। ऐसा करते हुए उसने बड़े प्यार से पूछा : "ईशर सिंयाँ, कहाँ रहे तुम इतने दिन?"

"बुरे की माँ के घर..." ईशर सिंह ने कुलवन्त कौर को घूरकर देखा और दफ़्अतन[2] दोनों हाथों से उसके उभरे हुए सीने को मसलने लगा : "क़सम वाहे गुरु की, बड़ी जानदार औरत हो!"

कुलवन्त कौर ने एक अदा के साथ ईशर सिंह के हाथ एक तरफ़ झटक दिए और पूछा : "तुम्हें मेरी क़सम, बताओ, कहाँ रहे...? शहर गए थे...?"

---

1. जाना-पहचाना, 2. अचानक।

ईशर सिंह ने एक ही लपेट में अपने बालों का जूड़ा बनाते हुए जवाब दिया : "नहीं।"

कुलवन्त कौर चिढ़ गई : "नहीं, तुम ज़रूर शहर गए थे...और तुमने बहुत-सा रुपया लूटा है जो तुम मुझसे छुपा रहे हो।"

"वह अपने बाप का तुख़म[1] न हो जो तुमसे झूठ बोले..."

कुलवन्त कौर थोड़ी देर के लिए ख़ामोश हो गई, लेकिन फ़ौरन ही भड़क उठी : "लेकिन मेरी समझ में नहीं आता, उस रात तुम्हें हुआ क्या... ? अच्छे-भले मेरे साथ लेटे थे, मुझे तुमने वह तमाम गहने पहना रखे थे जो तुम शहर से लूट के लाए थे। मेरी पप्पियाँ ले रहे थे, पर जाने एकदम तुम्हें क्या हुआ, उठे और कपड़े पहनकर बाहर निकल गए... ?"

ईशर सिंह का रंग ज़र्द हो गया। कुलवन्त कौर ने यह तब्दीली देखते ही कहा : "देखा, कैसे रंग पीला पड़ गया... ईशर सिंयाँ, क़सम वाहे गुरु की, ज़रूर कुछ दाल में काला है?"

"तेरी जान की क़सम, कुछ भी नहीं।"

ईशर सिंह की आवाज़ बेजान थी। कुलवन्त कौर का शुबहा और ज़्यादा मज़बूत हो गया। बालाई होंठ भींचकर उसने एक-एक लफ़्ज़ पर ज़ोर देते हुए कहा : "ईशर सिंयाँ, क्या बात है, तुम वह नहीं हो जो आज से आठ रोज़ पहले थे?"

ईशर सिंह एकदम उठ बैठा, जैसे किसी ने उस पर हमला किया था। कुलवन्त कौर को अपने तनोमन्द[2] बाजुओं में समेटकर उसने पूरी क़ूवत के साथ उसे भँभोड़ना शुरू कर दिया : "जानी, मैं वही हूँ...घुट-घुट पा जफ्फियाँ, तेरी निकले हड्डाँ दी गर्मी..."

कुलवन्त कौर ने कोई मुज़ाहमत[3] न की, लेकिन वह शिकायत करती रही : "तुम्हें उस रात हो क्या गया था?"

"बुरे की माँ का वह हो गया था।"

"बताओगे नहीं?"

"कोई बात हो तो बताऊँ!"

"मुझे अपने हाथों से जलाओ अगर झूठ बोलो।"

ईशर सिंह ने अपने बाजू उसकी गर्दन में डाल दिए और होंठ उसके होंठों

1. बीज, 2. बलिष्ठ, 3. विरोध।

में गाड़ दिए। मूँछों के बाल कुलवन्त कौर के नथुनों में घुसे तो उसे छींक आ गई—दोनों हँसने लगे।

ईशर सिंह ने अपनी सदरी उतार दी और कुलवन्त कौर को शहवत[1] भरी नज़रों से देखकर कहा : "आ जाओ, एक बाज़ी ताश की हो जाए!"

कुलवन्त कौर के बालाई होंठ पर पसीने की नन्ही-नन्ही बूँदें फूट आईं। एक अदा के साथ उसने अपनी आँखों की पुतलियाँ घुमाईं और कहा : "चल, दफ़ान हो..."

ईशर सिंह ने उसके उभरे हुए कूल्हे पर ज़ोर की चुटकी भरी। कुलवन्त कौर तड़पकर एक तरफ़ हट गई—"न कर ईशर सिंयाँ, मेरे दर्द होता है..."

ईशर सिंह ने आगे बढ़कर कुलवन्त कौर का बालाई होंठ अपने दाँतों तले दबा लिया और किचकिचाने लगा। कुलवन्त कौर बिलकुल पिघल गई। ईशर सिंह ने अपना कुरता उतार के फेंक दिया और कहा : "लो, फिर हो जाए तुरप चाल..."

कुलवन्त कौर का बालाई होंठ कँपकँपाने लगा। ईशर सिंह ने दोनों हाथों से कुलवन्त कौर की कमीस का घेरा पकड़ा और जिस तरह बकरे की खाल उतारते हैं, उसी तरह उसको उतारकर एक तरफ़ रख दिया। फिर उसने घूर के उसके नंगे बदन को देखा और ज़ोर से उसके बाज़ू पर चुटकी भरते हुए कहा : "कुलवन्त, क़सम वाहे गुरु की, बड़ी करारी औरत है तू..."

कुलवन्त कौर अपने बाज़ू पर उभरते हुए लाल धब्बे को देखने लगी : "बड़ा ज़ालिम है तू ईशर सिंयाँ!"

ईशर सिंह अपनी घनी काली मूँछों में मुस्कराया : "होने दे आज ज़ुल्म।" और यह कहकर उसने मज़ीद[2] ज़ुल्म ढाने शुरू किए...कुलवन्त कौर का बालाई होंठ दाँतों तले किचकिचाया, कान की लौओं को काटा, उभरे हुए सीने को भँभोड़ा, भरे हुए कूल्हों पर आवाज़ पैदा करने वाले चाँटे मारे, गालों के मुँह भर-भर के बोसे लिये, चूस-चूसकर उसका सारा सीना थूकों से लथेड़ दिया...कुलवन्त कौर तेज़ आँच पर चढ़ी हुई हाँड़ी की तरह उबलने लगी, लेकिन ईशर सिंह इन तमाम हीलों के बावजूद ख़ुद में हरारत पैदा न कर सका। जितने गुर और जितने दाँव उसे याद थे, सबके-सब उसने पिट जाने वाले पहलवान की तरह इस्तेमाल कर दिए, पर कोई कारगर न हुआ। कुलवन्त कौर ने, जिसके बदन के सारे तार

1. कामुक, 2. और अधिक।

तनकर ख़ुद-ब-ख़ुद बज रहे थे, ग़ैरज़रूरी छेड़छाड़ से तंग आकर कहा : "ईशर सिंयाँ, काफ़ी फेंट चुका है, अब पत्ता फेंक!"

यह सुनते ही ईशर सिंह के हाथ से जैसे ताश की सारी गड्डी नीचे फिसल गई। हाँफता हुआ वह कुलवन्त कौर के पहलू में लेट गया और उसके माथे पर सर्द पसीने के लेप होने लगे। कुलवन्त कौर ने उसे गरमाने की बहुत कोशिश की, मगर नाकाम रही। अब तक सब कुछ मुँह से कहे बग़ैर होता रहा था, लेकिन जब कुलवन्त कौर मुंतज़िर-ब-अमल आज़ा[1] को सख़्त नाउम्मीदी हुई तो वह झल्लाकर पलँग से उतर गई। सामने खूँटी पर चादर पड़ी थी, उसको उतारकर उसने जल्दी-जल्दी ओढ़कर और नथुने फुलाकर, बिफरे हुए लहज़े में कहा : "ईशर सिंयाँ, वह कौन हरामज़ादी है जिसके पास तू इतने दिन रहकर आया है, और जिसने तुझे निचोड़ डाला है?"

ईशर सिंह पलँग पर लेटा हाँफता रहा और उसने कोई जवाब न दिया।

कुलवन्त कौर ग़ुस्से से उबलने लगी : "मैं पूछती हूँ, कौन है वह चड्डो... कौन है वह अलिफती...कौन है वह चोर पत्ता?"

ईशर सिंह ने थके हुए लहज़े में जवाब दिया : "कोई भी नहीं कुलवन्त, कोई भी नहीं..."

कुलवन्त कौर ने अपने भरे हुए कूल्हों पर हाथ रखकर एक अज़्म[2] के साथ कहा : "ईशर सिंयाँ! मैं आज झूठ-सच जान के रहूँगी...खा वाहे गुरु जी की क़सम...क्या इसकी तह में कोई औरत नहीं?"

ईशर सिंह ने कुछ कहना चाहा मगर कुलवन्त कौर ने इसकी इजाज़त न दी : "क़सम ख़ाने से पहले सोच ले कि मैं भी सरदार निहाल सिंह की बेटी हूँ...तिक्का बोटी कर दूँगी, अगर तूने झूठ बोला...ले, अब खा वाहे गुरु जी की क़सम...क्या इसकी तह में कोई औरत नहीं... ?"

ईशर सिंह ने बड़े दुःख के साथ इस्बात[3] में सिर हिलाया। कुलवन्त कौर बिलकुल दीवानी हो गई। उसने लपककर कोने में से किरपान उठाई, म्यान को केले के छिलके की तरह उतारकर एक तरफ़ फेंका और ईशर सिंह पर वार कर दिया।

आन-की-आन में लहू के फ़व्वारे छूट पड़े। कुलवन्त कौर की इससे भी तसल्ली न हुई तो उसने वहशी बिल्लियों की तरह ईशर सिंह के केश नोचने

1. प्रतीक्षारत अंगों, 2. दृढ़ निश्चय, 3. स्वीकारोक्ति।

शुरू कर दिए। साथ-ही-साथ वह अपनी नामालूम सौत को मोटी-मोटी गालियाँ देती रही। ईशर सिंह ने थोड़ी देर के बाद नक़ाहत-भरी इल्तिज़ा की : "जाने दे अब कुलवन्त, जाने दे..." उसकी आवाज़ में बला का दर्द था। कुलवन्त कौर पीछे हट गई।

ख़ून ईशर सिंह के गले से उड़-उड़कर उसकी मूँछों पर गिर रहा था। उसने अपने लरज़ाँ होंठ खोले और कुलवन्त कौर की तरफ़ शुक्रिए और गिले की मिली-जुली निगाहों से देखा : "मेरी जान, तुमने बहुत जल्दी की...लेकिन जो हुआ, ठीक है..."

कुलवन्त कौर का हसद फिर भड़का : "मगर वह कौन है तुम्हारी माँ?"

लहू ईशर सिंह की ज़ुबान तक पहुँच गया। जब उसने उसका ज़ाइक़ा चखा तो उसके बदन में झुरझुरी-सी दौड़ गई : "और मैं...और मैं...भैणया छह आदमियों को क़त्ल कर चुका हूँ...इसी किरपान से..."

कुलवन्त कौर के दिमाग़ में सिर्फ़ दूसरी औरत थी : "मैं पूछती हूँ, कौन है वह हरामज़ादी?"

ईशर सिंह की आँखें धुँधला रही थीं। एक हल्की-सी चमक उनमें पैदा हुई और उसने कुलवन्त कौर से कहा : "गाली न दे उस भड़वी को..."

कुलवन्त चिल्लाई : "मैं पूछती हूँ, वह है कौन?"

ईशर सिंह के गले में आवाज़ रुँध गई : "बताता हूँ..." यह कहकर उसने अपनी गर्दन पर हाथ फेरा और उस पर अपना जीता-जीता ख़ून देखकर मुस्कराया : "इनसान माँया भी एक अजीब चीज़ है..."

कुलवन्त कौर उसके जवाब की मुंतज़िर थी : "ईशर सिंयाँ, तू मतलब की बात कर..."

ईशर सिंह की मुस्कराहट उसकी भरी मूँछों में और ज़्यादा फैल गई : "मतलब ही की बात कर रहा हूँ। गला चिरा हुआ है माँया मेरा...अब धीरे-धीरे ही सारी बात बताऊँगा..."

और जब वह बात बताने लगा तो उसके माथे पर ठंडे पसीने के लेप होने लगे : "कुलवन्त मेरी जान! मैं तुम्हें नहीं बता सकता, मेरे साथ क्या हुआ...? इनसान कुडीया भी एक अजीब चीज़ है...शहर में लूट मची तो सबकी तरह मैंने भी उसमें हिस्सा लिया...गहने-पाते और रुपये-पैसे जो भी हाथ लगे, वह मैंने तुम्हें दे दिए...लेकिन एक बात तुम्हें न बताई..."

ईशर सिंह ने घाव में दर्द महसूस किया और कराहने लगा। कुलवन्त कौर ने उसकी तरफ़ तवज्जोह न दी और बड़ी बेरहमी से पूछा : "कौन-सी बात?"

ईशर सिंह ने मूँछों पर जमते हुए लहू को फूँक के ज़रिए से उड़ाते हुए कहा : "जिस मकान पर... मैंने धावा बोला था... उसमें सात... उसमें सात आदमी थे... छह मैंने... क़त्ल कर दिए... इसी किरपान से जिससे तूने मुझे... छोड़ इसे... सुन... एक लड़की थी बहुत ही सुन्दर... उसको उठाकर मैं अपने साथ ले आया..."

कुलवन्त कौर ख़ामोश सुनती रही। ईशर सिंह ने एक बार फिर फूँक मार के मूँछों पर से लहू उड़ाया, "कुलवन्त जानी, मैं तुमसे क्या कहूँ, कितनी सुन्दर थी... मैं उसे भी मार डालता, पर मैंने कहा, नहीं ईशर सिंह, कुलवन्त कौर के तो हर रोज़ मज़े लेता है, यह मेवा भी चख देख..."

कुलवन्त कौर ने सिर्फ़ इस क़दर कहा : "हूँ..."

"...और मैं उसे कन्धे पर डालकर चल दिया... रास्ते में... क्या कह रहा था मैं...? हाँ, रास्ते में... नहर की पटरी के पास थोहर की झाड़ियों तले मैंने उसे लिटा दिया... पहले सोचा कि फेंटूँ, लेकिन फिर ख़याल आया कि नहीं..." यह कहते-कहते ईशर सिंह की जुबान सूख गई।

कुलवन्त कौर ने थूक निगलकर हलक़ तर किया और पूछा : "फिर क्या हुआ?"

ईशर सिंह के हलक़ से बमुश्किल यह अल्फ़ाज़ निकले : "मैंने... मैंने पत्ता फेंका... लेकिन... लेकिन..." उसकी आवाज़ डूब गई।

कुलवन्त कौर ने उसे झँझोड़ा : "फिर क्या हुआ?"

ईशर सिंह ने अपनी बन्द होती हुई आँखें खोलीं और कुलवन्त कौर के जिस्म की तरफ़ देखा, जिसकी बोटी-बोटी थिरक रही थी : "वह... वह मरी हुई थी... लाश थी... बिलकुल ठंडा गोश्त... जानी, मुझे अपना हाथ दे..."

कुलवन्त कौर ने अपना हाथ ईशर सिंह के हाथ पर रखा, जो बर्फ़ से भी ज़्यादा ठंडा था।

ख़ालिद मियाँ

मुमताज़ ने सुबह-सवेरे उठकर हस्बे-मामूल तीनों कमरों में झाड़ू दिया, कोने ख़ुदरों से सिगरेट के टुकड़े, माचिस की जली हुई तीलियाँ और इसी तरह की और कई चीज़ें ढूँढ़कर निकालीं—जब तीनों कमरे अच्छी तरह साफ़ हो गए तो उसने इत्मीनान का साँस लिया।

उसकी बीवी बाहर सहन में सो रही थी—बच्चा पिंगोड़े में था।

हर रोज़ सुबह-सवेरे उठकर वह ख़ुद सिर्फ़ इसलिए तीनों कमरे में झाड़ू देता था कि उसका लड़का अब चलने-फिरने लगा था और आम बच्चों की मानिंद हर चीज़ जो उसके सामने पड़ी होती थी, उठाकर मुँह में डाल लेता था।

वह हर रोज़ तीनों कमरे बड़ी एहतियात से साफ़ करता, मगर उसको हैरत होती जब ख़ालिद फ़र्श पर से अपने छोटे-छोटे नाख़ूनों की मदद से कोई न कोई चीज़ उठा लेता—फ़र्श का पलस्तर कई जगह उखड़ा हुआ था और उन जगहों में कूड़े-करकट के छोटे-छोटे ज़र्रे फँस जाते थे। वह अपनी तरफ़ से पूरी सफ़ाई करता, मगर कुछ न कुछ बाक़ी रह जाता जो उसका पहलौंठी का बेटा ख़ालिद, जिसकी उम्र अभी एक बरस की नहीं हुई थी, उठाकर अपने मुँह में डाल लेता।

उसको सफ़ाई का ख़ब्त हो गया था—अगर वह ख़ालिद को कोई चीज़ फ़र्श पर से उठाकर अपने मुँह में डालते हुए देखता तो ख़ुद को मुलज़िम समझता, अपने आपको दिल ही दिल में कोसता कि उसने क्यों बदएहतियाती की।

ख़ालिद से उसको प्यार ही नहीं, इश्क़ था, लेकिन अजीब बात है कि ज्यों-ज्यों ख़ालिद की पहली सालगिरह का दिन नज़दीक आ रहा था, उसका यह वहम यक़ीन की सूरत इख़्तियार कर रहा था कि उसका बेटा एक साल का होने से पहले-पहले मर जाएगा।

अपने ख़ौफ़नाक वहम का ज़िक्र वह अपनी बीवी से भी कर चुका था। उसके मुताल्लिक़ यह मशहूर था कि वह औहाम[1] का बिलकुल क़ायल नहीं है—उसकी बीवी ने जब पहली बार उसके मुँह से ऐसी बात सुनी थी तो यह कहा था : "आप और ऐसे वहम...अल्लाह के फ़ज़्लो-करम से हमारा बेटा सौ साल ज़िन्दा रहेगा...मैंने उसकी पहली सालगिरह के लिए ऐसा एहतिमाम[2] किया है कि आप दंग रह जाएँगे।"

बीवी की बात सुनकर उसके दिल को एक धक्का-सा लगा था—वह कब चाहता था कि उसका बेटा ज़िन्दा न रहे, लेकिन वह अपने वहम का क्या इलाज करे।

ख़ालिद बड़ा तन्दुरुस्त बच्चा था। सर्दियों में जब एक दफ़ा नौकर उसको बाहर सैर कराने के लिए ले गया था तो वापस आकर उसने उसकी बीवी से कहा था : "बेगम साहब, आप ख़ालिद मियाँ के गालों पर सुर्ख़ी न लगाया करें...किसी की नज़र लग जाएगी।"

नौकर की बात सुनकर उसकी बीवी बहुत हँसी थी : "बेवक़ूफ़...। मुझे क्या ज़रूरत है सुर्ख़ी लगाने की...माशाल्लाह ख़ालिद के गाल तो क़ुदरती लाल हैं।"

गुज़श्ता सर्दियों में ख़ालिद के गाल बहुत सुर्ख रहे थे, मगर अब गर्मियों में कुछ ज़र्दीमाइल हो गए थे। ख़ालिद को पानी में खेलने का बहुत शौक़ था। जब वह सुबह अँगड़ाई लेकर उठता और बोतल में भरा हुआ दूध पी लेता तो दफ़्तर जाने से पहले वह उसको पानी की बाल्टी में खड़ा कर देता; ख़ालिद देर तक पानी के छींटे उड़ाता रहता; वह और उसकी बीवी ख़ालिद को देखते रहते और बहुत ख़ुश होते।

उसकी ख़ुशी में ग़म का एक बर्क़ी धक्का-सा ज़रूर होता : 'ख़ुदा मेरी बीवी की ज़बान मुबारक करे...यह क्या है कि मुझे ख़ालिद की मौत का खटका लगा रहता है...यह वहम क्यों मेरे दिमाग़ में बैठ गया है कि वह मर जाएगा...क्यों मर जाएगा...? वह अच्छा-भला सेहतमन्द है, अपनी उम्र के बच्चों से कहीं ज़्यादा सेहतमन्द...मैं यक़ीनन पागल हूँ...उससे मेरी हद से ज़्यादा बढ़ी हुई मुहब्बत ही दरअसल मेरे वहम का बायस है...लेकिन मुझे उससे इतनी ज़्यादा मुहब्बत क्यों है ?...क्या सारे बाप इसी तरह अपने बच्चों

1. भ्रम, 2. प्रबन्ध।

से प्यार करते हैं... ? क्या हर बाप को अपनी औलाद की मौत का खटका लगा रहता है... ? मुझे आख़िर हो क्या गया है... ?'

उसने जब हस्बे-मामूल तीनों कमरे अच्छी तरह साफ़ कर दिए तो वह फ़र्श पर चटाई बिछाकर लेट गया—यह उसकी आदत थी। सुबह उठकर, झाड़ू वग़ैरह देकर वह गर्मियों में ज़रूर आधे घंटे के लिए चटाई पर लेटा करता था, बग़ैर तकिए के। इस तरह उसको लुत्फ़ महसूस होता था। फ़र्श पर लेटकर वह सोचने लगा : 'परसों मेरे बच्चे की पहली सालगिरह है...अगर यह सालगिरह बख़ैरो-आफ़ियत[1] गुज़र जाए तो मेरे दिल का बोझ हल्का हो जाएगा, मेरा वहम बिलकुल दूर हो जाएगा...अल्लाह मियाँ, यह सब तेरे हाथ में है...'

आँखें बन्द किए अभी वह लेटा ही हुआ था कि उसने अपने नंगे सीने पर ख़ालिद का लम्स और बोझ महसूस किया—उसने आँखें खोल दीं।

उसकी बीवी पास ही खड़ी थी। उसने कहा : "ख़ालिद रात भर बेचैन-सा रहा है...सोते में जैसे डर-डरके काँपता रहा हो।"

ख़ालिद उसके सीने पर लेटे-लेटे ज़ोर से काँपा—उसने ख़ालिद की पीठ पर हाथ रखा और कहा : "ख़ुदा मेरे बेटे का मुहाफ़िज़[2] हो।"

उसकी बीवी ने ख़फ़गीआमेज़ लहजे में कहा : "तौबा, आपको तो बस वहमों ने धर रखा है...हल्का-सा बुख़ार है, इंशाल्लाह दूर हो जाएगा।" यह कहकर वह कमरे से बाहर चली गई।

ख़ालिद उसकी छाती पर औंधा लेटा हुआ था और सो-सा रहा था, वह सोते में कभी-कभी काँप उठता था—उसने हौले-हौले बड़े प्यार से ख़ालिद को थपकना शुरू कर दिया।

थोड़ी देर के बाद ख़ालिद ने आहिस्ता-आहिस्ता अपनी बड़ी-बड़ी सियाह आँखें खोलीं और उसकी तरफ़ देखकर मुस्कराया।

उसने ख़ालिद का मुँह चूमा : "क्यों मियाँ ख़ालिद, क्या बात है...आप काँपे क्यों थे ?"

ख़ालिद ने मुस्कराकर अपना उठा हुआ सिर उसकी छाती पर गिरा दिया।

उसने फिर ख़ालिद को थपकना शुरू कर दिया।

वह दिल में दुआएँ माँग रहा था कि उसके बेटे की उम्र दराज़ हो—उसकी

---

1. कुशल-मंगल, 2. रक्षक।

बीवी ने ख़ालिद की पहली सालगिरह के लिए बड़ा एहतिमाम किया था, अपनी सारी सहेलियों से कहा था कि वह उस तक़्रीब[1] पर ज़रूर आएँ; दर्ज़ी से ख़ासतौर पर सालगिरह के कपड़े सिलवाए थे; दावत पर क्या-क्या चीज़ होगी, सब सोच लिया था। उसको यह ठाट पसन्द नहीं था। वह चाहता था कि किसी को ख़बर न हो और सालगिरह गुज़र जाए; ख़ुद उसको भी पता न चले और उसका बेटा एक बरस का हो जाए; उसको सिर्फ़ उस वक़्त इल्म हो जब ख़ालिद एक बरस का हो चुका हो।

जब ख़ालिद उसकी छाती पर से उठा तो उसने मुहब्बत में डूबे हुए लहज़े में कहा : "ख़ालिद बेटा, सलाम नहीं करोगे अब्बा जी को।"

ख़ालिद ने मुस्कराकर अपना दायाँ हाथ उठाया और अपने माथे पर रख दिया।

उसने ख़ालिद को दुआएँ दीं : "जीते रहो..." दुआ देते ही उसके दिल पर उसके वहम की ज़ब लगी और वह ग़मो-फ़िक्र के समन्दर में ग़र्क़ हो गया।

ख़ालिद उसे सलाम करके कमरे से बाहर चला गया।

दफ़्तर जाने में अभी काफ़ी वक़्त था—वह चटाई पर लेटा रहा और अपने वहम को दिलो-दिमाग़ से महव[2] करने की कोशिश करता रहा।

इतने में बाहर सहन से उसकी बीवी की आवाज़ आई : "मुमताज़ साहब, मुमताज़ साहब, इधर आइए।" आवाज़ में शदीद घबराहट थी।

वह चौंककर उठा और दौड़कर बाहर गया—उसने देखा कि उसकी बीवी ख़ालिद को ग़ुस्लख़ाने के बाहर गोद में लिये खड़ी है और ख़ालिद उसकी गोद में बल पे बल खा रहा है।

उसने ख़ालिद को अपनी बाँहों में लिया और बीवी से, जो काँप रही थी, पूछा : "क्या हुआ ?"

उसकी बीवी ने ख़ौफ़ज़दा लहज़े में कहा : "मालूम नहीं...पानी से खेल रहा था...मैंने नाक साफ़ की तो दोहरा हो गया।"

उसकी अपनी बाँहों में भी ख़ालिद ऐसे बल खा रहा था, जैसे कोई उसे कपड़े की तरह निचोड़ रहा हो।

सामने चारपाई पड़ी थी—उसने ख़ालिद को उस पर लिटा दिया।

---

1. समारोह, 2. दूर करना, मिटाना।

वह और उसकी बीवी सख़्त परेशान थे; ख़ालिद चारपाई पर पड़ा बल पे बल खा रहा था और उन दोनों के औसान ख़ता थे कि वह क्या करें—उन्होंने ख़ालिद को थपकाया, चूमा, पानी के छींटे मारे, मगर ख़ालिद का तशन्नुज[1] दूर न हुआ।

थोड़ी देर के बाद ख़ुद ब ख़ुद ख़ालिद का दौरा आहिस्ता-आहिस्ता ख़त्म हो गया और उस पर बेहोशी-सी तारी हो गई।

उसने समझा कि ख़ालिद मर गया है—उसने बीवी से कहा : "ख़त्म हो गया।"

उसकी बीवी चिल्लाई : "लाहौलवला...कैसी बातें मुँह से निकालते हो... कन्वल्शन[2] थी, ख़त्म हो गई...अभी ठीक हो जाएगा।"

ख़ालिद ने अपनी मुरझाई हुई बड़ी-बड़ी सियाह आँखें खोलीं और उसकी तरफ़ देखा।

उसकी सारी दुनिया ज़िन्दा हो गई—उसने बड़े ही दर्द-भरे प्यार से ख़ालिद से कहा : "क्यों ख़ालिद बेटा, क्या हुआ था आपको?"

ख़ालिद के होंठों पर तशन्नुजज़दा मुस्कराहट नमूदार हुई।

उसने ख़ालिद को गोद में उठा लिया और अन्दर कमरे में ले गया—वह उसको लिटाने ही वाला था कि दूसरी कन्वल्शन आई और वह फिर बल खाने लगा; जिस तरह मिरगी का दौरा होता है, यह तशन्नुज भी उसी क़िस्म का था—उसको महसूस हुआ कि ख़ालिद नहीं, बल्कि वह ख़ुद उस अज़ीयत[3] के शिकंजे में कसा जा रहा है।

दूसरा दौरा ख़त्म हुआ तो ख़ालिद और ज़्यादा मुरझा गया; उसकी बड़ी-बड़ी सियाह आँखें अन्दर धँस गईं।

वह ख़ालिद से बातें करने लगा : "ख़ालिद बेटे, यह क्या हो जाता है आपको ... ख़ालिद मियाँ, उठो ना, चलो-फिरो ना...! ख़ालिदी, मक्खन खाएँगे आप?"

ख़ालिद को मक्खन बहुत पसन्द था, लेकिन उसने हाँ न की। जब उसने कहा : "बेटे, गग्गो खाएँगे आप?" तो ख़ालिद ने बड़े नहीफ़ अन्दाज़ में सिर हिलाकर न की। वह मुस्कराया और उसने ख़ालिद को अपने गले से लगा लिया; फिर उसने ख़ालिद को अपनी बीवी के हवाले किया और कहा : "तुम इसका ध्यान रखो, मैं डॉक्टर को लेकर आता हूँ।"

---

1. अकड़न, ऐंठन, 2. ऐंठन, 3. दुख-तकलीफ़।

वह डॉक्टर को अपने साथ लेकर आया तो उसने देखा कि उसकी बीवी के होश उड़े हुए हैं—उसकी ग़ैरमौजूदगी में ख़ालिद पर तशन्नुज के तीन और दौरे पड़ चुके थे और वह बेजान-सा हो गया था।

डॉक्टर ने ख़ालिद को अच्छी तरह देखने के बाद कहा : "तरद्दुद की कोई बात नहीं; ऐसी कन्वल्शंज़ बच्चों को अमूमन आया करती हैं...इनकी वजह दाँत हैं, मेदे में किर्म वग़ैरह हों तो वह भी इनका बायस हो सकते हैं...मैं दवा लिख देता हूँ, आराम आ जाएगा...बुख़ार तेज़ नहीं है, आप कोई फ़िक्र न करें।"

वह दफ़्तर न गया और सारा दिन ख़ालिद के पास बैठा रहा।

डॉक्टर के जाने के बाद ख़ालिद को दो मर्तबा और दौरे पड़े और वह निढाल लेटा रहा।

शाम हो गई तो उसने सोचा : 'शायद अब अल्लाह का फ़ज़्ल हो गया है...बहुत देर से कोई कन्वल्शन नहीं आई है...ख़ुदा करे, रात इसी तरह कट जाए।'

उसकी बीवी भी ख़ुश थी : "अल्लाह तआला ने चाहा तो कल मेरा ख़ालिद दौड़ता फिरेगा।"

रात को मुकर्ररा[1] औक़ात पर ख़ालिद को दवा देनी थी, इसलिए वह चारपाई पर न लेटा कि कहीं सो न जाए। वह ख़ालिद के पिंगोड़े के पास आरामकुर्सी खींचकर बैठ गया और सारी रात जागता रहा—ख़ालिद रात-भर बेचैन रहा, काँप-काँपकर जाग उठता; हरारत भी तेज़ थी।

सुबह सात बजे के क़रीब उसने ख़ालिद को थरमामीटर लगा के देखा—एक सौ चार डिगरी बुख़ार था।

डॉक्टर को बुलाया तो डॉक्टर ने कहा : "तरद्दुद[2] की कोई बात नहीं ? ब्रोंकाइटिस है...मैं नुस्ख़ा लिख देता हूँ, तीन-चार रोज़ में आराम आ जाएगा।"

डॉक्टर नुस्ख़ा लिखकर चला गया तो वह दवा बनवा लाया। उसने ख़ालिद को एक ख़ुराक तो पिलाई मगर उसको तस्कीन न हुई—दस बजे के क़रीब वह एक बड़े डॉक्टर को ले आया।

बड़े डॉक्टर ने ख़ालिद को अच्छी तरह से देखा और तसल्ली दी : "घबराने की कोई बात नहीं...सब ठीक हो जाएगा।"

1. निर्धारित, 2. चिन्ता।

कुछ भी ठीक न हुआ, बड़े डॉक्टर की दवा ने कोई असर न किया, बुख़ार तेज़ ही रहा।

उसके नौकर ने कहा : "साहब, बीमारी वग़ैरह कोई नहीं...ख़ालिद मियाँ को नज़र लग गई है...मैं एक तावीज़ लिखवाकर लाया हूँ; अल्लाह के हुक्म से यूँ चुटकियों में असर करेगा।"

सात कुँओं का पानी इकट्ठा किया गया; उसमें तावीज़ घोलकर ख़ालिद को पिलाया गया; कोई असर न हुआ। एक हमसाई आई तो यूनानी दवा तज्वीज़ कर गई; वह दवा तो ले आया मगर उसने ख़ालिद को न दी—शाम को उसका एक रिश्तेदार एक डॉक्टर को साथ लेकर आया। डॉक्टर ने ख़ालिद को देखा और कहा : "मलेरिया है और मलेरिया में इतना बुख़ार होता ही है...मैं कोनेन का इंजेक्शन दिए देता हूँ...आप इसके सिर पर बर्फ़ का पानी डालिए।"

ख़ालिद के सिर पर बर्फ़ का पानी डाला गया तो बुख़ार एकदम कम हो गया, दर्जा-ए-हरारत अट्ठानबे डिगरी तक आ गया—उसकी और उसकी बीवी की जान में जान आई—लेकिन थोड़े ही अर्से में बुख़ार फिर बहुत तेज़ हो गया।

उसने थरमामीटर लगाकर देखा—दर्जा-ए-हरारत फिर एक सौ चार तक पहुँच गया था।

हमसाई फिर आई—उसने ख़ालिद को मायूस नज़रों से देखा और उसकी बीवी से कहा : "बच्चे की गर्दन का मनका टूट गया है।"

उसका दिल बैठ गया—उसने नीचे के कारख़ाने से हस्पताल फ़ोन किया, जवाब मिला कि वह मरीज़ को ले आए। उसने फ़ौरन ताँगा मँगवाया, ख़ालिद को गोद में उठाया, बीवी को साथ बिठाया और हस्पताल का रुख़ किया।

वह सारा दिन पानी पीता रहा था, मगर प्यास थी कि बुझती ही नहीं थी; हस्पताल जाते हुए रास्ते में उसका हलक़ बेहद ख़ुश्क हो गया। उसने सोचा कि उतरकर किसी दुकान से एक गिलास पानी पी ले, लेकिन ख़ुदा मालूम कहाँ से एकदम एक वहम उसके दिमाग़ में आन टपका : 'देखो, अगर तुमने पानी पिया तो तुम्हारा ख़ालिद मर जाएगा...' उसका हलक़ सूख के लकड़ी हो गया, मगर उसने पानी न पिया—उसने सिगरेट सुलगा लिया; दो कश लेने के बाद उसने सिगरेट फेंक दिया कि उसके दिमाग़ में एक और वहम गूँजा था :

'मुमताज़, सिगरेट न पियो, वर्ना तुम्हारा बच्चा मर जाएगा...' उसने ताँगा ठहराया और सोचा : 'यह क्या हिमाक़त है...यह वहम वग़ैरह सब फ़ुज़ूल हैं...सिगरेट पीने से बच्चे पर क्या आफ़त आ सकती है...' ताँगे से उतरकर उसने सड़क पर से सिगरेट उठा लिया, वापस ताँगे में बैठकर जब उसने कश लेना चाहा तो किसी नामालूम ताक़त ने उसको फिर रोका : 'नहीं मुमताज़, नहीं, ऐसा न करो...ख़ालिद मर जाएगा...' उसने सिगरेट ज़ोर से फेंक दिया—ताँगेवाले ने घूर के उसको देखा; उसने महसूस किया कि ताँगेवाले को उसकी दिमाग़ी कैफ़ियत का इल्म है और वह उसका मज़ाक़ उड़ा रहा है; अपनी ख़िफ़्फ़त[1] दूर करने की ख़ातिर उसने ताँगेवाले से कहा : "सिगरेट ख़राब हो गया था..." यह कहकर उसने जेब से पैकेट निकालने के बाद एक नया सिगरेट निकाल लिया, मगर सुलगाने के ख़याल से ही डर गया, उसके दिलो-दिमाग़ में एक हलचल-सी मच गई; इद्राक कहता था कि सब औहाम फ़ुज़ूल हैं, मगर कोई ऐसी आवाज़ थी, कोई ऐसी ताक़त थी जो उसकी मन्तिक[2] उसके इस्तिदलाल[3], उसके इद्राक[4] पर ग़ालिब आ जाती थी...ताँगा हस्पताल के फाटक में दाख़िल हुआ तो उसने सिगरेट उँगलियों में मसलकर फेंक दिया; उसको अपने ऊपर बहुत तरस आया कि वह औहाम का ग़ुलाम बन गया है।

हस्पतालवालों ने फ़ौरन ही ख़ालिद को दाख़िल कर लिया—डॉक्टर ने उसको देखने के बाद कहा : "ब्रोंकोनमूनिया है...हालत मख़्दूश[5] है।"

ख़ालिद बेहोश था। उसकी बीवी ख़ालिद के सिरहाने बैठी वीरान निगाहों से उसको देख रही थी।

उसको सख़्त प्यास लग रही थी—कमरे के साथ ही ग़ुस्लख़ाना था; नल खोलकर वह ओक से पानी पीने लगा तो फिर वही वहम उसके दिमाग़ में गूँजा : 'मुमताज़, यह क्या कर रहे हो तुम...पानी मत पियो...तुम्हारा ख़ालिद मर जाएगा।'

उसने दिल ही दिल में उस वहम को गाली दी और इंतिक़ामन इतना पानी पिया कि उसका पेट अफर गया।

पानी पीकर वह ग़ुस्लख़ाने से बाहर आया तो उसने देखा, उसका ख़ालिद उसी तरह मुरझाया हुआ और बेहोश हस्पताल के आहनी पलंग पर पड़ा है—उसने चाहा, कहीं भाग जाए; उसके होशो-हवास ग़ायब हो जाएँ; ख़ालिद

1. खिसियानापन, 2. तर्क, 3. दलील, 4. बोध, 5. ख़तरनाक।

अच्छा हो जाए और उसके बदले ख़ुद वह नमूनिया में गिरफ़्तार हो जाए। उसने महसूस किया कि ख़ालिद अब पहले से ज़्यादा ज़र्द है; उसने सोचा कि यह सब उसके पानी पी लेने के बायस है; अगर वह पानी न पीता तो ख़ालिद की हालत ज़रूर बेहतर हो जाती...उसको बहुत दुख हुआ; उसने ख़ुद की बहुत लानत-मलामत की, मगर फिर उसको ख़याल आया कि जिसने वह सब ऊटपटाँग बातें सोची थीं, वह वह नहीं, कोई और था : 'वह और कौन है... क्यों मेरे दिमाग़ में ऐसे वहम पैदा होते हैं...मुझे प्यास लगी थी और मैंने पानी पी लिया...मेरे पानी पी लेने से ख़ालिद पर क्या असर पड़ सकता है...ख़ालिद ज़रूर अच्छा हो जाएगा...कल उसकी सालगिरह है...इंशाअल्लाह ख़ूब ठाठ से मनाई जाएगी...' लेकिन फ़ौरन ही उसका दिल बैठ गया; किसी आवाज़ ने उससे कहा : 'ख़ालिद एक बरस का होने ही नहीं पाएगा...' उसका जी चाहा कि वह उस आवाज़ की ज़ुबान पकड़ ले और उसे गुद्दी से निकाल फेंके; फिर उसको ख़याल आया कि वह आवाज़ तो ख़ुद उसके दिमाग़ में पैदा हुई है : 'ख़ुदा मालूम कैसे पैदा हो जाती है, क्यों हो जाती है...' वह क़दरे तंग आ गया कि उसने दिल ही दिल में अपने औहाम से गिड़गिड़ाकर कहा : 'ख़ुदा के लिए मुझ पर रहम करो...क्यों तुम मुझ ग़रीब के पीछे पड़ गए हो।'

शाम हो चुकी थी—कई डॉक्टर ख़ालिद को देख चुके थे, दवा दी जा रही थी, कई इंजेक्शन भी लग चुके थे, मगर ख़ालिद अभी तक बेहोश था।

दफ़अतन उसके दिमाग़ में एक आवाज़ गूँजी : 'तुम यहाँ से चले जाओ... फ़ौरन चले जाओ, वरना ख़ालिद मर जाएगा... !'

वह फ़ौरन कमरे से बाहर चला गया। हस्पताल से बाहर चला गया। उसने अपने आप को उन अनजानी आवाज़ों के हवाले कर दिया, अपनी हर जुंबिश, हर हरकत उनके हुक्म के सिपुर्द कर दी।

वह उसे एक होटल में ले गई; उन्होंने उसको शराब मँगवाने के लिए कहा। शराब आ गई तो उसे फेंक देने का हुक्म दिया, उसने फेंक दी तो और मँगवाने के लिए कहा; और आई तो उसे भी फेंक देने के लिए कहा...शराब और टूटे हुए गिलासों के बिल अदा करने के बाद वह होटल से बाहर निकला; उसको महसूस हुआ कि चारों तरफ़ ख़ामोशी ही ख़ामोशी है, सिर्फ़ उसके दिमाग़ में शोर बरपा है।

चलता-चलता वह हस्पताल वापस पहुँच गया।

उसने ख़ालिद के कमरे की जानिब रुख़ किया तो उसे हुक्म हुआ : 'मत जाओ उधर...तुम्हारा ख़ालिद मर जाएगा!'

वह रुक गया और घास के मैदान में पड़ी बेंच पर लेट गया।

रात के दस बज चुके थे—मैदान में अँधेरा था; चारों तरफ़ ख़ामोशी थी। कभी-कभी किसी मोटर के हॉर्न की आवाज़ ख़ामोशी में ख़राश पैदा करती हुई गुज़र जाती थी। सामने ऊँची दीवार में हस्पताल का क्लाक रौशन था।

वह ख़ालिद के मुताल्लिक़[1] सोच रहा था : 'क्या वह बच जाएगा...वह बच्चे क्यों पैदा होते हैं, जिन्हें मर जाना होता है...वह ज़िन्दगी क्यों पैदा होती है, जिसको इतनी जल्दी मौत के मुँह में चला जाना होता है...ख़ालिद ज़रूर...'

एकदम उसके दिमाग़ में एक वहम फूटा और वह बेंच पर से उतरकर सज्दे में गिर गया—हुक्म था कि उसी तरह पड़ा रहे, जब तक ख़ालिद ठीक न हो जाए।

वह सज्दे में पड़ा रहा—वह दुआ माँगना चाहता था, मगर हुक्म था कि वह दुआ न माँगे।

उसकी आँखों में आँसू आ गए; वह ख़ालिद के लिए नहीं, अपने लिए दुआ माँगने लगा; 'ख़ुदाया, मुझे इस अज़ीयत से नजात[2] दे...तुझे अगर ख़ालिद को मारना है तो मार दे, यह मेरा क्या हस्र कर रहा है तू...!'

दफ़अतन उसे कुछ आवाज़ें सुनाई दीं—उससे कुछ दूर मैदान के किनारे पर झाड़ियों के पास बिछी कुर्सियों पर दो डॉक्टर बैठे आपस में बातें कर रहे थे—

"बच्चा बड़ा ख़ूबसूरत है।"

"माँ का हाल मुझसे तो देखा नहीं गया।"

"बेचारी हर डॉक्टर के पाँव पड़ रही है।"

"हमने तो अपनी तरफ़ से हर मुमकिन कोशिश की है।"

"बचना मुहाल है।"

"मैंने तो उसकी माँ से यही कहा है कि अब दुआ करो बहन..."

एक डॉक्टर ने उसकी तरफ़ देखा—वह सज्दे में पड़ा हुआ था।

उसने डॉक्टर की ऊँची आवाज़ सुनी : "ओ, क्या कर रहे हो तुम...इधर आओ।"

---

1. सम्बन्धित, विषय में, 2. छुटकारा।

वह उठकर दोनों डॉक्टरों के पास गया।

एक ने उससे पूछा : "कौन हो तुम ?"

उसने अपने खुश्क़ होंठों पर ज़ुबान फेरकर जवाब दिया : "जी मैं एक मरीज़..."

उसी डॉक्टर ने सख़्ती से कहा : "मरीज़ हो तो अपने बिस्तर पर जाओ...यहाँ मैदान में क्यों डंड पेल रहे हो ?"

उसने कहा : "जी मेरा बच्चा दाख़िल है उधर उस वार्ड में।"

"वह तुम्हारा बच्चा है जो..."

"जी हाँ...शायद आप उसी के बारे में बातें कर रहे थे...वह मेरा बच्चा है...ख़ालिद।"

"आप उसके बाप हैं ?"

उसने अपना ग़मो-अन्दोह से भरा हुआ सिर हिलाया : "जी हाँ, मैं उसका बाप हूँ।"

उसी डॉक्टर ने कहा : "आप यहाँ क्या कर रहे हैं...जाइए कमरे में...आपकी वाइफ़ बहुत परेशान हैं।"

'जी अच्छा,' कहकर वह वार्ड की तरफ़ बढ़ा। चन्द सीढ़ियाँ चढ़कर जब वह बरामदे में पहुँचा तो उसने देखा कि कमरे के बाहर उसका नौकर रो रहा है।

उसको देखकर नौकर और ज़्यादा रोने लगा : "साहब, ख़ालिद मियाँ फ़ौत हो गए।"

वह अन्दर कमरे में गया—उसकी बीवी फ़र्श पर बेहोश पड़ी थी और एक डॉक्टर और नर्स उसको होश में लाने की कोशिश कर रहे थे।

वह पलँग के पास खड़ा हो गया—ख़ालिद आँखें बन्द किए पड़ा था, उसके चेहरे पर मौत का सुकून था।

उसने ख़ालिद के रेशमी बालों पर हाथ फेरा और दिल चीर देनेवाले लहज़े में पूछा : "ख़ालिद मियाँ, गग्गो खाएँगे आप ?"

ख़ालिद का सिर नफ़ी में न हिला।

उसने फिर दरख़्वास्त-भरे लहज़े में कहा : "ख़ालिद मियाँ, मेरे वहम भी ले जाएँगे आप अपने साथ... ?"

उसको महसूस हुआ कि ख़ालिद ने सिर हिलाकर हाँ की है।

सिराज

नागपाड़ा पुलिस चौकी के उस तरफ़ जो छोटा-सा बाग़ है, उसके बिलकुल सामने, ईरानी होटल के बाहर, खम्बे के साथ लगकर ढूँडू खड़ा था—दिन ढले, मुक़र्ररा वक़्त पर ढूँडू वहाँ पहुँच जाता और सुबह चार बजे तक अपने धन्धे में मसरूफ़ रहता।

मालूम नहीं, उसका असली नाम क्या था, मगर सब उसे ढूँडू कहते थे; इस लिहाज़ से तो यह नाम बहुत मुनासिब था कि उसका काम अपने मुवक्किलों के लिए उनकी ख़्वाहिश और पसन्द के मुताबिक़ हर नस्ल और हर रंग की लड़कियाँ ढूँढ़ना था।

वह यह धन्धा क़रीब-क़रीब दस बरस से कर रहा था—इस दौरान में हज़ारों लड़कियाँ उसके हाथों से गुज़र चुकी थीं; हर मज़हब की, हर नस्ल की, हर मिज़ाज की।

उसका अड्डा शुरू ही से वही रहा था; नागपाड़ा पुलिस चौकी के उस तरफ़, बाग़ के बिलकुल सामने, ईरानी होटल के बाहर खम्बे के साथ।

वह खम्बा उसका निशान बन गया था : मुझे तो वह खम्बा ढूँडू ही मालूम होता था—मैं जब कभी उधर से गुज़रता, मेरी नज़र उस खम्बे पर ज़रूर पड़ती, जिस पर जगह-जगह चूने और कत्थे से लिथड़ी हुई उँगलियाँ पोंछी गई थीं; मुझे ऐसा लगता कि ढूँडू खड़ा है और काली और कांडी और सेंके की सुपारीवाला पान चबा रहा है।

वह खम्बा काफ़ी ऊँचा था—ढूँडू भी दराज़ क़द था।

खम्बे के ऊपर तारों का जाल-सा बिछा हुआ था, कोई तार दूर तक दौड़ता चला गया था और दूसरे खम्बे के तारों के उलझाव में मुदग़म[1] हो गया था; कोई

1. समन्वित, मिल जाना।

तार किसी बिल्डिंग में और कोई तार किसी दुकान में चला गया था, ऐसा लगता था कि उस खम्बे की पहुँच दूर-दूर तक है और वह दूसरे खम्बों के साथ मिलकर सारे शहर पर छाया हुआ है। उस खम्बे के साथ टेलीफ़ोन के महकमे ने एक बक्स लगा रखा था, जिसके ज़रिए से वक़्तन-फ़वक़्तन[1] तारों की दुरुस्ती वग़ैरह की जाँच-पड़ताल की जाती थी—मैं अक्सर सोचता था कि ढूँडू भी उसी क़िस्म का एक बक्स है, जो लोगों की जिंसी जाँच-पड़ताल के लिए खम्बे के साथ लगा रहता है, उसे आसपास के इलाक़े के अलावा दूर-दूर के उन तमाम सेठों का भी पता था, जिनको थोड़े-थोड़े वक़्फ़ों के बाद या हमेशा ही अपनी जिंसी ख़्वाहिशात के तने हुए या ढीले तार दुरुस्त कराने की ज़रूरत महसूस होती थी।

उसे उन तमाम छोकरियों का भी पता था, जो उस धन्धे में थीं; वह उनके जिस्म के हर ख़द्दोख़ाल[2] से वाक़िफ़ था; उनकी हर नब्ज़ से आशना[3] था; कौन किस मिज़ाज की है और किस वक़्त और किस गाहक के लिए मौज़ूँ है, उसको इसका बख़ूबी अन्दाज़ा था—एक सिर्फ़ उसको सिराज के मुताल्लिक़ अभी तक कोई अन्दाज़ा नहीं हुआ था; वह अभी तक सिराज की गहराई तक नहीं पहुँच सका था।

ढूँडू कई बार मुझसे कह चुका था : "साली का मस्तक फिरेला है...समझ में नहीं आता मंटो साहब, कैसी छोकरी है...घड़ी में माशा, घड़ी में तोला, कभी आग, कभी पानी...अभी हँस रही है, क़हक़हे लगा रही है, फिर एकदम रोना शुरू कर देती है...साली की किसी से नहीं बनती, बड़ी झगड़ालू है; हर पैसिंजर से लड़ती है, साली से कई बार कह चुका हूँ कि देख, अपना मस्तक ठीक कर, वरना जा, जहाँ से आई है; अंग पर तेरे कोई कपड़ा नहीं, खाने को तेरे पास डेढ़या नहीं; मारा-मारी और धाँधली से तो मेरी जान, काम चलेगा नहीं...पर वह भी एक तुख़म है मंटो साहब, कुछ सुनती ही नहीं!"

मैंने सिराज को एक-दो मर्तबा देखा था...बड़ी दुबली-पतली लड़की थी, मगर ख़ूबसूरत; उसकी आँखें ज़रूरत से ज़्यादा बड़ी थीं; ऐसा लगता था कि वह उसके बैज़वी[4] चेहरे पर सिर्फ़ अपनी बड़ाई जताने की ख़ातिर छाई हुई हैं। मैंने जब उसको पहली मर्तबा क्लेयर रोड पर देखा था तो मुझे बड़ी उलझन हुई थी; मेरे दिल में यह ख़्वाहिश पैदा हुई थी कि उसकी आँखों से कहूँ, भई तुम

1. समय-समय पर, 2. विशेषता, 3. परिचित, 4. अंडाकार।

थोड़ी देर के लिए एक तरफ़ हट जाओ कि मैं सिराज को देख सकूँ, लेकिन मेरी इस ख़्वाहिश के बावजूद, जो यक़ीनन मेरी आँखों ने उसकी आँखों तक पहुँचा दी होगी, वे उसी तरह उसके सफ़ेद बैज़वी चेहरे पर छाई रहीं...सिराज मुख़्तसर-सी थी, मगर इस इख़्तिसार के बावजूद बड़ी जामे[1] मालूम होती थी; ऐसा लगता था कि वह एक सुराही है, जिसमें उसके हज्म से ज़्यादा पानी मिली शराब भरने की कोशिश की गई है, और नतीजे के तौर पर वह सैयाल[2] चीज़ दबाव के बायस इधर-उधर तड़पकर बह निकली है...मैंने पानी मिली शराब इसलिए कहा है कि सिराज में तल्ख़ी थी, वही तल्ख़ी, जो तेज़ो-तुंद शराब में होती है; ऐसा लगता था, किसी धोखेबाज ने उसमें पानी मिला दिया है कि मिक़दार ज़्यादा हो जाए; मगर सिराज में निसाइयत[3] की जो मिक़दार थी, वैसी की वैसी मौजूद थी; और उसकी झुँझलाहट से, जो उसके घने बालों से, उसकी तीखी नाक से, उसके भिंचे हुए होंठों से और उसकी उँगलियों से, जो नक़्शानवीसों की नुकीली और तेज़-तेज़ पेंसिलें मालूम होती थीं, मैंने यह अन्दाज़ा लगाया था कि वह हर चीज़ से नाराज़ है; ढूँढू से, उस खम्बे से, जिसके साथ लगकर वह खड़ा रहता था; उन गाहकों से, जो उसके लिए लाए जाते थे; अपनी बड़ी-बड़ी आँखों से भी, जो उसके सफ़ेद बैज़वी चेहरे पर क़ब्ज़ा जमाए रखती थीं; वह हर चीज़ से नाराज़ थी—वह अपनी पतली-पतली उन उँगलियों से भी, जो नक़्शानवीसों की पेंसिलों की तरह तेज़ थीं, नाराज़ थी; शायद इसलिए कि जो नक़्शा वह बनाना चाहती थी, उसकी उँगलियाँ नहीं बना सकती थीं।

यह तो ख़ैर एक अफ़सानानिगार के तास्सुरात[4] हैं, जो छोटे-से तिल में संगे-अस्वद[5] की तमाम सख़्तियाँ बयान कर सकता है; आप ढूँढू की ज़बानी सिराज के मुताल्लिक़ कुछ सुनिए।

ढूँढू ने एक दिन मुझसे कहा : "मंटो साहब, आज साली ने फिर टंटा कर दिया...वह तो जाने किस दिन का सवाब काम आ गया...और आपकी दुआ से यूँ भी नागपाड़ा चौकी के सब अफ़सर मेहरबान हैं, वरना आज ढूँढू अन्दर होता...आज उसने वह धमाल मचाई है कि मैं तो बाप रे बाप कहता रह गया..."

मैंने पूछा : "बात क्या हुई थी?"

"वही, जो हुआ करती है...मैंने लाख लानत भेजी अपनी हश्त-पुश्त[6] पर कि हरामी, जब तू उस छोकरी को अच्छी तरह जानता है तो फिर क्यों उँगली

1. भरपूर, 2. तरल, 3. नारीत्व, 4. भाव, 5. वह पत्थर जो का'बे में लगा है, 6. आठ पीढ़ियाँ।

लेता है, क्यों उसको निकालकर लाता है...तेरी माँ लगती है या बहन...मेरी तो अकल काम नहीं करती मंटो साहब!''

हम दोनों ईरानी के होटल में बैठे हुए थे—ढूँडू ने कॉफ़ी मिली चाय पिर्च में उँडेली और सड़प-सड़प पीने लगा : ''असल बात यह है कि साली से मुझे हमदर्दी है!''

मैंने पूछा : ''क्यों?''

ढूँडू ने सिर को एक झटका दिया : ''जाने क्यों... ? यह साला मालूम हो जाए तो रोज़-रोज़ का टंटा न खतम हो जाए...'' फिर उसने एकदम पिर्च में प्याली औंधी करके मुझसे कहा : ''आपको मालूम है...अभी तक कुँआरी है...!''

यक़ीन मानिए, मैं एक लहज़े के लिए चकरा गया : ''कुँआरी?''

''आपकी जान की क़सम।''

मैंने चाहा कि वह अपनी बात पर नज़रेसानी[1] करे। मैंने कहा : ''नहीं ढूँडू...!''

ढूँडू को मेरा यह शक नागवार मालूम हुआ : ''मैं आपसे झूठ नहीं कहता मंटो साहब...सोलहा आने कुँआरी है...आप मुझसे शर्त लगा लीजिए।''

मैं सिर्फ़ इसी क़दर कह सका : ''मगर ऐसा क्योंकर हो सकता है?''

ढूँडू ने बड़े वसूक़[2] के साथ कहा : ''ऐसा क्यों होने को नहीं सकता...सिराज-जैसी छोकरी तो इस धन्धे में रहकर भी सारी उम्र कुँआरी रह सकती है...साली किसी को हाथ ही नहीं लगाने देती...मुझे उसकी सारी हिशटरी मालूम नहीं; इतना जानता हूँ कि पंजाबन है...लैमिंगटन रोड पर एक मेम साहब के पास थी; वहाँ से निकाली गई कि हर पैसिंजर से लड़ती थी, फिर भी वहाँ उसने दो-तीन महीने निकाल लिए कि मडाम के पास दस-बीस और छोकरियाँ थीं, पर मंटो साहब, कोई कब तक किसी को खिलाता है; मडाम ने एक दिन उसे तीन कपड़ों में निकाल बाहर किया...वहाँ से निकाली गई तो वह फ़ारस रोड पर एक दूसरी मडाम के पास जा पहुँची; यहाँ भी उसका माथा वैसे का वैसा था; यहाँ उसने एक पैसिंजर को काट खाया! बड़ी मुश्किल से दो-तीन महीने यहाँ गुज़ारे...साली के मिज़ाज में तो जैसे आग भरी हुई है, अब कौन उसे ठंडा करता फिरे...फिर, ख़ुदा आपका भला करे, खेतवाड़ी के एक होटल में रही; पर यहाँ

1. पुनर्विचार, 2. विश्वास।

भी वही धमाल; होटल के मैनेजर ने आख़िर तंग आकर उसे चलता किया...क्या बताऊँ मंटो साहब, न साली को खाने का होश है, न पीने का, कपड़ों में जुएँ पड़ी हैं; सिर दो महीने से नहीं धोया...चरस के दो-एक सिगरेट कहीं से मिल जाएँ तो फूँक लेती है, या किसी होटल के बाहर खड़ी होकर फ़िल्मी रिकॉर्ड सुनती रहती है...''

मेरे लिए यह तफ़सील काफ़ी थी; मैं अपने रद्दे-अमल से आपको आगाह नहीं करना चाहता। अफ़सानानिगार की हैसियत से यह नामुनासिब है।

मैंने ढूँडू से महज़ सिलसिला-ए-गुफ़्तगू क़ायम रखने के लिए पूछा : ''जब उसे इस धन्धे में कोई दिलचस्पी ही नहीं तो तुम उसे वापस क्यों नहीं भेज देते...किराया तुम मुझसे ले लो!''

ढूँडू को मेरी बात नागवार मालूम हुई : ''मंटो साहब, किराए साले की क्या बात है...क्या मैं नहीं दे सकता?''

मैंने टोह लेना चाही : ''फिर तुम उसे वापस क्यों नहीं भेजते?''

ढूँडू कुछ अर्से के लिए ख़ामोश हो गया, फिर उसने कान में उड़सा हुआ सिगरेट का टुकड़ा निकालकर सुलगाया और धुएँ को नाक के दोनों नथुनों से बाहर फेंककर सिर्फ़ इतना कहा : ''मैं नहीं चाहता कि वह जाए।''

मैंने सोचा कि उलझे हुए धागे का एक सिरा मेरे हाथ में आ गया है : ''क्या तुम उससे मुहब्बत करते हो?''

ढूँडू पर शदीद रद्दे-अमल हुआ : ''आप कैसी बातें करते हैं मंटो साहब!'' फिर उसने अपने दोनों कान पकड़कर खींचे : ''क़ुरआन की क़सम, मेरे दिल में ऐसा पलीद ख़याल कभी नहीं आया...मुझे तो सब...'' वह रुक गया, फिर उसने कहा : ''मुझे बस वह कुछ अच्छी लगती है...''

मैंने बड़ा सही सवाल किया : ''क्यों?''

ढूँडू ने भी बड़ा सही जवाब दिया : ''इसलिए...इसलिए कि वह दूसरों-जैसी नहीं...बाक़ी जितनी हैं, सब पैसे की पीर हैं...हरामी हैं अव्वल दर्जे की...पर सिराज है ना, कुछ अजीबो-ग़रीब है...निकाल के लाता हूँ तो राज़ी हो जाती है; सौदा हो जाता है; टैक्सी या विक्टोरिया में बैठ जाती है...अब मंटो साहब, पैसिंजर साला मौज शौक़ के लिए आता है, माल-पानी ख़रच करता है, ज़रा दबा के देखना चाहता है, या वैसे ही छूना चाहता है, बस फिर एक धमाल मच जाती है, सिराज मारा-मारी शुरू कर देती है...पैसिंजर शरीफ़ हो तो भाग जाता

है, पियेला हो, या मवाली हो तो आफ़त...हर मौक़े पर मुझे पहुँचना पड़ता है, पैसे वापस करने पड़ते हैं और हाथ-पैर अलग जोड़ने पड़ते हैं...क़सम क़ुरआन की, सिर्फ़ सिराज की ख़ातिर...और मंटो साहब, आपकी जान की क़सम, इसी साली सिराज की वजह से मेरा धन्धा आधा रह गया है...''

मेरे ज़ेहन ने सिराज का जो अक़बी[1] मंज़र तैयार किया था, मैं उसका ज़िक्र नहीं करना चाहता; हाँ, इतना ज़रूर कहना चाहता हूँ कि ढूँडू ने जो कुछ बताया, वह मेरे ज़ेहन के तैयार किए हुए अक़बी मंज़र के साथ कुछ ठीक तौर पर जमता नहीं था; मैंने एक दिन सोचा कि ढूँडू को बताए बग़ैर सिराज से मिला जाए।

सिराज बाईकल्ला स्टेशन के पास ही एक निहायत वाहियात जगह में रहती थी, जहाँ कूड़े-करकट के ढेर थे, आसपास का तमाम फ़ुज़्ला था—कॉरपोरेशन ने यहाँ ग़रीबों के लिए जस्त के बेशुमार झोंपड़े बना रखे थे।

मैं यहाँ उन बुलन्द बाम इमारतों का ज़िक्र नहीं करना चाहता, जो उस ग़िलाज़तगाह से थोड़ी ही दूर इस्तादा[2] थीं। उन बुलन्दबाम इमारतों का इस अफ़साने से कोई ताल्लुक़ नहीं; दुनिया नाम ही नशेबो-फ़राज़[3] का है, या रफ़अतों और पस्तियों का।

ढूँडू से मुझे सिराज के झोंपड़े का अता-पता मालूम था—मैं वहाँ गया, अपने ख़ुशवज़्अ कपड़ों को उस माहौल से छुपाते हुए; लेकिन यहाँ मेरी ज़ात मुताल्लिक़[4] नहीं।

बहरहाल मैं वहाँ गया—झोंपड़े के बाहर एक बकरी बँधी हुई थी; उसने मुझे देखा तो मिमियाई। अब अन्दर से एक बुढ़िया निकली, जैसे पुरानी दास्तानों के किर्मख़ुर्दा अम्बार से कोई कुटनी लाठी टेकती हुई निकलती है।

मैं लौटने ही वाला था कि टाट के जगह-जगह से फटे हुए परदे के पीछे मुझे दो बड़ी आँखें नज़र आईं, बिलकुल उसी तरह फटी हुईं, जिस तरह टाट का वह परदा फटा हुआ था; फिर मैंने सिराज का सफ़ेद बैज़वी चेहरा देखा और मुझे उन ग़ालिब आँखों पर बड़ा ग़ुस्सा आया।

सिराज ने मुझे देख लिया था—मालूम नहीं, वह अन्दर क्या काम कर रही थी, लेकिन वह सब काम छोड़-छाड़कर बाहर आ गई, उसने बुढ़िया की तरफ़ कोई तवज्जोह न दी और मुझसे कहा : ''आप यहाँ कैसे आ गए?''

---

1. पीछे का, 2. खड़ी हुई, 3. ऊँच-नीच, 4. सम्बन्धित।

मैंने मुख़्तसरन कहा : "तुमसे मिलना था!"

उसने भी इख़्तिसार[1] ही के साथ कहा : "तो अन्दर आ जाइए!"

मैंने कहा : "नहीं, तुम मेरे साथ चलो।"

मैंने सिराज के साथ चलने के लिए कहा तो किर्मख़ुर्दा दास्तानों की किर्मख़ुर्दा कुटनी बड़े दुकानदाराना अन्दाज़ में बोली : "दस रुपए लगेंगे!"

मैंने बटुआ निकालकर दस रुपए बुढ़िया को दे दिए और सिराज से कहा : "आओ सिराज!"

उसकी बड़ी-बड़ी आँखों ने एक लहज़े के लिए मेरी निगाहों को रास्ता दिया कि उसके चेहरे की सड़क पर चन्द क़दम चल सकें—मैं एक बार फिर उसी नतीजे पर पहुँचा कि वह ख़ूबसूरत है, सिकुड़ी हुई ख़ूबसूरती, हनूत[2] लगी ख़ूबसूरती, सदियों की महफ़ूज़ो-मामून[3] और मदफ़ून[4] की हुई ख़ूबसूरती—मैंने एक लहज़े के लिए यूँ महसूस किया कि मैं मिस्र में हूँ और पुराने दफ़ीनों[5] की खुदाई पर मामूर[6] किया गया हूँ।

मैं ज़्यादा तफ़सील में नहीं जाना चाहता।

सिराज मेरे साथ थी; हम दोनों एक होटल में थे। वह मेरे सामने अपने ग़लीज़ कपड़ों में मलबूस[7] बैठी हुई थी, और उसकी बड़ी-बड़ी आँखें उसके बैज़वी चेहरे पर क़ब्ज़ा-ए-मुख़ालिफ़ाना[8] किए हुए थीं। मुझे ऐसा महसूस हो रहा था कि उसकी बड़ी-बड़ी आँखों ने सिर्फ़ उसके चेहरे ही को नहीं, उसके सारे वुजूद को ढाँप रखा है कि मैं उसके किसी रोएँ को भी न देख सकूँ।

बुढ़िया ने दस रुपए माँगे थे, जो मैंने उसे दे दिए थे; इसके अलावा मैंने चालीस रुपए सिराज को भी दिए; मैं चाहता था कि वह मुझसे भी उसी तरह लड़े-झगड़े, जिस तरह वह दूसरों के साथ लड़ती-झगड़ती है; इसीलिए मैंने सिराज से ऐसी कोई बात न की, जिससे मुहब्बत और ख़ुलूस की बू आए—मैं उसकी बड़ी-बड़ी आँखों से ख़ाइफ़[9] था; वह आँखें इतनी बड़ी थीं कि मेरे अलावा मेरे इर्द-गिर्द की सारी दुनिया को देख सकती थीं।

वह ख़ामोश थी।

---

1. संक्षेप, 2. मुर्दों या लाशों पर लगाई जानेवाली ख़ुशबू, 3. दफ़न किया हुआ, 4. दफ़न किया हुआ, गाड़ा हुआ, 5. ख़ज़ाने, गड़ा हुआ धन, 6. नियुक्त, 7. वस्त्र धारण किए हुए, 8. विरोध के बावजूद क़ब्ज़ा, 9. भयभीत।

वाहियात तरीक़े पर उसे छेड़ने के लिए ज़रूरी था कि मेरे जिस्म और ज़ेहन में ग़लत क़िस्म की हरारत पैदा हो—फिर मैंने व्हिस्की के चार बड़े पैग पिए और उसको आम पैसिंजरों की तरह छेड़ा, उसने कोई मुज़ाहमत[1] न की। मैंने दानिस्तन एक ज़बर्दस्त फ़ुज़ूल हरकत की; मेरा ख़याल था कि वह बारूद जो उसके अन्दर भरा पड़ा है, उस बारूद को भक्-से उड़ाने के लिए मेरी ज़बर्दस्त फ़ुज़ूल हरकत की चिंगारी काफ़ी होगी, मगर हैरत है कि वह पुरसुकून रही।

उसने मुझे अपनी बड़ी-बड़ी आँखों के फैलाव में समेटते हुए कहा : "मुझे चरस का एक सिगरेट मँगवा दीजिए!"

मैंने कहा : "शराब पियोगी?"

"नहीं...मैं चरस का सिगरेट पियूँगी।"

मैंने उसे चरस का सिगरेट मँगवा दिया।

ठेठ चरसियों के अन्दाज़ में सिगरेट पीकर उसने मेरी तरफ़ देखा—उसकी बड़ी-बड़ी आँखें अब अपना तसल्लुत[2] छोड़ चुकी थीं, उसी तरह जिस तरह कोई ग़ासिब अपना तसल्लुत छोड़ता है।

उसका चेहरा मुझे एक उजड़ी हुई, एक बर्बादशुदा सल्तनत नज़र आया, ताख़्तो-ताराज़ मुल्क; उसका हर ख़त, हर ख़ाल वीरानी की एक लकीर थी—मगर यह वीरानी क्या थी, क्यों थी; बाज़ औक़ात ऐसा भी होता है कि आबादियाँ ही वीरानों का बायस होती हैं; क्या वह इसी क़िस्म की कोई आबादी थी, जो बसना शुरू हुई ही थी कि किसी हमलावर के सबब अधूरी रह गई और उसकी दीवारें, जो अभी गज़ भर भी ऊपर न उठी थीं, आहिस्ता-आहिस्ता खँडहर बन गईं?—मैं एक चक्कर में था, लेकिन मैं आपको इस चक्कर में नहीं डालना चाहता; मैंने क्या सोचा? क्या नतीजा बरामद किया? आपको इससे क्या मतलब।

सिराज कुँआरी थी, या कुँआरी नहीं थी, मैं इसके मुताल्लिक़ भी नहीं जानना चाहता था—हाँ, चरस के धुएँ में लिपटी उसकी महज़ूनो-मख़्मूर[3] आँखों में मुझे एक ऐसी झलक नज़र आई थी, जिसको मेरा क़लम भी बयान नहीं कर सकता।

मैंने सिराज के साथ बातें करना चाहीं, मगर उसे बातों से कोई दिलचस्पी नहीं थी; मैंने चाहा कि वह मुझसे लड़े-झगड़े, मगर उसने मुझे नाउम्मीद किया।

1. रोक-टोक, 2. प्रभुत्व, 3. उदास और नशीली।

आख़िर मैं उसे उसके घर छोड़ आया।

ढूँडू को जब मेरे इस ख़ुफ़िया सिलसिले का पता चला तो वह बहुत नाराज़ हुआ—उसके दोस्ताना और ताजिराना जज़्बात बहुत बुरी तरह मजरूह हो गए थे; उसने मुझे सफ़ाई का मौक़ा ही न दिया और सिर्फ़ इतना कहा : "मंटो साहब, मुझे आपसे यह उम्मीद न थी!" फिर वह खम्बे से हटकर एक तरफ़ चला गया।

अजीब बात यह हुई कि दूसरे रोज़ शाम को वक़्ते-मुक़र्ररा पर वह मुझे अपने अड्डे पर नज़र न आया, मैंने सोचा, शायद बीमार हो; मगर उससे अगले रोज़ भी वह वहाँ मौजूद नहीं था।

इसी तरह एक हफ़्ता गुज़र गया—उस खम्बे के क़रीब से मेरा हर सुबह-शाम आना-जाना होता था; मैं जब उस खम्बे को देखता, मुझे ढूँडू याद आ जाता।

मैं बाईकल्ला स्टेशन के पास उस वाहियात जगह पर भी गया, जहाँ सिराज रहती थी, यह देखने के लिए कि वह कहाँ है, मगर वहाँ अब सिर्फ़ वह किमख़ुर्दा कुटनी रहती थी। मैंने उससे सिराज के मुताल्लिक़ पूछा तो वह अपनी पोपली मुस्कराहट में लाखों बरस पुरानी जिंसी करवट बदलकर बोली : "वह तो चली गई...और हैं...बुलवाऊँ..."

मैंने सोचा, यह क्या हुआ, ढूँडू और सिराज दोनों ग़ायब हैं और वह भी मेरी उस ख़ुफ़िया मुलाक़ात के बाद...मैं उस ख़ुफ़िया मुलाक़ात के मुताल्लिक़ बिलकुल मुतरद्दिद[1] नहीं था।

यहाँ पर मैं अपने ख़यालात आप पर ज़ाहिर नहीं करना चाहता; हाँ, मुझे यह हैरत ज़रूर थी कि वे दोनों कहाँ और क्यों ग़ायब हो गए हैं; उनमें मुहब्बत क़िस्म की कोई चीज़ नहीं थी, ढूँडू तो ऐसी चीज़ों से बालातर[2] था; फिर उसकी बीवी थी, बच्चे थे और वह उनसे बेहद मुहब्बत करता था; तब यह सिलसिला क्या था कि दोनों बयकवक़्त ग़ायब थे?

मैंने सोचा, हो सकता है, अचानक ढूँडू के दिमाग़ में यह ख़याल आ गया हो कि सिराज को अब वापस अपने घर लौट जाना चाहिए—सिराज के लौट जाने के मुताल्लिक़ ढूँडू पहले फ़ैसला न कर सका था—मुम्किन है, अब उसने यह फ़ैसला कर लिया हो!

इसी उधेड़बुन में ग़ालिबन एक महीना गुज़र गया।

---

1. चिन्तित, 2. अधिक ऊँचा, उत्कृष्ट।

एक शाम अचानक मुझे ढूँडू नज़र आ गया, उसी खम्बे के साथ लगकर खड़ा हुआ; मुझे ऐसा महसूस हुआ कि जैसे खम्बे में एक मुद्दत तक करेंट फ़ेल रहने के बाद अब एकदम करेंट वापस आ गया है और खम्बे में जान पड़ गई है; टेलीफ़ोन की तारों के बक्स में भी; ऐसा लगा, जैसे ऊपर, चारों तरफ़ फैले हुए तारों के जाल आपस में सरगोशियाँ कर रहे हैं!

मैं ढूँडू के पास से गुज़रा—उसने मेरी तरफ़ देखा और मुस्कराया—फिर हम दोनों ईरानी के होटल में थे।

मैंने उससे कुछ न पूछा—उसने अपने लिए कॉफ़ी मिली चाय और मेरे लिए सादा चाय मँगवाई; फिर उसने पहलू बदलकर ऐसी निशस्त क़ायम की, जैसे वह मुझे कोई बहुत बड़ी बात सुनानेवाला हो; मगर उसने सिर्फ़ इतना कहा : "और सुनाओ मंटो साहब!"

मैंने कहा : "क्या सुनाएँ ढूँडू...बस गुज़र रही है..."

वह मुस्कराया : "ठीक कहा आपने...बस गुज़र रही है, और गुज़र जाएगी...यह साला गुज़रते रहना, या गुज़रना भी अजीब चीज़ है...सच पूछिए तो इस दुनिया में हर चीज़ अजीब है..."

मैंने सिर्फ़ इतना कहा : "तुम ठीक कहते हो ढूँडू!"

चाय आई तो हम दोनों ने पीना शुरू की। ढूँडू ने पिर्च में अपनी कॉफ़ी मिली चाय उँडेली और मुझमें कहा : "मंटो साहब, सिराज ने मुझे सारी बात बता दी थी... उसने कहा था : 'वह सेठ, जो तुम्हारा दोस्त है, उसका माथा फिरेला है...' "

मैं हँसा : "क्यों?"

"उसने कहा : वह मुझे होटल में ले गया...इतने रुपए दिए, पर सेठोंवाली कोई बात न की..."

मैंने कहा : "वह क़िस्सा ही कुछ और था ढूँडू!"

वह पेट भरके हँसा : "मैं जानता हूँ...मुझे माफ़ कर देना...मैं उस रोज़ तुमसे नाराज़ हो गया था..." उसके अन्दाज़े-गुफ़्तगू में, शायद पहली बार, अनजाने में बेतक़ल्लुफ़ी पैदा हो गई : "पर अब वह क़िस्सा ख़लास हो गया है!"

"कौन-सा क़िस्सा?"

"उस साली सिराज का क़िस्सा...और किसका?"

मैंने पूछा : "हुआ क्या?"

ढूँडू गुटकने लगा : "जिस रोज़ वह आपके साथ गई थी, मुझे उसी रोज़ उस बुढ़िया से पता चल गया था और मैंने सोचा था कि आप ही हो सकते हैं और मैं आपसे नाराज़ हो गया था...जब सिराज से मिला तो कहने लगी : 'मेरे पास चालीस रुपए हैं...चलो, मुझे लाहौर ले चलो...' मैं बोला : 'साली, यह एकदम तेरे सिर पर क्या भूत सवार हो गया है...' वह बोली : 'नहीं, चल ढूँडू, तुझे मेरी क़सम...' और मंटो साहब, आप तो जानते ही हैं, मैं साली की कोई बात नहीं टाल सकता था कि वह मुझे अच्छी लगती थी। मैंने कहा : 'चल...' सो हम टिकट कटा के गाड़ी में सवार हो गए...लाहौर पहुँचकर हम एक होटल में ठहर गए...उसने मुझसे कहा : 'ढूँडू, मुझे एक बुर्क़ा ला दे...' मैं बुर्क़ा ले आया...बुर्क़ा पहनकर वह लगी सड़क-सड़क और गली-गली घूमने...इस तरह कई दिन गुज़र गए...एक दिन मैंने अपने आपसे कहा कि यह भी अच्छी रही ढूँडू, उस साली का तो मस्तक फिरेला है, साला तेरा भेजा भी फिर गया क्या, जो इतनी दूर आ गया है उसके साथ ख़राब होने...मंटो साहब, एक दिन हम ताँगे में बैठे हुए थे कि उसने ताँगा रुकवाया और सड़क के उस पार खड़े एक आदमी की तरफ़ इशारा करके मुझसे कहने लगी : 'ढूँढू, उस आदमी को मेरे पास होटल में ले आ...मैं चलती हूँ वापस होटल में...' मेरी अक़्ल जवाब दे गई...मैं ताँगे से उतरा तो ताँगा यह जा, वह जा...और मैं उस आदमी के पीछे-पीछे...आपकी दुआ से और अल्लाहताला की मेहरबानी से मैं आदमी-आदमी को पहचानता हूँ...मैंने उस आदमी से इधर-उधर की दो बातें कीं और ताड़ गया कि वह मौज़-शौक करनेवाला आदमी है...सो मैं बोला : 'बम्बई का ख़ास माल है...' वह बोला : 'अभी चलो...' मैं बोला : 'नहीं, पहले माल-पानी दिखाओ...' उसने इतने सारे नोट दिखाए...मैं अपने दिल में बोला कि चल ढूँडू, धन्धा यहाँ भी चलना चाहिए...पर मेरी समझ में यह बात नहीं आई थी कि उस साली सिराज ने सारे लाहौर में उसी आदमी को क्यों चुना है...मैंने ख़ुद से कहा कि सब चलता है...मैंने ताँगा लिया, उस आदमी को साथ लिया और सीधा होटल में...मैंने सिराज को ख़बर की तो वह बोली : 'अभी ठहर...' मैं ठहर गया...थोड़ी देर के बाद मैं उस आदमी को, जो अच्छी शक्ल का था, अन्दर ले गया...सिराज को देखते ही वह साला यूँ बिदका; जैसे घोड़ा बिदकता है...सिराज ने उस आदमी को पकड़ लिया..." ढूँडू ने प्याली में बची-खुची अपनी ठंडी कॉफ़ी मिली चाय एक ही जुरअे में ख़त्म की और बीड़ी सुलगाने लगा।

मैंने कहा : "सिराज ने उस आदमी को पकड़ लिया?"

ढूँडू ने बुलन्द आवाज़ में कहा : "हाँ जी, पकड़ लिया उस साले को...और कहने लगी : 'अब तू जाता कहाँ है?...मेरा घर छुड़ाकर तू मुझे अपने साथ किसलिए लाया था...मैं तुझसे मुहब्बत करती थी...तूने भी मुझसे यही कहा था कि तू मुझसे मुहब्बत करता है...पर जब मैं अपना घरबार, अपने माँ-बाप छोड़कर तेरे साथ भाग निकली और अमृतसर से हम दोनों यहाँ, इसी होटल में आकर ठहरे तो रात ही रात तू क्यों भाग गया, मुझे अकेली छोड़कर?...किसलिए लाया था तू मुझे यहाँ, किसलिए भगाया था तूने मुझे?...मैं हर बात के लिए तैयार थी और तू मुझे छोड़कर भाग गया...आ...अब मैंने तुझे बुलाया है...मेरी मुहब्बत वैसी की वैसी क़ायम है...आ' ...और मंटो साहब, वह उस आदमी के साथ लिपट गई...उस साले के आँसू भी टपकने लगे...वह रो-रोकर माफ़ियाँ माँगने लगा : 'मुझसे ग़लती हो गई थी...मैं डर गया था...मैं अब तुमसे कभी अलग नहीं रहूँगा...' साला क़समें खाता रहा और जाने क्या-क्या बकता रहा...फिर सिराज ने मुझे इशारा किया और मैं कमरे से बाहर चला गया...मैं बाहर बरामदे में खाट पर सो रहा था कि सुबह सिराज ने मुझे जगाया और कहा : 'चल ढूँडू...' मैं बोला : 'कहाँ... ?' वह बोली : 'वापस बम्बई...' मैं बोल : 'और वह साला कहाँ है... ?' सिराज ने कहा : 'सो रहा है...मैं उस पर अपना बुर्क़ा डाल आई हूँ...'

ढूँडू ने अपने लिए दूसरी कॉफ़ी मिली चाय का ऑर्डर दिया तो सिराज ईरानी होटल में दाख़िल हुई। उसका सफ़ेद बेज़वी चेहरा निखरा हुआ था और उसके चेहरे पर उसकी बड़ी-बड़ी आँखें दो गिरे हुए सिगनल मालूम हो रही थीं।

मोज़ेल

त्रिलोचन ने पहली मर्तबा, चार बरसों में पहली मर्तबा रात को आसमान देखा था, और वह भी इसलिए कि उसकी तबीयत सख़्त घबराई हुई थी और वह महज़ खुली हवा में कुछ देर सोचने के लिए अडवानी चेम्बर्स के टैरेस पर चला आया था।

आसमान बिलकुल साफ़ था, बादलों से बेनियाज़[1] बहुत बड़े ख़ाकिस्तरी[2] तम्बू की तरह सारी बम्बई पर तना हुआ। हद्दे-नज़र तक जगह-जगह बत्तियाँ रौशन थीं, और त्रिलोचन ने ऐसा महसूस किया था कि आसमान से बहुत सारे सितारे झड़कर बिल्डिंगों में, जो रात के अँधेरे में बड़े-बड़े दरख़्त मालूम होती थीं, अटक गए हैं और जुगनुओं की तरह टिमटिमा रहे हैं। रात को खुले आसमान के नीचे होना, त्रिलोचन के लिए बिलकुल एक नया तज्रिबा, एक नई कैफ़ियत थी। उसने महसूस किया कि वह चार बरस तक अपने फ़्लैट में क़ैद क्या रहा, क़ुदरत की एक बहुत बड़ी नेमत से महरूम रहा।

क़रीब-क़रीब तीन बजे थे—हवा बेहद हल्की-फुल्की थी।

त्रिलोचन पंखे की मैकानकी[3] हवा का आदी था; जो उसके सारे वुजूद को बोझल कर देती थी; सुबह उठकर वह हमेशा यूँ महसूस करता था जैसे रात-भर उसको मारा-पीटा गया है, पर अब सुबह की कुदरती हवा में उसके जिस्म का रुआँ-रुआँ तरो-ताज़गी चूसकर ख़ुश हो रहा था। जब वह ऊपर आया था तो उसका दिलो-दिमाग़ सख़्त मुज़्तरिब[4] और हैजानज़दा[5] था, लेकिन आधे घंटे ही में वह इज़्तिराब[6] और हैजान, जो उसको बहुत तंग कर रहा था, किसी हद तक ठंडा हो गया था।

वह अब साफ़ तौर पर सोच सकता था।

---

1. लापरवाह, 2. मटमैली, 3. मशीनी, 4. बेचैन, 5. तनावग्रस्त, 6. बेचैनी।

कृपाल कौर और उसका सारा ख़ानदान 'ब' महल्ले में था, जो कट्टर मुसलमानों का मर्कज़[1] था। यहाँ कई मकानों को आग लग चुकी थी और कई जानें तलफ़[2] हो चुकी थीं—त्रिलोचन उन सबको निकाल लाया होता, मगर मुसीबत यह थी कि कर्फ़्यू नाफ़िज़[3] हो गया था और वह भी न जाने कितने घंटों का, ग़ालिबन अड़तालीस घंटों का—और त्रिलोचन लाज़िमन मग्लूब[4] था। आसपास सब मुसलमान थे, बड़े ख़ौफ़नाक क़िस्म के मुसलमान—और पंजाब से धड़ाधड़ ख़बरें आ रही थीं कि वहाँ सिख मुसलमानों पर बहुत ज़ुल्म ढा रहे हैं—तो कोई भी हाथ, मुसलमान हाथ बड़ी आसानी से नर्मो-नाज़ुक कृपाल कौर की कलाई पकड़कर उसे मौत के कुएँ की तरफ़ ले जा सकता था।

कृपाल कौर की माँ अन्धी थी और बाप मफ़्लूज[5]। एक भाई था जो कुछ अर्से से देवलाली में था कि उसे वहाँ अपने ताज़ा-ताज़ा लिये हुए ठेके की देखभाल करनी थी—त्रिलोचन को कृपाल कौर के भाई निरंजन सिंह पर बहुत ग़ुस्सा आता था। उसने अख़बारात के मुताबिक़ फ़सादात की तेज़ी-ओ-तुंदी के मुताल्लिक़ हफ़्ता-भर पहले निरंजन सिंह को आगाह कर दिया था और साफ़ लफ़्ज़ों में कह दिया था : "निरंजन, यह ठेके-वेके अभी रहने दो...हम एक बहुत ही नाज़ुक दौर से गुज़र रहे हैं। तुम फ़ौरन ही इस इलाक़े से उठ जाओ और मेरे यहाँ चले आओ। इसमें कोई शक नहीं कि मेरे यहाँ जगह कम है लेकिन मुसीबत के दिनों में आदमी किसी न किसी तरह गुज़ारा कर ही लिया करता है..." मगर निरंजन सिंह न माना—उसका इतना बड़ा लेक्चर सुनकर वह सिर्फ़ अपनी घनी मूँछों में मुस्करा दिया था : "यार, तुम ख़्वाहमख़्वाह फ़िक्र करते हो...मैंने यहाँ ऐसे कई फ़साद देखे हैं...यह अमृतसर या लाहौर नहीं...बाम्बे है बाम्बे, तुम्हें यहाँ आए सिर्फ़ चार बरस हुए हैं और मैं यहाँ बारह बरस से रह रहा हूँ...बारह बरस से।"

जाने निरंजन सिंह बम्बई को क्या समझता था। उसका ख़याल था कि बम्बई एक ऐसा शहर है कि अगर फ़साद बरपा भी हों तो उनका असर ख़ुद-ब-ख़ुद जाइल[6] हो जाता है, जैसे बम्बई के पास कोई छूमंतर है या बम्बई कहानियों का कोई ऐसा क़िला है जिस पर कोई आफ़त नहीं आ सकती—मगर त्रिलोचन सुबह की ठंडी हवा में साफ़ देख रहा था कि 'ब' महल्ला बिलकुल महफ़ूज़[7] नहीं। वह तो सुबह के अख़बारों में यह भी पढ़ने के लिए तैयार था कि कृपाल कौर और उसके माँ-बाप क़त्ल हो चुके हैं।

---

1. केन्द्र, 2. ख़त्म, 3. लागू, 4. पराजित, 5. पक्षाघाती, 6. ख़त्म, 7. सुरक्षित।

उसको कृपाल कौर के मफ़्लूज बाप और अन्धी माँ की कोई परवाह नहीं थी; वे मर जाते और कृपाल कौर बच जाती तो उसके लिए अच्छा था। उधर देवलाली में कृपाल कौर का भाई निरंजन सिंह भी मारा जाता तो और भी अच्छा था कि उसके लिए मैदान साफ़ हो जाता; निरंजन सिंह ख़ासतौर पर उसके रास्ते में एक रोड़ा ही नहीं, बहुत बड़ा खंघर था—जब कभी कृपाल कौर से उसकी बात होती, वह निरंजन सिंह को खंघर सिंह ही कहता।

सुबह की हवा धीरे-धीरे बह रही थी—त्रिलोचन का केशों से बेनियाज़ सिर बड़ी ख़ुशगवार ठंडक महसूस कर रहा था, मगर उसके सिर के अन्दर बेशुमार अन्देशे एक-दूसरे के साथ टकरा रहे थे।

कृपाल कौर नई-नई उसकी ज़िन्दगी में दाख़िल हुई थी। वह यूँ तो हट्टे-कट्टे खंघर सिंह की बहन थी, मगर बहुत ही नर्मो-नाज़ुक और लचकीली थी; उसने देहात में परवरिश पाई थी और वहाँ की कई सर्दियाँ-गर्मियाँ देखी थीं, मगर उसमें वह सख़्ती, वह गठाव, वह मर्दानापन नहीं था जो देहात की आम सिख लड़कियों में होता है, जिन्हें कड़ी से कड़ी मशक़्क़त करनी पड़ती है, उसके नक़्श पतले-पतले थे, जैसे अभी नामुकम्मल हों; छोटी-छोटी छातियाँ थीं जिन पर बालाइयों की चन्द और तहें चढ़ने की ज़रूरत थी; आम सिख देहाती लड़कियों के मुक़ाबले में उसका रंग गोरा था, कोरे लट्ठे की तरह, और बदन चिकना था जिस तरह मर्सिराइज़्ड कपड़े की सतह होती है—वह बेहद शर्मीली थी।

त्रिलोचन उसी के गाँव का था, मगर वह ज़्यादा दिन वहाँ रहा नहीं था; प्राइमरी से निकलकर जब वह शहर के हाईस्कूल में गया तो बस फिर वहीं का होके रह गया; स्कूल से फ़ारिग हुआ तो कॉलेज की तालीम शुरू हो गई—इस दौरान में वह कई मर्तबा, लातादाद मर्तबा अपने गाँव गया, मगर उसने कृपाल कौर नाम की किसी लड़की का नाम तक न सुना, शायद इसलिए कि वह हर बार इस अफ़रा-तफ़री में रहता था कि जल्द-अज़-जल्द वापस शहर पहुँचे।

कॉलेज का ज़माना बहुत पीछे रह गया था। अडवानी चेम्बर्स के टैरेस और कॉलेज की इमारत में दस बरस का फ़ासला था, और यह फ़ासला त्रिलोचन की ज़िन्दगी के अजीबो-ग़रीब वाक़िआत से पुर था—बर्मा, सिंगापुर, हांगकांग, फिर बम्बई, जहाँ वह चार बरस से मुक़ीम[1] था।

1. ठहरा हुआ।

इन चार बरसों में उसने पहली मर्तबा रात को आसमान की शक्ल देखी थी; खाकिस्तरी रंग के तम्बू की छत में हज़ारहा दीये रोशन थे और हवा ठंडी और हल्की-फुल्की थी।

कृपाल कौर के बारे में सोचते-सोचते वह मोज़ेल के मुताल्लिक़ सोचने लगा, उस यहूदी लड़की के बारे में जो अडवानी चेम्बर्स में रहती थी—मोज़ेल से त्रिलोचन को गोडे-गोडे इश्क़ हो गया था, ऐसा इश्क़ जो उसने पैंतीस बरस की ज़िन्दगी में कभी नहीं किया था।

जिस दिन उसने अडवानी चेम्बर्स में अपने एक ईसाई दोस्त की मार्फ़त दूसरे माले पर फ़्लैट लिया, उसी दिन उसकी मुठभेड़ मोज़ेल से हुई—मोज़ेल पहली नज़र में उसे ख़ौफ़नाक तौर पर दीवानी मालूम हुई। कटे हुए भूरे बाल उसके सिर पर परेशान थे, बेहद परेशान; होंठों पर लिपस्टिक यूँ जमी थी जैसे गाढ़ा ख़ून और वह भी जगह-जगह से चटख़ा हुआ; ढीला-ढीला सफ़ेद चोग़ा जिसके खुले गिरेबान से उसकी नील पड़ी बड़ी-बड़ी छातियाँ तीन-चौथाई के क़रीब नज़र आ रही थीं; महीन-महीन बालों से अटी हुई नंगी बाँहें, जैसे वह अभी-अभी किसी सैलून से बाल कटवा के आई हो और बालों की नन्ही-नन्ही हवाइयाँ बाँहों पर जम गई हों; होंठ इतने मोटे नहीं थे मगर गहरे उन्नाबी रंग की लिपस्टिक कुछ इस अन्दाज़ से लगाई गई थी कि वह मोटे और भैंसे के गोश्त के टुकड़े मालूम हो रहे थे।

त्रिलोचन का फ़्लैट मोज़ेल के फ़्लैट के बिलकुल सामने था; बीच में एक तंग गली थी, बहुत ही तंग।

जब त्रिलोचन अपने फ़्लैट में दाख़िल होने के लिए आगे बढ़ा तब मोज़ेल अपने फ़्लैट से बाहर निकली—वह खड़ाऊँ पहने हुए थी। त्रिलोचन खड़ाऊँ की आवाज़ सुनकर रुक गया। मोज़ेल ने अपने परेशान बालों की चिकों में से, बड़ी-बड़ी आँखों से त्रिलोचन की तरफ़ देखा और हँसी। त्रिलोचन बौखला गया। जेब से चाबी निकालकर वह जल्दी से दरवाज़े की ज़ानिब बढ़ा ही था कि मोज़ेल की एक खड़ाऊँ सीमेंट के चिकने फ़र्श पर फिसल गई और वह उसके ऊपर आ रही—त्रिलोचन ने सँभलने की कोशिश की लेकिन दूसरे ही लम्हे मोज़ेल उसके ऊपर थी, कुछ इस तरह कि मोज़ेल का लम्बा चोग़ा ऊपर चढ़ गया था और उसकी दो नंगी, बड़ी तगड़ी टाँगें त्रिलोचन के इधर-उधर थीं, और जब त्रिलोचन ने उठने की कोशिश की तो बौखलाहट में वह कुछ इस तरह

मोज़ेल—सारी की सारी मोज़ेल से उलझ गया जैसे वह साबुन की तरह मोज़ेल के सारे बदन पर फिर गया है।

त्रिलोचन ने हाँफते हुए मुनासिबो-मौज़ूँ अल्फ़ाज़ में मोज़ेल से माफ़ी माँगी।

मोज़ेल ने अपना लबादा ठीक किया और मुस्करा दी : "यह खड़ाऊँ एकदम कंडम चीज़ है...!" और उतरी हुई खड़ाऊँ में अपना अँगूठा और साथवाली उँगली फँसाती कॉरीडोर से बाहर चली गई।

त्रिलोचन का ख़याल था कि मोज़ेल से दोस्ती पैदा करना शायद मुश्किल हो, मगर वह बहुत ही थोड़े अर्से में उसके साथ घुल-मिल गई। हाँ, एक बात थी; वह बहुत ख़ुदसर थी; वह त्रिलोचन को कभी ख़ातिर में नहीं लाती थी; उससे खाती थी, उससे पीती थी, उसके साथ सिनेमा जाती थी, सारा-सारा दिन उसके साथ जुहू पर नहाती थी, लेकिन जब वह बाँहों और होंठों से कुछ और आगे बढ़ना चाहता तो वह उसे डाँट देती; कुछ इस तौर पर उसे घुड़कती कि उसके सारे वलवले उसकी दाढ़ी और मूँछों में चक्कर काटते रह जाते।

त्रिलोचन को पहले कभी किसी के साथ मुहब्बत नहीं हुई थी। लाहौर में, बर्मा में, सिंगापुर में, हांगकांग में वह कुछ अर्से के लिए लड़कियाँ ख़रीद लिया करता था। उसके वहमो-गुमान में भी यह बात नहीं थी कि बम्बई पहुँचते ही वह एक निहायत अल्हड़ क़िस्म की यहूदी लड़की के इश्क़ में गोडे-गोडे[1] धँस जाएगा।

मोज़ेल उससे कुछ अजीब क़िस्म की बेएतिनाई[2] और बेइल्तिफ़ाती बरतती थी। उसके कहने पर वह फ़ौरन सज-बनकर सिनेमा जाने पर तैयार हो जाती, मगर जब वह अपनी-अपनी सीट पर बैठते तो वह इधर-उधर निगाहें दौड़ाना शुरू कर देती; अगर उसका कोई शनासा[3] निकल आता तो ज़ोर-ज़ोर से हाथ हिलाती और फिर त्रिलोचन से इजाज़त लिये बग़ैर उसके पहलू में जा बैठती।

कभी-कभी ऐसा भी होता कि वह होटल में बैठे हैं। त्रिलोचन ने ख़ासतौर पर उसके लिए पुरतक़ल्लुफ़ खाने मँगवाए हैं, मगर उसको अपना कोई पुराना दोस्त नज़र आ गया है और वह वहीं निवाला छोड़, अपने दोस्त के पास जा बैठी है—त्रिलोचन के सीने पर मूँग-सी दल जाती।

त्रिलोचन बाज़ औक़ात भिन्ना जाता—कभी-कभी वह उसे क़तई तौर पर

---

1. घुटनों-घुटनों, 2. बेरुख़ी, 3. परिचित।

छोड़कर अपने उन पुराने दोस्तों और शनासाओं के साथ चली जाती थी, और कभी-कभी वह कई-कई दिन उससे मुलाक़ात न करती, कभी सिरदर्द के बहाने, कभी पेट की ख़राबी के बहाने। त्रिलोचन को मालूम था कि मोज़ेल का पेट फ़ौलाद की तरह सख़्त है और कभी ख़राब नहीं हो सकता।

जब मोज़ेल से मुलाक़ात होती तो वह उससे कहती : "तुम सिख हो...यह नाज़ुक बातें तुम्हारी समझ में नहीं आ सकतीं।"

त्रिलोचन जल-भुन जाता और पूछता : "कौन-सी नाज़ुक बातें... ? तुम्हारे पुराने यारों की ?"

मोज़ेल दोनों हाथ अपने चौड़े-चकले कूल्हों पर लटकाकर अपनी तगड़ी टाँगें चौड़ी कर देती और कहती : "यह तुम मुझे उनके ताने क्या देते हो...हाँ, वह मेरे यार हैं और मुझे अच्छे लगते हैं...तुम जलते हो तो जलते रहो... !"

त्रिलोचन बड़े वकीलाना अन्दाज़ में पूछता : "इस तरह तुम्हारी-मेरी कैसे निभेगी ?"

मोज़ेल ज़ोर का क़हक़हा लगाती : "तुम सचमुच सिख हो...ईडियट...तुमसे किसने कहा है कि मेरे साथ निभाओ...अगर निभाने की बात है तो जाओ अपने वतन में और किसी सिखनी से शादी कर लो...मेरे साथ तो इसी तरह चलेगा... !"

त्रिलोचन नर्म हो जाता।

मोज़ेल उसकी ज़बर्दस्त कमज़ोरी बन गई थी। वह हर हालत में उसकी क़ुर्बत[1] का ख़्वाहिशमन्द था। मोज़ेल की वजह से अक्सर उसकी तौहीन होती। मामूली-मामूली से क्रिस्टान लौंडों के सामने, जिनकी कोई हक़ीक़त ही नहीं थी, उसे ख़फ़ीफ़[2] होना पड़ता—मगर दिल से मजबूर होकर उसने सब कुछ बर्दाश्त कर लेने का तहैया कर लिया था।

आमतौर पर तौहीन और हतक का रददे-अमल इंतिक़ाम होता है, मगर त्रिलोचन के मामले में ऐसा नहीं था। उसने अपने दिल और दिमाग़ की आँखें मींच ली थीं और कानों में रुई ठूँस ली थी—उसको मोज़ेल पसन्द थी, पसन्द ही नहीं बल्कि जैसा कि बह अक्सर अपने दोस्तों से कहा करता था, वह गोडे-गोडे उसके इश्क़ में धँस गया है। अब इसके सिवा और कोई चारा नहीं है कि उसके जिस्म का जितना हिस्सा बाक़ी रह गया है, वह भी इस इश्क़ की दलदल में चला जाए और क़िस्सा ख़त्म हो।

1. सामीप्य, 2. लज्जित।

दो बरस तक वह इसी तरह खार होता रहा, लेकिन साबित क़दम रहा।

एक रोज़ कि मोज़ेल मौज में थी, त्रिलोचन ने उसे अपने बाज़ू में समेटकर पूछा : "मोज़ेल, क्या तुम मुझसे मुहब्बत नहीं करती हो?"

मोज़ेल उसके बाजुओं के हल्क़े से बाहर निकल आई और कुर्सी पर बैठकर अपने फ्राक का घेरा देखने लगी। फिर उसने अपनी मोटी-मोटी यहूदी आँखें उठाईं और घनी पलकें झपकाकर कहा : "मैं सिख से मुहब्बत नहीं कर सकती!"

त्रिलोचन ने महसूस किया कि पगड़ी के नीचे उसके केशों में किसी ने दहकती हुई चिंगारियाँ रख दी हैं। उसके तन-बदन में आग लग गई : "मोज़ेल, तुम हमेशा मेरा मज़ाक़ उड़ाती हो...यह मेरा मज़ाक़ नहीं, मेरी मुहब्बत का मज़ाक़ है...!"

मोज़ेल उठी और उसने अपने भूरे तराशे हुए बालों को एक दिलफ़रेब झटका दिया : "तुम शेव करवा लो और अपने सिर के बाल खुले छोड़ दो...मैं शर्त लगाती हूँ, लौंडे तुम्हें आँख मारा करेंगे...तुम ख़ूबसूरत हो!"

त्रिलोचन के केशों में मज़ीद चिंगारियाँ पड़ गईं। उसने आगे बढ़कर ज़ोर से मोज़ेल को अपनी तरफ़ घसीटा और उसके उन्नाबी होंठों में अपने मूँछों भरे होंठ पैवस्त कर दिए।

मोज़ेल ने एकदम 'फूँ-फूँ' की और उसकी गिरफ़्त से अलहदा हो गई : "मैं सुबह अपने दाँतों पर ब्रुश फेर चुकी हूँ...तुम तक़लीफ़ न करो!"

त्रिलोचन चिल्लाया : "मोज़ेल...!"

मोज़ेल वेनिटी बैग से नन्हा-सा आईना निकालकर अपने होंठ देखने लगी। गाढ़ी लिपस्टिक पर ख़राशें आ गई थीं : "ख़ुदा की क़सम, तुम अपनी दाढ़ी और मूँछों का सही इस्तेमाल नहीं करते...इनके बाल ऐसे अच्छे हैं कि मेरा नेवी ब्लू स्कर्ट बहुत अच्छी तरह साफ़ कर सकते हैं...बस थोड़ा-सा पेट्रोल लगाने की ज़रूरत होगी।"

त्रिलोचन, जो ग़ुस्से की इंतिहा तक पहुँच चुका था, यकायक ठंडा हो गया। वह आराम से सोफ़े पर बैठ गया। मोज़ेल भी उसके पास आकर बैठ गई और उसने त्रिलोचन की दाढ़ी खोलनी शुरू कर दी। दाढ़ी में जो पिनें लगी हुई थीं, वही उसने एक-एक करके अलग कीं और अपने दाँतों तले दबा लीं।

त्रिलोचन ख़ूबसूरत था—जिन दिनों उसकी दाढ़ी-मूँछ नहीं उगी थी, वाक़ई

लोग उसको खुले केशों में देखकर धोखा खा जाते थे कि वह कोई कम उम्र ख़ूबसूरत लड़की है, मगर अब बालों के इस अम्बार ने उसके तमाम ख़द्दोख़ाल झाड़ियों के मानिंद अपने अन्दर छुपा लिये थे। उसे इसका एहसास था, मगर वह एक इताअत शिआर[1] और फ़र्माबरदार लड़का था। उसके दिल में मज़हब का एहतिराम[2] था। वह नहीं चाहता था कि उन चीज़ों को अपने वुजूद से अलग कर दे, जिन चीज़ों से उसके मज़हब की ज़ाहिरी तकमील होती थी।

जब दाढ़ी पूरी खुल गई और उसके सीने तक लटकने लगी तो उसने मोज़ेल से पूछा : ''यह तुम क्या कर रही हो?''

दाँतों में पिनें दबाए वह मुस्कराई : ''तुम्हारे बाल बहुत मुलायम हैं...मेरा अन्दाज़ा ग़लत था कि इनसे मेरा नेवी ब्लू स्कर्ट साफ़ हो सकेगा...त्रिलोचन, तुम अपने बाल मुझे दे दो...मैं इन्हें गूँधकर अपने लिए एक फ़र्स्ट क्लास बटुआ बनाऊँगी!''

अब फिर त्रिलोचन की दाढ़ी में चिंगारियाँ भड़कने लगीं। वह बड़े ज़ब्त और संजीदगी से मोज़ेल से मुख़ातिब हुआ : ''मैंने आज तक तुम्हारे मज़हब का मज़ाक़ नहीं उड़ाया...तुम मेरे मज़हब का मज़ाक़ क्यों उड़ाती हो...देखो किसी के मज़हबी जज़्बात से खेलना अच्छा नहीं होता...मैं यह कभी बरदाश्त नहीं करता, मगर सिर्फ़ इसलिए करता रहा हूँ कि मुझे तुमसे बेपनाह मुहब्बत है...क्या तुम्हें इसका पता नहीं!''

मोज़ेल ने त्रिलोचन की दाढ़ी से खेलना बन्द कर दिया : ''मुझे मालूम है।''

''फिर!'' त्रिलोचन ने अपनी दाढ़ी के बाल बड़ी सफ़ाई से तह किए और मोज़ेल के दाँतों से पिनें निकाल लीं : ''तुम अच्छी तरह जानती हो कि मेरी मुहब्बत बकवास नहीं...मैं तुमसे शादी करना चाहता हूँ!''

''मुझे मालूम है...'' बालों को एक ख़फ़ीफ़–सा झटका देकर वह उठी और दीवार पर लटकी हुई तसवीर की तरफ़ देखने लगी : ''मैं भी क़रीब-क़रीब यही फ़ैसला कर चुकी हूँ कि तुमसे शादी करूँगी!''

त्रिलोचन उछल पड़ा : ''सच?''

मोज़ेल के उन्नाबी होंठ बड़ी मोटी मुस्कराहट के साथ खुले और उसके सफ़ेद मजबूत दाँत एक लहज़े के लिए चमके : ''हाँ!''

1. आज्ञाकारी, 2. सम्मान।

त्रिलोचन ने अपनी निस्फ़ लिपटी हुई दाढ़ी के साथ उसको अपने सीने से भींच लिया : "कब...तो कब ?"

मोज़ेल उससे अलग हट गई : "जब...जब तुम अपने यह बाल कटवा दोगे !"

त्रिलोचन उस वक़्त दुनिया-जहान भूल चुका था। उसने कुछ न सोचा और फ़ौरन कह दिया : "मैं कल ही कटवा दूँगा !"

मोज़ेल फ़र्श पर टैप डांस करने लगी : "तुम बकवास करते हो त्रिलोचन...तुममें इतनी हिम्मत नहीं है !"

त्रिलोचन के दिलो-दिमाग़ से मज़हब के रहे-सहे ख़याल तक बाहर निकल गए : "तुम देख लोगी !"

"देख लूँगी।" और वह तेज़ी से आगे बढ़ी, त्रिलोचन की मूँछों को चूमा और 'फूँ-फूँ' करती बाहर निकल गई।

त्रिलोचन ने रात-भर क्या सोचा, वह किन-किन अज़ीयतों[1] से गुज़रा, इसका तज़्किरा फ़ुज़ूल है, इसलिए कि दूसरे ही रोज़ उसने फ़ोर्ट में केश कटवा दिए, दाढ़ी मुँड़वा दी। केश कटते रहे, दाढ़ी मुँड़ती रही और वह आँखें मीचे बैठा रहा; जब उसने आँखें खोलीं, वह देर तक अपनी शक्ल आईने में देखता रहा। उस पर बम्बई की हसीन से हसीन लड़की भी कुछ देर के लिए ग़ौर करने पर मजबूर हो जाती।

त्रिलोचन वही अजीबो-ग़रीब ठंडक महसूस करने लगा जो उस दिन उसने सैलून से बाहर निकलकर महसूस की थी—उसने टैरेस पर तेज़-तेज़ चलना शुरू कर दिया जहाँ टैंकों और नलों का एक हुजूम फैला हुआ था। वह चाहता था कि इस दास्तान का बक़ाया हिस्सा उसके दिमाग़ में न आए, मगर वाक़िआत थे कि आए बिन न रह सके।

बाल कटवाने के बाद पहले दिन वह घर से बाहर न निकला। उसने दूसरे रोज़ अपने नौकर के हाथ एक चिट मोज़ेल को भेजी कि उसकी तबीयत नासाज़ है, और कि वह थोड़ी देर के लिए आ जाए।

मोज़ेल आई—त्रिलोचन को केशों और दाढ़ी के बग़ैर देखकर पहले तो वह एक लहज़े के लिए ठिठकी, फिर 'माई डार्लिंग त्रिलोच' कहकर उसके साथ लिपट गई और चूम-चूमकर उसका सारा चेहरा उन्नाबी कर दिया। उसने

1. यातनाओं।

त्रिलोचन के साफ़ और मुलायम गालों पर हाथ फेरा, उसके अंग्रेज़ी वज्अ के कटे हुए बालों में अपनी उँगलियों से कंघी की और अरबी ज़ुबान में नारे लगाने लगी। उसने इस क़दर शोर मचाया कि उसकी नाक से पानी बहने लगा।

मोज़ेल ने जब बहता पानी महसूस किया तो अपनी स्कर्ट का घेरा उठाया और उसे पोंछना शुरू कर दिया।

त्रिलोचन शर्मा गया। उसने मोज़ेल की स्कर्ट नीचे की और कहा, "नीचे कुछ पहन तो लिया करो।"

मोज़ेल पर इसका कुछ असर न हुआ। बासी और जगह-जगह से उखड़ी हुई लिपस्टिक लगे होंठों से मुस्कराकर उसने सिर्फ़ इतना ही कहा : "मुझे बड़ी घबराहट होती है...ऐसे ही चलता है!"

त्रिलोचन को वह पहला दिन याद आ गया जब वह और मोज़ेल टकरा गए थे और आपस में कुछ अजीब तरह गड्डमड्ड हो गए थे—मुस्कराकर उसने मोज़ेल को अपने सीने के साथ लगा लिया : "शादी कल होगी!"

"ज़रूर।" मोज़ेल ने त्रिलोचन की मुलायम ठोड़ी पर अपने हाथ की पुश्त फेरी।

दोनों ने तय किया कि शादी पूना में हो। सिविल मैरिज। अदालती कार्रवाई के लिए पन्द्रह दिन का नोटिस देना लाज़िमी था, इसलिए दोनों ने यही मुनासिब समझा कि पूना बेहतर है; पास भी है और त्रिलोचन के वहाँ कई दोस्त भी हैं— दूसरे रोज़ उन्हें प्रोग्राम के मुताबिक़ पूना के लिए रवाना होना था।

फ़ोर्ट के एक स्टोर में मोज़ेल सेल्स गर्ल थी। स्टोर से कुछ फ़ासले पर टैक्सी स्टैंड था, और यहीं मोज़ेल ने त्रिलोचन से इन्तज़ार करने के लिए कहा था।

त्रिलोचन मुक़र्रर वक़्त पर वहाँ पहुँच गया और डेढ़ घंटे तक इन्तज़ार करता रहा, मगर मोज़ेल न आई।

दूसरे रोज़ त्रिलोचन को मालूम हुआ कि मोज़ेल अपने एक पुराने दोस्त के साथ, जिसने ताज़ा-ताज़ा मोटर ख़रीदी है, देवलाली चली गई है और वह एक ग़ैरमुअय्यन अर्से तक वहीं रहेगी।

त्रिलोचन पर क्या गुज़री, यह एक लम्बी कहानी है। मुख़्तसर यह कि उसने जी कड़ा किया और मोज़ेल को भूल गया।

उन्हीं दिनों उसकी मुलाक़ात कृपाल कौर से हो गई और वह कृपाल कौर से मुहब्बत करने लगा—थोड़े ही अर्से में उसने महसूस किया कि मोज़ेल बहुत

वाहियात लड़की है, मोज़ेल के दिल के साथ पत्थर लगे हुए हैं। मोज़ेल का दिल चिड़ों की मानिंद एक जगह से दूसरी जगह फुदकता रहता है...इस एहसास से उसे यकगूना तस्कीन हुई कि वह मोज़ेल से शादी करने की ग़लती नहीं कर बैठा था।

इसके बावजूद कभी-कभी मोज़ेल की याद एक चुटकी के मानिंद उसके दिल को पकड़ लेती थी, और फिर उसे छोड़कर कुदकड़े लगाती ग़ायब हो जाती थी—वह बेहया थी, बेमुरव्वत थी, उसको किसी के जज़्बात का पास नहीं था, फिर भी वह त्रिलोचन को पसन्द थी। कभी-कभी वह सोचने पर मजबूर हो जाता कि बह देवलाली में इतने अर्से से क्या कर रही है, उसी आदमी के साथ है जिसने नई-नई कार ख़रीदी थी या उसे छोड़कर किसी और के पास चली गई है...इस ख़याल से उसे सख़्त कोफ़्त होती थी कि वह उसके सिवा किसी और के पास है, हालाँकि उसको मोज़ेल के किरदार का बख़ूबी इल्म था।

वह मोज़ेल पर सैकड़ों नहीं, हज़ारों रुपए खर्च कर चुका था, लेकिन अपनी मर्ज़ी से। मोज़ेल महँगी नहीं थी। उसको बहुत सस्ती क़िस्म की चीज़ें पसन्द आती थीं। एक मर्तबा त्रिलोचन ने उसे सोने के टॉप्स देने का इरादा किया जो उसे बहुत पसन्द थे, मगर उसी दुकान में मोज़ेल झूठे और भड़कीले और बहुत ही सस्ते आवेज़ों[1] पर मर मिटी और सोने के टॉप्स छोड़कर त्रिलोचन से मिन्नतें करने लगी कि वह उसे सस्ते आवेज़े ख़रीद दे।

त्रिलोचन अब तक न समझ सका था कि मोज़ेल किस क़ुमाश[2] की लड़की है, किस आबो-गिल से बनी है। वह घंटों उसके साथ लेटी रहती थी, उसको चूमने की इजाज़त देती थी, वह सारा का सारा साबुन की मानिंद उसके जिस्म पर फिर जाता था मगर वह उसको इससे आगे एक इंच बढ़ने नहीं देती थी—उसको चिढ़ाने की ख़ातिर वह इतना कहा करती थी : "तुम सिख हो, मुझे तुमसे नफ़रत है!"

त्रिलोचन अच्छी तरह महसूस करता था कि मोज़ेल को उससे नफ़रत नहीं। अगर ऐसा होता तो वह उससे कभी न मिलती। मोज़ेल में बर्दाश्त का माद्दा रत्ती-भर नहीं था। वह कभी दो बरस उसकी सोहबत में न गुज़ारती, बस दो टूक फ़ैसला कर देती। मोज़ेल को अंडरवियर नापसन्द थे; उनसे उसको उलझन होती थी—त्रिलोचन ने कई बार मोज़ेल को अंडरवियरों की अशद

1. कान में पहननेवाला ज़ेवर (बाले या बुंदे), 2. गुण।

ज़रूरत से आगाह किया, शर्मो-हया का वास्ता दिया, मगर मोज़ेल ने यह चीज़ कभी न पहनी।

त्रिलोचन जब कभी मोज़ेल से शर्मो-हया के बारे में बात करता था तो वह चिढ़ जाती थी : ''यह हया-वया क्या बकवास है...अगर तुम्हें इसका कुछ ख़याल है तो आँखें बन्द कर लिया करो...कौन-सा लिबास है जिसमें आदमी नंगा नहीं होता या जिसमें से तुम्हारी निगाहें पार नहीं हो सकतीं...मुझसे ऐसी बकवास न किया करो... तुम सिख हो...मुझे मालूम है कि तुम पतलून के नीचे एक सिल्ली-सा अंडरवियर पहनते हो जो नेकर से मिलता-जुलता है...यह भी तुम्हारी दाढ़ी और सिर के बालों की तरह तुम्हारे मज़हब में शामिल है...शर्म आनी चाहिए तुम्हें...इतने बड़े हो गए हो और अभी तक यही समझते हो कि तुम्हारा मज़हब अंडरवियर में छुपा बैठा है!''

त्रिलोचन को शुरू-शुरू में ऐसी बातें सुनकर ग़ुस्सा आता था मगर बाद में ग़ौरो-फ़िक्र करने पर वह कभी-कभी लुढ़क जाता था और सोचता था कि मोज़ेल की बातें शायद नादुरुस्त नहीं और जब उसने अपने केशों और दाढ़ी का सफ़ाया करा दिया था तो उसे क़तई तौर पर महसूस हुआ था कि वह बेकार इतने दिन बालों का इतना बड़ा बोझ उठाए-उठाए फिरा है, जिसका कोई मतलब ही नहीं था।

पानी की टंकी के पास पहुँचकर त्रिलोचन रुक गया। मोज़ेल को एक बड़ी मोटी गाली देकर उसने मोज़ेल के मुताल्लिक़ सोचना बन्द कर दिया।...कृपाल कौर, एक पाकीज़ा लड़की जिससे उसको मुहब्बत हो गई थी, ख़तरे में थी। वह ऐसे महल्ले में थी जिसमें कट्टर क़िस्म के मुसलमान रहते थे और वहाँ दो-तीन वारदातें भी हो चुकी थीं। मुसीबत यह थी कि उस महल्ले में अड़तालीस घंटे का कर्फ़्यू लगा हुआ था—त्रिलोचन वहाँ जा नहीं सकता था और उस महल्ले के मुसलमान अगर चाहते तो कर्फ़्यू के बावजूद अन्दर ही अन्दर कृपाल कौर, उसकी माँ और उसके बाप का बड़ी आसानी के साथ सफ़ाया कर सकते थे।

त्रिलोचन सोचता-सोचता पानी के मोटे नल पर बैठ गया। उसके सिर के बाल काफ़ी लम्बे हो गए थे। उसको यक़ीन था कि एक बरस के अन्दर ही अन्दर उसके बाल केशों में तब्दील हो जाएँगे। उसकी दाढ़ी तेज़ी से बढ़ी थी मगर वह दाढ़ी बढ़ाना नहीं चाहता था। फ़ोर्ट का एक बारबर उसकी दाढ़ी इस सफ़ाई से तराशता था कि वह तराशी हुई दिखाई नहीं देती थी।

उसने अपने लम्बे और मुलायम बालों में उँगलियाँ फेरीं और एक सर्द आह भरी—वह उठने का इरादा कर ही रहा था कि उसे खड़ाऊँ की करख़्त[1] आवाज़ सुनाई दी।

उसने सोचा, कौन हो सकता है? बिल्डिंग में कई यहूदी औरतें थीं और सबकी-सब खड़ाऊँ पहनती थीं। आवाज़ क़रीब आती गई। यकलख़्त[2] उसने दूसरी टंकी के पास मोज़ेल को देखा जो यहूदियों की ख़ास क़त्अ[3] का ढीला-ढाला लम्बा कुर्ता पहने बड़ी ज़ोर से अँगड़ाई ले रही थी, इस ज़ोर की कि त्रिलोचन को महसूस हुआ, उसके आसपास की हवा चटख़ जाएगी।

त्रिलोचन पानी के नल पर से उठा। उसने सोचा : 'यह एकाएक कहाँ से नमूदार हो गई...और इस वक़्त टैरेस पर क्या करने आई है?'

मोज़ेल ने एक और अँगड़ाई ली—त्रिलोचन की हड्डियाँ चटख़ने लगीं। ढीले-ढाले कुर्ते में मोज़ेल की मज़बूत छातियाँ धड़कीं—त्रिलोचन की आँखों के सामने कई गोल-गोल और चपटे-चपटे नील उभर आए। वह ज़ोर से खाँसा।

मोज़ेल ने पलटकर उसकी तरफ़ देखा। उसका रद्दे-अमल बिलकुल ख़फ़ीफ़ था। खड़ाऊँ घिसटाती वह उसके पास आई और उसकी नन्ही-मुन्नी दाढ़ी देखने लगी : "तुम फिर सिख बन गए त्रिलोच?"

त्रिलोचन को दाढ़ी के बाल चुभने लगे।

मोज़ेल ने आगे बढ़कर उसकी ठोड़ी के साथ अपने हाथ की पुश्त रगड़ी और मुस्कराकर कहा : "अब यह ब्रुश इस क़ाबिल है कि मेरी नेवी ब्लू स्कर्ट साफ़ कर सके, मगर वह तो वहीं देवलाली में रह गई है।"

त्रिलोचन ख़ामोश रहा।

मोज़ेल ने उसकी बाज़ू की चुटकी ली : "बोलते क्यों नहीं सरदार साहब?"

त्रिलोचन अपनी पिछली बेवक़ूफ़ियों का एआदा[4] नहीं करना चाहता था, ताहम उसने सुबह के मलगजे[5] अँधेरे में मोज़ेल के चेहरे को ग़ौर से देखा—कोई ख़ास तब्दीली वाक़े नहीं हुई थी, एक सिर्फ़ वह पहले से कुछ कमज़ोर नज़र आ रही थी। त्रिलोचन ने उससे पूछा : "बीमार रही हो?"

"नहीं।" मोज़ेल ने अपने तराशे हुए बालों को एक ख़फ़ीफ़-सा झटका दिया।

---

1. कठोर, 2. अचानक, 3. कटिंग, 4. पुनरावृत्ति, 5. हल्का।

"पहले से कमज़ोर दिखाई देती हो।"

"मैं डाइटिंग कर रही हूँ।" मोज़ेल पानी के मोटे नल पर बैठ गई और फ़र्श के साथ खड़ाऊँ बजाने लगी : "तुम गोया कि...अब फिर...नए सिरे से सिख बन रहे हो।"

त्रिलोचन ने किसी क़दर ढिठाई से कहा : "हाँ।"

"मुबारक हो।" मोज़ेल ने एक खड़ाऊँ पैर से उतार ली और पानी के नल पर मारने लगी : "किसी और लड़की से मुहब्बत करनी शुरू की... ?"

त्रिलोचन ने आहिस्ता से कहा : "हाँ!"

"मुबारक हो...इसी बिल्डिंग की है कोई ?"

"नहीं।"

"यह बहुत बुरी बात है..." मोज़ेल खड़ाऊँ अपनी उँगलियों में उड़सकर उठी : "हमेशा आदमी को अपने हमसायों का ख़याल रखना चाहिए।"

त्रिलोचन ख़ामोश रहा।

मोज़ेल ने उठकर उसकी दाढ़ी को अपनी पाँचों उँगलियों से छेड़ा : "क्या उसी लड़की ने तुम्हें यह बाल बढ़ाने का मश्वरा दिया है ?"

"नहीं।" त्रिलोचन बड़ी उलझन महसूस कर रहा था जैसे कंघी करते-करते उसकी दाढ़ी के बाल उलझ गए हों। जब उसने 'नहीं' कहा तो उसके लहज़े में तीखापन था।

मोज़ेल के होंठों पर लिपस्टिक बासी गोश्त की तरह मालूम हो रही थी। वह मुस्कराई तो त्रिलोचन ने ऐसा महसूस किया जैसे उसके गाँव में झटके की दुकान पर क़साई ने छुरी से मोटी रग के गोश्त के दो टुकड़े कर दिए हों...मुस्कराने के बाद वह हँसी : "तुम अब यह दाढ़ी मुँड़ा डालो तो मैं तुमसे शादी कर लूँगी...किसी की भी क़सम ले लो।"

त्रिलोचन के जी में आई कि उससे कहे, वह एक बड़ी शरीफ़, बाइस्मत और पाक तीनत[1] कुँआरी लड़की से मुहब्बत कर रहा है और उसी से शादी करेगा...वह उसके मुक़ाबले में फ़ाहशा[2] है, बदसूरत है,...बेवफ़ा है, बेमुरव्वत है, मगर त्रिलोचन घटिया आदमी नहीं था। उसने मोज़ेल से सिर्फ़ इतना कहा : "मैं शादी का फ़ैसला कर चुका हूँ...मेरे गाँव की एक सीधी-सादी लड़की है...मज़हब की पाबन्द है...उसी के लिए मैंने बाल बढ़ाने का फ़ैसला किया है।"

1. अच्छे स्वभाव वाली, 2. बदचलन।

मोज़ेल सोच–विचार की आदी नहीं थी, फिर भी उसने कुछ देर सोचा और खड़ाऊँ पर निस्फ़[1] दायरे की सूरत घूमकर त्रिलोचन से कहा : "क्या उसे मालूम नहीं कि तुम एक दफ़ा अपने बाल कटवा चुके हो।"

"उसको अभी तक मालूम नहीं...दाढ़ी मैंने तुम्हारे देवलाली जाने के बाद ही बढ़ानी शुरू कर दी थी, महज़ इंतिक़ामी तौर पर...फिर मेरी कृपाल कौर से मुलाक़ात हुई...मगर मैं पगड़ी इस तरीक़े से बाँधता हूँ कि सौ में से एक ही आदमी मुश्किल से जान सकता है कि मेरे केश कटे हुए हैं...मेरे बाल बहुत जल्द ठीक हो जाएँगे।" त्रिलोचन ने अपने लम्बे–लम्बे मुलायम बालों में उँगलियों से कंघी करना शुरू कर दी।

मोज़ेल ने अपना लम्बा कुर्ता उठाकर अपनी गोरी दबीज़[2] रान खुजलानी शुरू की : "यह कमबख़्त मच्छर यहाँ टाँगों में भी मौजूद है...देखो, किस ज़ोर से काटा है।"

त्रिलोचन ने दूसरी तरफ़ देखना शुरू कर दिया।

मोज़ेल ने, जहाँ मच्छर ने काटा था, उँगली से थूक लगाया और कुर्ता छोड़कर सीधी खड़ी हो गई : "कब हो रही है तुम्हारी शादी?"

"अभी कुछ पता नहीं।" यह कहकर त्रिलोचन मुतफ़क्किर[3] हो गया।

चन्द लम्हात तक ख़ामोशी रही। मोज़ेल ने उसके तफ़क्कुर[4] का अन्दाज़ा लगाकर बड़ी संजीदा आवाज़ में पूछा : "त्रिलोच...तुम क्या सोच रहे हो?"

त्रिलोचन को उस वक़्त किसी हमदर्द की ज़रूरत थी। चाहे वह मोज़ेल ही हो। उसने मोज़ेल को सारा माजरा सुना दिया।

मोज़ेल हँसी : "तुम अव्वल दर्जे के ईडियट हो...जाओ उसको ले आओ, ऐसी क्या मुश्किल है?"

"मुश्किल...! मोज़ेल तुम इस मामले की नज़ाकत को कभी नहीं समझ सकतीं... तुम किसी भी मामले की नज़ाकत को नहीं समझ सकतीं...तुम एक लाउबाली[5] क़िस्म की लड़की हो...यही वजह है कि तुम्हारे और मेरे ताल्लुक़ात क़ायम नहीं रह सके, जिसका मुझे सारी उम्र अफ़सोस रहेगा।"

मोज़ेल ने ज़ोर से अपनी खड़ाऊँ पानी की नाली के साथ मारी : "अफ़सोस बी डैम्ड...सिल्ली ईडियट...तुम यह सोचो कि तुम्हारी उस...क्या नाम है उसका...उसे उस महल्ले से बचाकर लाना कैसे है...तुम बैठ गए हो ताल्लुक़ात

1. आधा, 2. मोटी, 3. चिन्तित, 4. चिन्ता, 5. लापरवाह।

का रोना रोने...तुम्हारे-मेरे ताल्लुक़ात कभी क़ायम नहीं रह सकते थे... तुम एक सिल्ली क़िस्म के आदमी हो और बहुत डरपोक भी...मुझे निडर मर्द चाहिए... लेकिन छोड़ो इन बातों को...चलो आओ, तुम्हारी उस कौर को ले आएँ...!''

मोज़ेल ने त्रिलोचन का बाजू पकड़ लिया—त्रिलोचन ने घबराहट में पूछा : ''कहाँ से?''

''वहीं से जहाँ वह है...मैं उस महल्ले की एक-एक ईंट को जानती हूँ। चलो, आओ मेरे साथ।''

''मगर वहाँ कर्फ़्यू लगा हुआ है।''

''मोज़ेल के लिए नहीं...चलो, आओ।'' वह त्रिलोचन को बाजू से पकड़कर खींचती हुई उस दरवाज़े तक ले गई जो सीढ़ियों की तरफ़ खुलता था। दरवाज़ा खोलकर वह उतरने ही वाली थी कि रुक गई और त्रिलोचन की दाढ़ी की तरफ़ देखने लगी।

त्रिलोचन ने पूछा : ''क्या बात है?''

मोज़ेल ने कहा : ''तुम्हारी दाढ़ी...ख़ैर, यह तो ठीक है, इतनी बड़ी नहीं है...हाँ, नंगे सिर चलोगे तो कोई नहीं समझेगा कि तुम सिख हो।''

''नंगे सिर...!'' त्रिलोचन किसी क़दर बौखला गया : ''मैं नंगे सिर नहीं जाऊँगा।'' मोज़ेल ने बड़े मासूम अन्दाज़ में पूछा : ''क्यों?''

त्रिलोचन ने अपने बालों की एक लट ठीक की : ''तुम समझती नहीं हो...मेरा वहाँ पगड़ी के बग़ैर जाना ठीक नहीं।''

''क्यों ठीक नहीं?''

''हाय, तुम समझती क्यों नहीं हो...उसने मुझे अभी तक नंगे सर नहीं देखा है...वह यही समझती है कि मेरे केश हैं...मैं उस पर यह राज़ इफ़्शा नहीं करना चाहता।''

मोज़ेल ने ज़ोर से अपनी खड़ाऊँ दरवाज़े की चौखट पर मारी : ''तुम वाक़ई अव्वल दर्जे के ईडियट हो...गधे कहीं के...उसकी जान का सवाल है और तुम...क्या नाम है तुम्हारी कौर का, जिससे तुम मुहब्बत करते हो।''

त्रिलोचन ने उसे समझाने की कोशिश की : ''मोज़ेल, वह बड़ी मज़हबी क़िस्म की लड़की है...अगर उसने मुझे नंगे सिर देख लिया तो वह मुझसे नफ़रत करने लगेगी।''

मोज़ेल चिढ़ गई : ''ओह...तुम्हारी मुहब्बत बी डैम्ड...मैं पूछती हूँ, क्या सारे सिख तुम्हारी तरह बेवक़ूफ़ होते हैं...उसकी जान को ख़तरा है और तुम कहते हो कि पगड़ी ज़रूर पहनोगे...और शायद वह अंडरवियर भी जो नेकर से मिलता-जुलता है।''

त्रिलोचन ने कहा : ''वह तो मैं हर वक़्त पहने होता हूँ।''

''बहुत अच्छा करते हो...मगर अब तुम यह सोचो कि मामला उस महल्ले का है जहाँ मियाँ भाई ही मियाँ भाई रहते हैं और वह भी बड़े-बड़े दादा और बड़े-बड़े मवाली...तुम पगड़ी पहनकर गए तो वहीं जिब्ह कर दिए जाओगे?''

त्रिलोचन ने मुख़्तसर-सा जवाब दिया : ''मुझे इसकी परवाह नहीं...अगर मैं तुम्हारे साथ वहाँ जाऊँगा तो पगड़ी पहनकर जाऊँगा...मैं अपनी मुहब्बत ख़तरे में नहीं डालना चाहता।''

मोज़ेल झुँझला गई। इस ज़ोर से उसने पेचो-ताब खाए कि उसकी छातियाँ आपस में भिड़ गईं : ''गधे...तुम्हारी मुहब्बत ही कहाँ रहेगी जब तुम न रहोगे...तुम्हारी वह...क्या नाम है उस भड़वी का...जब वह न रहेगी, जब उसका ख़ानदान न रहेगा...तुम सिख हो...ख़ुदा की क़सम, तुम सिख हो और बड़े ईडियट सिख हो...!''

त्रिलोचन भिन्ना गया : ''बकवास न करो!''

मोज़ेल ज़ोर से हँसी। महीन-महीन बालों के गुबार से अटी हुई बाँहें उसने त्रिलोचन के गले में डाल दीं और थोड़ा-सा झूलकर कहा--डार्लिंग, चलो जैसी तुम्हारी मर्ज़ी...जाओ, पगड़ी पहन आओ, मैं नीचे बाज़ार में खड़ी हूँ।''

यह कह वह नीचे जाने लगी। त्रिलोचन ने उसे रोका : ''तुम कपड़े नहीं पहनोगी।''

मोज़ेल ने अपने सिर को झटका दिया : ''नहीं...चलेगा इसी तरह।''

यह कहकर वह खट-खट करती नीचे उतर गई।

त्रिलोचन निचली मंज़िल की सीढ़ियों पर भी उसकी खड़ाऊँ की चौबी आवाज़ सुनता रहा। फिर उसने अपने लम्बे बाल उँगलियों से पीछे की तरफ़ समेटे और नीचे उतरकर अपने फ़्लैट में चला गया—जल्दी-जल्दी उसने कपड़े तब्दील किए. पगड़ी बँधी-बँधाई रखी थी, उसे अच्छी तरह सिर पर जमाया और फ़्लैट का दरवाज़ा मुक़फ़्फ़ल[1] करके नीचे उतर गया।

1. बन्द।

बाहर फुटपाथ पर मोज़ेल अपनी तगड़ी टाँगें चौड़ी किए सिगरेट पी रही थी, बिलकुल मर्दाना अन्दाज़ में। जब त्रिलोचन उसके नज़दीक पहुँचा तो उसने शरारत के तौर पर मुँह भरके धुआँ उसके चेहरे पर दे मारा। त्रिलोचन ने ग़ुस्से में कहा : "तुम बहुत ज़लील हो।"

मोज़ेल मुस्कराई : "यह तुमने कोई नई बात नहीं कही...इससे पहले तुमसे कई और भी मुझे ज़लील कह चुके हैं..." फिर उसने त्रिलोचन की पगड़ी की तरफ़ देखा : "यह पगड़ी तुमने वाक़ई अच्छी तरह बाँधी है...ऐसा मालूम होता है, तुम्हारे केश हैं।"

बाज़ार बिलकुल सुनसान था, एक सिर्फ़ हवा चल रही थी और वह भी धीरे-धीरे, जैसे वह भी कर्फ़्यू से ख़ौफ़ज़दा है; बत्तियाँ रौशन थीं मगर उनकी रौशनी बीमार-सी मालूम होती थी; आमतौर पर उस वक़्त ट्रामें चलनी शुरू हो जाती थीं और लोगों की आमदो-रफ़्त भी जारी हो जाती थी; अच्छी-ख़ासी गहमागहमी होती थी, पर अब ऐसा मालूम हो रहा था कि सड़क पर न कोई इंसान गुज़रा है, न गुज़रेगा।

मोज़ेल आगे थी और त्रिलोचन पीछे। फ़ुटपाथ के पत्थरों पर उसकी खड़ाऊँ खट-खट कर रही थी। यह आवाज़ उस ख़ामोश फ़ज़ा में एक बहुत बड़ा शोर थी।

त्रिलोचन दिल ही दिल में मोज़ेल को बुरा-भला कह रहा था कि वह दो मिनट में कुछ और नहीं तो अपनी वाहियात खड़ाऊँ ही उतारकर कोई दूसरी चीज़ पहन सकती थी। उसने चाहा कि मोज़ेल से कहे कि खड़ाऊँ उतार दे और नंगे पाँव चले मगर उसको यक़ीन था कि वह कभी नहीं मानेगी। वह ख़ामोश रहा।

त्रिलोचन ख़ौफ़ज़दा था। कोई पत्ता खड़कता तो उसका दिल धक से रह जाता, मगर मोज़ेल बिलकुल बेख़ौफ़ चली जा रही थी, सिगरेट का धुआँ उड़ाती, जैसे बड़ी बेफ़िक्री से चहलक़दमी कर रही हो।

जब वह चौक में पहुँचे तो सिपाही की आवाज़ गरजी : "ए किधर जा रहा है?" त्रिलोचन सहम गया।

मोज़ेल आगे बढ़ी और सिपाही के पास पहुँच गई और बालों को एक ख़फ़ीफ़-सा झटका देकर उसने कहा : "ओह तुम...हमको पहचाना नहीं तुमने...मोज़ेल..." फिर उसने एक गली की तरफ़ इशारा किया : "उधर उस

बाज़ू...हमारा बहन रहता है। उसका तबीयत ख़राब है...हम डॉक्टर लेकर जा रहा है..."

सिपाही उसे पहचानने की कोशिश कर रहा था कि उसने ख़ुदा मालूम कहाँ से सिगरेट की डिबिया निकाली और एक सिगरेट निकालकर सिपाही को दिया : "लो पियो..."

सिपाही ने सिगरेट ले लिया—मोज़ेल ने सुलगता हुआ सिगरेट अपने मुँह से अलग किया और सिपाही की तरफ़ बढ़ाया : "हियर इज़ लाइट!"

सिपाही ने सिगरेट सुलगाया—मोज़ेल ने दाईं आँख सिपाही को और बाईं आँख त्रिलोचन को मारी और खट-खट करती उस गली की तरफ़ चल दी जिसमें से गुज़रकर उन्हें ब महल्ले जाना था।

त्रिलोचन ख़ामोश था। वह महसूस कर रहा था कि मोज़ेल कर्फ़्यू की ख़िलाफ़वर्ज़ी [1] करके एक अजीबो-ग़रीब क़िस्म की मसर्रत महसूस कर रही है—ख़तरों से खेलना उसे पसन्द था। वह जब उसके साथ जुहू पर जाती, उसके लिए मुसीबत बन जाती; समुन्दर की फ़ील तन लहरों से टकराती-भिड़ती वह दूर तक निकल जाती और त्रिलोचन को हमेशा धड़का लगा रहता कि वह कहीं डूब न जाए। जब वह वापस आती, उसका जिस्म नीलों और ज़ख़्मों से भरा होता, मगर उसे उनकी कोई परवा न होती।

मोज़ेल आगे-आगे थी, त्रिलोचन पीछे-पीछे।

वह मारे डर के कभी इधर देख रहा था, कभी उधर कि कहीं किसी बग़ल में से कोई छुरीमार नमूदार न हो जाए।

यकायक मोज़ेल रुक गई—जब त्रिलोचन पास आया तो उसने समझाने के अन्दाज़ में कहा : "त्रिलोच डियर, इस तरह डरना अच्छा नहीं...तुम डरोगे तो कुछ न कुछ होके रहेगा...मैं सच कहती हूँ, यह मेरी आज़माई हुई बात है।"

जब वह, वह गली तै करके दूसरी गली में पहुँचे जो उस महल्ले की तरफ़ निकलती थी जहाँ कृपाल कौर रहती थी तो मोज़ेल चलते-चलते एकदम रुक गई।

कुछ फ़ासले पर एक मारवाड़ी की दुकान लूटी जा रही थी।

मोज़ेल ने एक लहज़े के लिए मामले का जाइज़ा लिया, फिर त्रिलोचन से कहा : "कोई बात नहीं...चले आओ।"

---

1. अवज्ञा।

दोनों चलने लगे।

एक आदमी जो सिर पर बहुत बड़ी परात उठाए चला आ रहा था, त्रिलोचन से टकरा गया और परात छन से ज़मीन पर आन पड़ी।

उस आदमी ने ग़ौर से त्रिलोचन की तरफ़ देखा और जल्दी से अपने नेफ़े में हाथ डाला जैसे उसने जान लिया हो कि त्रिलोचन सिख है—फ़ौरन ही मोज़ेल लड़खड़ाती हुई आगे बढ़ी जैसे वह नशे में चूर हो, फिर उसने ज़ोर से उस आदमी को धक्का दिया और मख़्मूर[1] लहज़े में कहा : "ऐ क्या करता है...अपने भाई को मारता है...हम इससे शादी बनाने को माँगता है..." फिर वह त्रिलोचन से मुखातिब हुई : "ऐ करीम, उठाओ यह परात और रख दो इसके सर पर।"

उस आदमी ने नेफ़े में से हाथ निकाल लिया और शहवानी आँखों से मोज़ेल की तरफ़ देखा, फिर आगे बढ़कर अपनी कुहनी से उसकी छातियों में एक टहोका दिया : "ऐश कर साली...ऐश कर।" फिर उसने परात उठाई और यह जा, वह जा।

त्रिलोचन बड़बड़ाया : "कैसी ज़लील हरकत की है हरामज़ादे ने।"

मोज़ेल ने अपनी छातियों पर हाथ फेरा : "कोई ज़लील हरकत नहीं...सब चलता है...आओ।" और वह तेज़-तेज़ चलने लगी।

त्रिलोचन ने भी क़दम तेज़ कर दिए।

वह गली तै करके दोनों उस महल्ले में पहुँच गए जहाँ कृपाल कौर रहती थी। मोज़ेल ने पूछा : "किस गली में जाना है?"

त्रिलोचन ने आहिस्ता से कहा : "तीसरी गली में...नुक्कड़वाली बिल्डिंग...!"

मोज़ेल ने उस तरफ़ चलना शुरू कर दिया—वह रास्ता बिलकुल ख़ामोश था। आसपास इतनी गुंजान आबादी थी, मगर किसी बच्चे तक के रोने की आवाज़ सुनाई नहीं दे रही थी।

जब वह उस गली के क़रीब पहुँचे तो उन्हें कुछ गड़बड़ दिखाई दी—एक आदमी बड़ी तेजी से इस किनारेवाली बिल्डिंग से निकला और दूसरे किनारेवाली बिल्डिंग में घुस गया। थोड़ी देर के बाद उसी पहली बिल्डिंग से तीन आदमी निकले। फ़ुटपाथ पर पहुँचकर उन्होंने इधर-उधर देखा और बड़ी फुर्ती से दूसरी बिल्डिंग में चले गए—मोज़ेल ठिठक गई। उसने त्रिलोचन को इशारा किया कि

1. नशीले।

वह अँधेरे में हो जाए। फिर उसने हौले-से कहा : ''त्रिलोच डियर, यह पगड़ी उतार दो!''

त्रिलोचन ने जवाब दिया : ''मैं पगड़ी किसी सूरत में भी नहीं उतार सकता!''

मोज़ेल झुँझला गई : ''तुम्हारी मर्ज़ी...तुम देख नहीं रहे, सामने क्या हो रहा है...''

सामने जो कुछ हो रहा था, दोनों की आँखों के सामने था। साफ़ गड़बड़ हो रही थी और बड़ी पुरअसरार क़िस्म की—दाएँ हाथ की बिल्डिंग से जब दो आदमी अपनी-अपनी पीठ पर बोरियाँ उठाए निकले तो मोज़ेल सारी की सारी काँप गई कि बोरियों में से गाढ़ी-गाढ़ी कोई सैयाल-सी[1] चीज़ टपक रही थी। वह अपने होंठ काटने लगी।

जब वह दोनों आदमी गली के दूसरे सिरे पर पहुँचकर गायब हो गए तो उसने त्रिलोचन से कहा : ''मैं भागकर नुक्कड़वाली बिल्डिंग में जाती हूँ...तुम मेरे पीछे आना...बड़ी तेज़ी से जैसे तुम मेरा पीछा कर रहे हो...समझे, मगर यह सब एकदम और जल्दी-जल्दी हो।''

मोज़ेल ने त्रिलोचन के जवाब का इन्तज़ार न किया और खड़ाऊँ खटखटाती बड़ी तेज़ी से नुक्कड़वाली बिल्डिंग की तरफ़ भागी...त्रिलोचन भी उसके पीछे दौड़ा।

चन्द ही लम्हों में वह बिल्डिंग के अन्दर, सीढ़ियों के पास पहुँच गए। त्रिलोचन हाँफ रहा था, मगर मोज़ेल बिलकुल ठीक-ठाक थी।

मोज़ेल ने त्रिलोचन से पूछा : ''कौन-सा माला?''

त्रिलोचन ने अपने ख़ुश्क होंठों पर ज़ुबान फेरी : ''दूसरा।''

''चलो।'' यह कहकर वह खट-खट सीढ़ियाँ चढ़ने लगी।

त्रिलोचन उसके पीछे हो लिया—सीढ़ियों पर ख़ून के बड़े-बड़े धब्बे पड़े हुए थे। उनको देखकर उसका ख़ून ख़ुश्क हो रहा था।

जब वह दूसरे माले पर पहुँचे तो कॉरीडोर में कुछ दूर जाकर त्रिलोचन ने हौले-से एक दरवाज़े पर दस्तक दी—मोज़ेल दूर सीढ़ियों के पास खड़ी रही।

त्रिलोचन ने एक बार फिर दस्तक दी और दरवाज़े के साथ मुँह लगाकर धीरे-से आवाज़ दी : ''महँगा सिंह जी...महँगा सिंह जी!''

---

1. तरल-सी।

अन्दर से महीन-सी आवाज़ आई : "कौन?"

"त्रिलोचन!"

दरवाज़ा धीरे से खुला—त्रिलोचन ने मोज़ेल को इशारा किया। वह लपककर आई और दोनों अन्दर दाख़िल हो गए।

मोज़ेल के सामने एक दुबली-पतली, सहमी हुई लड़की खड़ी थी। उसने एक लहज़े के लिए उसे ग़ौर से देखा। पतले-पतले नक़्श, सूँ-सूँ करती ज़ुकाम में मुब्तला बहुत ही प्यारी नाक—मोज़ेल ने उसको अपने चौड़े-चकले सीने के साथ लगा लिया और अपने ढीले-ढाले कुरते का दामन उठाकर उसकी नाक पोंछी।

त्रिलोचन सुर्ख़ हो गया।

मोज़ेल ने कृपाल कौर से बड़े प्यार के साथ कहा : "डरो नहीं, त्रिलोचन तुम्हें लेने आया है।"

कृपाल कौर ने त्रिलोचन की तरफ़ सहमी हुई आँखों से देखा और मोज़ेल से अलग हो गई।

त्रिलोचन ने कहा : "सरदार साहब से कहो कि जल्दी तैयार हो जाएँ, और अपनी माता जी से भी...लेकिन जल्दी करो...।"

इतने में ऊपर की मंज़िल से बुलन्द आवाज़ें आने लगीं, धींगा-मुश्ती की आवाज़ें, चीख़ने-चिल्लाने की आवाज़ें।

कृपाल कौर के हलक़ से दबी-दबी-सी चीख़ बुलन्द हुई : "उसे पकड़ लिया उन्होंने!"

त्रिलोचन ने पूछा : "किसे?"

कृपाल कौर जवाब देने ही वाली थी कि मोज़ेल ने उसको बाज़ू से पकड़ा और घसीटकर एक कोने में ले गई : "पकड़ लिया तो अच्छा हुआ...तुम यह कपड़े उतारो।"

कृपाल कौर अभी कुछ सोचने भी न पाई थी कि मोज़ेल ने आनन-फ़ानन उसकी क़मीस उतारकर एक तरफ़ रख दी। कृपाल कौर ने अपनी बाँहों में अपने नंगे जिस्म को छुपा लिया और सख़्त वहशतज़दा हो गई।

त्रिलोचन ने मुँह दूसरी तरफ़ मोड़ लिया।

मोज़ेल ने अपना ढीला-ढाला कुर्ता उतारा और कृपाल कौर को पहना दिया। ख़ुद वह नंग-धड़ंग खड़ी थी—जल्दी-जल्दी उसने कृपाल कौर का

इज़ारबन्द ढीला किया और उसकी शलवार उतारकर त्रिलोचन से कहने लगी : ''जाओ, इसे ले जाओ...ज़रा ठहरो।'' यह कहकर उसने कृपाल कौर के बाल खोल दिए और कहा : ''जाओ...जल्दी निकल जाओ।''

त्रिलोचन ने कृपाल कौर से कहा : ''आओ!'' मगर फ़ौरन ही रुक गया। पलटकर उसने मोज़ेल की तरफ़ देखा जो धोये दीदे की तरह नंगी खड़ी थी। उसकी बाँहों पर महीन-महीन बाल सर्दी के बायस जागे हुए थे।

''तुम जाते क्यों नहीं?'' मोज़ेल के लहज़े में चिड़चिड़ापन था।

त्रिलोचन ने आहिस्ता से कहा : ''इसके माँ-बाप भी तो हैं!''

''जहन्नम में जाएँ वह...तुम इसे ले जाओ।''

''और तुम?''

''मैं आ जाऊँगी!''

एकदम ऊपर की मंज़िल से कई आदमी धड़ाधड़ नीचे उतरने लगे, और फिर उनका दरवाज़ा कूटा जाने लगा।

कृपाल कौर की अन्धी माँ और मफ़्लूज बाप दूसरे कमरे में पड़े कराह रहे थे।

मोज़ेल ने बालों को ख़फ़ीफ़-सा झटका देकर त्रिलोचन से कहा : ''ईडियट...सुनो, अब सिर्फ़ एक ही तरकीब मेरी समझ में आती है...मैं दरवाज़ा खोलती हूँ...''

कृपाल कौर के ख़ुश्क गले से निकलती-निकलती चीख़ दब गई : ''दरवाज़ा...''

मोज़ेल ने कृपाल कौर की तरफ़ कोई ध्यान न दिया और त्रिलोचन से मुख़ातिब रही : ''मैं दरवाज़ा खोलकर बाहर भागती हूँ...तुम मेरे पीछे भागना...मैं ऊपर की मंज़िल की तरफ़ भागूँगी...यह लोग, जो दरवाज़ा तोड़ रहे हैं, सब कुछ भूल जाएँगे और हमारे पीछे चले आएँगे...''

त्रिलोचन ने पूछा : ''फिर?''

मोज़ेल ने कहा : ''तुम्हारी यह क्या नाम है इसका...मौक़ा पाकर निकल जाएगी...इस लिबास में इसे कोई कुछ नहीं कहेगा!''

त्रिलोचन ने जल्दी-जल्दी सारी बात कृपाल कौर को समझाई।

मोज़ेल ज़ोर से चीख़ी, दरवाज़ा खोला और धड़ाम से दरवाज़ा कूटते लोगों पर जा गिरी-सब बौखला गए—वह उठी और तेज़ी से ऊपर की मंज़िल की सीढ़ियाँ चढ़ने लगी।

त्रिलोचन उसके पीछे भागा—सब एक तरफ़ हट गए।

मोज़ेल अन्धाधुन्ध सीढ़ियाँ चढ़ रही थी—खड़ाऊँ उसके पैरों में थी।

वह लोग जो दरवाज़ा तोड़ने की कोशिश कर रहे थे, सँभलकर उनके तआक़ुब[1] में दौड़े।

मोज़ेल बहुत आगे, बहुत ऊँचा निकल गई थी कि उसका पाँव फिसला—ऊपर की सीढ़ी से वह कुछ इस तरह लुढ़की कि हर पथरीली सीढ़ी के साथ टकराती, लोहे के जँगले के साथ उलझती नीचे आ रही, पथरीले फ़र्श पर।

त्रिलोचन के लपकते क़दम रुक गए। वह एकदम नीचे उतरा। झुककर उसने देखा कि मोज़ेल की नाक से ख़ून बह रहा है, मुँह से ख़ून बह रहा है और कानों के रस्ते भी ख़ून निकल आया है।

वह जो दरवाज़ा तोड़ने आए थे, इर्द-गिर्द जमा हो गए—किसी ने भी न पूछा, क्या हुआ है, सब ख़ामोश थे और मोज़ेल के नंगे और गोरे जिस्म को देख रहे थे जिस पर जा-बजा ख़राशें पड़ी थीं।

त्रिलोचन ने उसका बाजू हिलाया और आवाज़ दी : ''मोज़ेल...मोज़ेल!''

मोज़ेल ने अपनी बड़ी-बड़ी यहूदी आँखें खोलीं, जो लाल बूटी हो रही थीं और मुस्कराई।

त्रिलोचन ने अपनी पगड़ी उतारी और खोलकर मोज़ेल का नंगा जिस्म ढक दिया।

मोज़ेल मुस्कराई और आँख मारकर मुँह से ख़ून के बुलबुले उड़ाते हुए त्रिलोचन से बोली, ''मेरा अंडरवियर वहाँ है कि नहीं...मेरा मतलब है वह...''

त्रिलोचन उसका मतलब समझ गया, मगर उसने उठना न चाहा—मोज़ेल ने ग़ुस्से में कहा : ''तुम सचमुच सिख हो...जाओ देखकर आओ!''

त्रिलोचन उठकर कृपाल कौर के फ़्लैट की तरफ़ चला गया।

मोज़ेल ने अपनी धुँधली आँखों से आसपास खड़े मर्दों की तरफ़ देखा और कहा : ''है तो मियाँ भाई, लेकिन बहुत दादा क़िस्म का...मैं इसे सिख कहा करती हूँ।''

इतने में त्रिलोचन वापस आ गया। उसने आँखों ही आँखों में मोज़ेल को बता दिया कि कृपाल कौर जा चुकी है।

1. पीछा करना।

मोज़ेल ने इत्मीनान का साँस लिया—फिर उसके मुँह से बहुत-सा ख़ून बह निकला : "ओह डैम इट..." यह कहकर उसने अपनी महीन-महीन बालों से अटी हुई कलाई से अपना मुँह पोंछा और त्रिलोचन से मुख़ातिब हुई : "आल राइट डार्लिंग...बाई—बाई..."

त्रिलोचन ने कुछ कहना चाहा, मगर लफ़्ज़ उसके हलक़ में अटक गए।

मोज़ेल ने अपने बदन पर से त्रिलोचन की पगड़ी हटाई : "ले जाओ इसको...अपने इस मज़हब को..." और उसका बाज़ू उसकी मज़बूत छातियों पर बे-हिस[1] होकर गिर पड़ा।

1. निर्जीव।

मम्मद भाई

फ़ारस रोड से आप उस तरफ़ गली में चले जाइए, जो सफ़ेद गली कहलाती है तो उसके आख़िरी सिरे पर आपको चन्द होटल मिलेंगे—यूँ तो बम्बई में क़दम-क़दम पर होटल और रेस्तोराँ हैं, मगर जिन होटलों का मैं ज़िक्र कर रहा हूँ इस लिहाज़ से बहुत दिलचस्प और मुन्फ़रिद[1] हैं कि यह उस इलाक़े में वाक़े हैं, जहाँ भाँत-भाँत की रंडियाँ बसती हैं।

एक ज़माना गुज़र चुका है—बस आप यही समझ लीजिए कि कोई बीस बरस के क़रीब गुज़र चुके हैं, जब मैं उन होटलों में चाय पिया करता था और खाना खाया करता था। सफ़ेद गली से आगे निकलकर 'प्ले हाउस' आता है, जहाँ दिन-भर हाऊ-हू रहती थी; सिनेमा के शो दिन-भर चलते रहते थे, चम्पियाँ होती रहती थीं। उस इलाक़े में सिनेमाघर ग़ालिबन चार थे और उनके बाहर घंटियाँ बजा-बजाकर बड़े समाअत पाश[2] तरीक़े पर लोगों को मदऊ[3] किया जाता था : 'आओ...दो आने में....फ़र्स्ट क्लास खेल...दो आने में!' बाज़ औक़ात घंटियाँ बजानेवाले लोगों को ज़बर्दस्ती अन्दर धकेल देते थे।

सिनेमाओं के बाहर कुर्सियों और बेंचों पर चम्पी करानेवाले बैठे होते थे और उनकी खोपड़ियों की मरम्मत बड़े साइंटिफ़िक तरीक़े पर की जाती थी—मालिश अच्छी चीज़ है, लेकिन मेरी समझ में यह नहीं आता कि बम्बई के रहनेवाले इसके इतने गिर्वीदा[4] क्यों हैं; दिन को और रात को, हर वक़्त इन्हें तेल-मालिश की ज़रूरत महसूस होती है। आप अगर चाहें तो रात के तीन बजे भी बड़ी आसानी से तेल-मालिशिया बुला सकते हैं; यूँ भी सारी रात, आप ख़्वाह बम्बई के किसी कोने में हों, यह आवाज़ आप यक़ीनन सुनते रहेंगे : "पी...पी...पी..." यह 'पी' चम्पी का मुख़फ़्फ़फ़[5] है।

1. अद्वितीय, बेजोड़, 2. कान को फोड़नेवाले, कोलाहलपूर्ण, 3. आमंत्रित 4. मोहित, 5. संक्षेपण।

फ़ारस रोड यूँ तो एक सड़क का नाम है, लेकिन यह उस पूरे इलाक़े से मंसूब है, जहाँ बेसबाएँ बसती हैं। यह बहुत बड़ा इलाक़ा है और इसमें कई गलियाँ हैं, जिनके मुख़्तलिफ़ नाम हैं, लेकिन सहूलत के तौर पर हर गली को फ़ारस रोड या सफ़ेद गली कहा जाता है। इन गलियों में सैकड़ों जँगला लगी दुकानें हैं, जिनमें मुख़्तलिफ़ रंगो-सिन[1] की औरतें बैठकर अपना जिस्म बेचती हैं, मुख़्तलिफ़ दामों पर; आठ आने से आठ रुपए तक, आठ रुपए से सौ रुपए तक—हर दाम की औरत आपको इस इलाक़े में मिल सकती है। यहूदी, पंजाबी, मरहठी, कश्मीरी, गुजराती, बंगाली, एंग्लो इंडियन, फ्रांसीसी, चीनी, जापानी, ग़रज़ यह कि हर क़िस्म की औरत आपको यहाँ से दस्तयाब[2] हो सकती है। ये औरतें कैसी होती हैं, माफ़ कीजिएगा, इसके मुताल्लिक़ आप मुझसे कुछ न पूछिए, बस औरतें होती हैं और इनको गाहक मिल ही जाते हैं।

इस इलाक़े में बहुत-से चीनी भी आबाद हैं। मालूम नहीं, यह क्या कारोबार करते हैं, मगर रहते इसी इलाक़े में हैं। बाज़ तो रेस्तोराँ चलाते हैं, जिनके बाहर बोर्डों पर कीड़ों-मकोड़ों की शक्ल में कुछ लिखा होता है, मालूम नहीं, क्या। इस इलाक़े में बिज़नेसमैन और हर क़ौम के लोग आबाद हैं—एक गली है, जिसका नाम अरबसीन है, वहाँ के लोग उसे अरब गली कहते हैं—उस ज़माने में, जिसकी मैं बात कर रहा हूँ एक गली में ग़ालिबन बीस-पच्चीस अरब रहते थे, जो ख़ुद को मोतियों का ब्योपारी कहते थे, बाक़ी आबादी पंजाबियों और रामपुरियों पर मुश्तमिल[3] थी। उसी गली में मुझे एक कमरा मिल गया था, जिसमें सूरज की रौशनी का दाख़िला बन्द था, हर वक़्त बिजली का बल्ब रौशन रहता था; उस कमरे का किराया नौ रुपए माहवार था।

आपका क़याम[4] अगर बम्बई में नहीं रहा है तो आप मुश्किल ही से यक़ीन करेंगे कि वहाँ किसी को किसी और से कोई सरोकार नहीं होता—अगर आप अपनी खोली में मर रहे हैं तो आपको कोई नहीं पूछेगा; आपके पड़ोस में क़त्ल हो जाए, मजाल है जो आपको ख़बर हो जाए...मगर वहाँ अरब गली में एक शख़्स ऐसा था, जिसको अड़ोस-पड़ोस के हर शख़्स से दिलचस्पी थी; उसका नाम मम्मद भाई था।

मम्मद भाई रामपुर का रहनेवाला था : अव्वल दर्जे का फिकैत : गतके और बिन्नौट के फ़न[5] में यकता—मैं जब अरब गली में रहने लगा तो होटलों

1. रंग और आयु, 2. उपलब्ध होना, प्राप्त होना, 3. शामिल, 4. निवास, 5. कला आर्ट।

में उसका नाम अक्सर सुनने में आया, लेकिन एक अर्से तक उससे मुलाक़ात न हो सकी।

मैं सुबह-सवेरे अपनी खोली से निकल जाता था और बहुत रात गए लौटता था; अपनी मसरूफ़ियत[1] के बावजूद मुझे मम्मद भाई से मिलने का बहुत इश्तियाक़[2] था कि उसके मुताल्लिक़ अरब गली में बेशुमार दास्तानें मशहूर थीं : बीस-पच्चीस आदमी अगर लाठियों से मुसल्लह होकर उस पर टूट पड़ें तो भी उसका बाल तक बींका नहीं कर सकते, बल्कि ख़ुद एक मिनट के अन्दर-अन्दर चित हो जाते हैं और यह कि उस-जैसा छुरीमार सारी बम्बई में कोई और नहीं है; ऐसे छुरी मारता है कि जिसके लगती है, उसको पता भी नहीं चलता; वह बस सौ क़दम बग़ैर एहसास के चलता रहता है और फिर एकदम ढेर हो जाता है; यह सफ़ाई है उसके हाथ की!

उसके हाथ की सफ़ाई देखने का मुझे इश्तियाक़ नहीं था, लेकिन उसके मुताल्लिक़ बातें सुन-सुनकर मेरे दिल में यह ख़्वाहिश ज़रूर पैदा हो चुकी थी कि उसे देखूँ; उससे बातें चाहे न करूँ, लेकिन उसे क़रीब से देख लूँ कि वह दिखाई कैसा देता है।

उस तमाम इलाक़े पर उसकी शख़्सियत छाई हुई थी—वह बहुत बड़ा दादा था, लेकिन इसके बावजूद लोग उसकी तारीफ़ें करते नहीं थकते थे : उसने कभी किसी बहू-बेटी की तरफ़ आज तक आँख उठाकर भी नहीं देखा है, वह लँगोट का बहुत पक्का है; ग़रीबों के दुख-दर्द का शरीक है; अरब गली, सिर्फ़ अरब गली ही नहीं, आसपास जितनी गलियाँ हैं और उनमें जितनी नादार[3] औरतें हैं, सब उसको जानती हैं कि वह अक्सर उनकी माली इमदाद करता रहता है, हालाँकि वह ख़ुद उनके पास कभी नहीं जाता है, बस अपने किसी ख़ुर्द साल शागिर्द को भेज देता है और उनकी ख़ैरियत दरयाफ़्त कर लेता है।

मुझे मालूम नहीं, उसकी आमदनी के क्या ज़राय थे—वह अच्छा खाता था और अच्छा पहनता था—उसके पास एक छोटा-सा ताँगा था, जिसमें एक बड़ा तन्दुरुस्त टट्टू जुता होता था; ताँगा वह ख़ुद चलाता था; साथ में दो या तीन शागिर्द होते थे, बड़े बाअदब। भिंडी बाज़ार का एक चक्कर लगाकर या किसी दरगाह में होकर वह उस ताँगे पर वापस अरब गली आ जाता था और

1. व्यस्तता, 2. लालसा, 3. दरिद्र।

किसी ईरानी के होटल में बैठकर अपने शागिर्दों के साथ गतके और बिन्नौट के मुताल्लिक़ बातों में मसरूफ़ हो जाता था।

मेरी खोली के साथ ही एक और खोली थी, जिसमें मारवाड़ का एक मुसलमान रक़्क़ास आशिक़ हुसैन रहता था। आशिक़ हुसैन ने मुझे मम्मद भाई की सैकड़ों कहानियाँ सुनाईं; उसने मुझे बताया कि मम्मद भाई एक लाख रुपए का आदमी है—आशिक़ हुसैन को एक मर्तबा गैस्ट्रो एंटाइटस हो गया था। मम्मद भाई को पता चला तो उसने फ़ारस रोड के तमाम डॉक्टर आशिक़ हुसैन की खोली में इकट्ठे कर दिए और उनसे कहा : 'देखो, अगर आशिक़ हुसैन को कुछ हो गया तो मैं तुम्हारा सबका सफ़ाया कर दूँगा...' आशिक़ हुसैन ने बड़े अक़ीदतमन्दाना लहज़े में मुझसे कहा था : 'मंटो साहब, मम्मद भाई फ़रिश्ता है, फ़रिश्ता...जब उसने डॉक्टरों को धमकी दी तो वह सब काँपने लगे और उन्होंने मेरा ऐसा लग के इलाज किया कि मैं दो दिन में ठीक-ठाक हो गया।'

मम्मद भाई के मुताल्लिक़ मैं अरब गली के गन्दे और वाहियात होटलों में और भी बहुत-कुछ सुन चुका था—एक शख़्स ने, जो ग़ालिबन मम्मद भाई का शागिर्द था और ख़ुद को बहुत बड़ा फिकैत समझता था, मुझसे कहा था : 'मम्मद भाई अपने नेफ़े में हमेशा एक ऐसा आबदार ख़ंजर उड़स के रखता है, जो उस्तरे की तरह शेव भी कर सकता है...और यह ख़ंजर नियाम[1] में नहीं होता, खुला होता है, बिलकुल नंगा और वह भी पेट के साथ चिपका हुआ...उस ख़ंजर की नोक इतनी तीखी है कि अगर बातें करते हुए या झुकते हुए ज़रा-सी ग़लती हो जाए तो मम्मद भाई का एकदम काम-तमाम हो जाए।'

ज़ाहिर है कि मम्मद भाई को देखने और उससे मिलने का इश्तियाक़ दिन-ब- दिन मेरे दिलो-दिमाग़ में बढ़ता गया—मालूम नहीं, मैंने अपने तसव्वुर में उसकी शक्लो-सूरत का क्या नक़्शा तैयार किया था। अब इतनी मुद्दत के बाद मुझे सिर्फ़ इतना याद है कि उन दिनों मैं एक क़वी हैकल[2] शख़्स को अपनी आँखों के सामने देखता था, जिसका नाम मम्मद भाई था और जो मुझे हरक्यूलिस साइकिलों के इश्तिहारों में नज़र आता था।

मैं सुबह-सवेरे अपने काम पर निकल जाता था और खाने-वाने से फ़ारिग़ होकर रात को दस बजे के क़रीब वापस आकर फ़ौरन सो जाता था—इन हालात में मम्मद भाई से कैसे मुलाक़ात हो सकती थी।

1. म्यान, 2. लम्बे-चौड़े, विशालकाय।

मैंने कई मर्तबा सोचा कि काम पर न जाऊँ, सारा दिन अरब गली में गुज़ारूँ और मम्मद भाई को देखने और मिलने की कोशिश करूँ, मगर मैं ऐसा न कर सका, कि मेरी मुलाज़िमत ही बड़ी वाहियात क़िस्म की थी।

उन्हीं दिनों अचानक मलेरिया ने मुझ पर ज़बर्दस्त हमला किया; ऐसा हमला कि मैं बौखला गया।

अरब गली के एक डॉक्टर ने कहा : 'ख़तरा है कि मलेरिया बिगड़कर नमूनिया में तब्दील न हो जाए।'

मैं बिलकुल तने-तन्हा था—मेरे साथ मेरी खोली में जो एक शख़्स रहता था, उसको पूना में नौकरी मिल गई थी और अब उसकी रफ़ाक़त[1] मुझे नसीब नहीं थी।

मैं बुख़ार में फुँक रहा था; इस क़दर प्यास लग रही थी कि जो पानी खोली में रखा था, वह मेरे लिए नाकाफ़ी था और दोस्त-यार कोई पास था नहीं जो मेरी देखभाल करता।

मैं बहुत सख़्तजान हूँ, देखभाल की मुझे अमूमन ज़रूरत महसूस नहीं हुआ करती, मगर मालूम नहीं, वह किस क़िस्म का बुख़ार था, किस क़िस्म का मलेरिया था कि उसने मेरी रीढ़ की हड्डी तक तोड़ दी थी और मैं बिलबिला रहा था—मेरे दिल में पहली मर्तबा यह ख़्वाहिश पैदा हुई कि कोई मेरे पास मौजूद हो और मुझे दिलासा दे; दिलासा न दे तो कम-अज़-कम अपनी शक्ल ही दिखाता रहे; मुझे यह ख़ुशगवार एहसास तो हो कि मुझे पूछनेवाला कोई है।

दो दिन तक मैं बिस्तर में पड़ा तकलीफ़-भरी करवटें लेता रहा, मगर कोई न आया—आना किसे था; मेरी जान-पहचान के लोग ही कितने थे; दो, तीन या चार और वह इतनी दूर रहते थे कि उनको मेरी मौत तक का इल्म नहीं हो सकता था; फिर बम्बई में कौन किसको पूछता है, कोई मरे या जिए, बला से।

मेरी बहुत बुरी हालत थी—रक़्क़ास आशिक़ हुसैन की बीवी बीमार थी और वह अपने वतन जा चुका था; यह मुझे होटल के छोकरे ने बताया था—अब मैं किसको बुलाता।

मैं बड़ी निढाल हालत में था और सोच ही रहा था कि जैसे-तैसे ख़ुद नीचे उतरूँ और किसी से बात करूँ कि दरवाज़े पर दस्तक हुई।

1. मैत्री, संगत।

मैंने ख़याल किया कि होटल का छोकरा होगा, जिसे बम्बई की ज़बान में 'बाहरवाला' कहते हैं—मैंने बड़ी मरियल आवाज़ में कहा : "आ जाओ!"

दरवाज़ा खुला और एक छरहरे बदन का आदमी, जिसकी मूँछें मुझे सबसे पहले दिखाई दीं, अन्दर दाख़िल हुआ।

उसकी मूँछें ही सब कुछ थीं—मेरा मतलब यह है कि अगर उसकी मूँछें न होतीं तो बहुत मुम्किन है, वह कुछ भी न होता; उसकी मूँछों ही ने, ऐसा मालूम होता था, उसके सारे वुजूद को ज़िन्दगी बख़्श रखी है।

वह अन्दर दाख़िल हुआ और अपनी क़ैसर विलियम-जैसी मूँछों को एक उँगली से ठीक करते हुए मेरी खाट के क़रीब आया—उसके पीछे तीन-चार आदमी और थे, अजीबो-ग़रीब वज़्ओ-क़त्अ[1] के।

मैं हैरान था कि वह लोग कौन हैं और मेरे पास क्यों आए हैं।

क़ैसर विलियम-जैसी मूँछों और छरेरे बदनवाले आदमी ने मुझसे बड़ी नर्मो-नाज़ुक आवाज़ में कहा : "वमटो साहब, आपने हद कर दी...साला मुझे इत्तिला क्यों न दी?"

'मंटो' का 'वमटो' बन जाना मेरे लिए कोई नई बात नहीं थी; फिर मैं इस मूड में भी नहीं था कि उसकी इस्लाह[2] करता—मैंने अपनी नहीफ़ आवाज़ में उसकी मूँछों से सिर्फ़ इतना पूछा : "आप लोग कौन हैं?"

उसने मुख़्तसर-सा जवाब दिया : "मम्मद भाई!"

जाने मुझे क्या हुआ, मैं आपसे आप उठकर बैठ गया : "मम्मद भाई... ? आप मम्मद भाई हैं...! मशहूर दादा..." मेरे मुँह से निकल तो गया, लेकिन फ़ौरन मुझे अपने बैंडेपन का एहसास हुआ और मैं रुक गया।

मम्मद भाई ने छोटी उँगली से अपनी मूँछों के करख़्त बाल ज़रा ऊपर किए और मुस्कराया : "हाँ, वमटो भाई, मैं मम्मद भाई हूँ यहाँ का मशहूर दादा...मुझे बाहरवाले से मालूम हुआ कि तुम बीमार हो...साला यह भी कोई बात है कि तुमने मुझे ख़बर न की...मम्मद भाई का मस्तक फिर जाता है जब कोई ऐसी बात होती है।"

मैं कुछ कहने ही वाला था कि उसने अपने साथियों में से एक से मुख़ातिब होकर कहा : "अरे, क्या नाम है तेरा...जा, भाग के जा और क्या नाम है उस डॉक्टर का...समझ गए ना, उससे कह कि मम्मद भाई बुलाता है...एकदम

1. वेशभूषा के, 2. संशोधन।

जल्दी आए, एकदम...सब काम छोड़ दे और जल्दी आए,...और देख, साले से कहना, सब दवाएँ लेता आए।''

मम्मद भाई ने जिसको हुक्म दिया, वह एकदम चला गया।

मैं चुप था, सोच रहा था, उसको देख रहा था—वह तमाम दास्तानें मेरे बुख़ार- आलूदा दिमाग़ में चल-फिर रही थीं, जो मैं उसके मुताल्लिक़ लोगों से सुन चुका था, लेकिन गडमड सूरत में कि उसकी तरफ़ नज़र उठते ही उसकी मूँछें सब दास्तानों पर छा जाती थीं। मुझे ऐसा महसूस हो रहा था कि उस चेहरे को, जिसके ख़द्दोख़ाल बड़े मुलायम और नर्मो-नाजुक हैं, सिर्फ़ ख़ौफ़नाक बनाने के लिए वह मूँछें रखी गई हैं; मैंने अपने बुख़ारआलूदा दिमाग़ में सोचा कि मम्मद भाई दरहक़ीक़त इतना ख़ौफ़नाक नहीं, जितना उसने ख़ुद को ज़ाहिर कर रखा है।

खोली में कोई कुर्सी नहीं थी; मैंने मम्मद भाई से कहा कि वह मेरी चारपाई पर बैठ जाए, मगर उसने इनकार कर दिया और बड़े रूखे-से लहज़े में जवाब दिया : ''नहीं... हम खड़े रहेंगे।'' फिर उसने टहलते हुए—हालाँकि खोली में टहलने की ऐयाशी की कोई गुंज़ाइश नहीं थी—अपने कुर्ते का दामन उठाकर पाजामे के नेफ़े में उड़सा हुआ ख़ंजर निकाला। मैं समझा, ख़ंजर चाँदी का है, इस क़दर लशक रहा था कि आपसे क्या कहूँ...ख़ंजर निकालकर पहले उसने अपनी कलाई पर फेरा : जो बाल ख़ंजर की ज़द में आए, सब साफ़ हो गए, उसने इत्मीनान का साँस लिया और नाख़ून तराशने लगा।

मुझे महसूस हुआ, उसकी आमद ही से मेरा बुख़ार कई दर्जे नीचे उतर गया है—मैंने किसी क़दर होशमन्द हालत में उससे कहा : ''मम्मद भाई, यह ख़ंजर तुम इस तरह अपने नेफ़े में...यानी बिलकुल अपने पेट के साथ चिपकाकर रखते हो और यह इस क़दर तेज़ है...क्या तुम्हें ख़ौफ़ महसूस नहीं होता?''

उसने ख़ंजर से अपने नाख़ून की एक क़ाश बड़ी सफ़ाई से उड़ाते हुए जवाब दिया : ''यह ख़ंजर दूसरों के लिए है और यह अच्छी तरह जानता है...साला अपनी ही चीज़ है, अपने को नुक़सान कैसे पहुँचाएगा?''

ख़ंजर से जो रिश्ता उसने क़ायम किया था, वह कुछ ऐसा ही था जैसे कोई माँ या बाप कहे कि यह मेरा बेटा है, या मेरी बेटी है, इसका हाथ मुझ पर कैसे उठ सकता है।

इतने में डॉक्टर आ गया—उसका नाम पिंटो था और मैं वमटो था।

उसने 'मम्मद' भाई को अपने ख़ास क्रिश्चियन अन्दाज़ में सलाम किया और पूछा कि मामला क्या है।

जो मामला था, वह मम्मद भाई ने बयान कर दिया; मुख़्तसर, लेकिन कड़े अल्फ़ाज़ में, जिनमें तहक्कुम[1] था : "देखो, अगर तुमने वमटो भाई का इलाज़ अच्छी तरह न किया तो तुम्हारी ख़ैर नहीं।"

डॉक्टर पिंटो ने फ़रमाबरदार लड़के की तरह अपना काम किया—उसने मेरी नब्ज़ देखी; स्टेथोस्कोप लगाकर मेरे सीने और पीठ का मुआइना किया, ब्लड प्रैशर देखा, मुझसे मेरी बीमारी की तमाम तफ़सील पूछी। फिर उसने मुझसे नहीं, मम्मद भाई से कहा : 'फ़िक्र की कोई बात नहीं...मलेरिया है...मैं इंजेक्शन लगा देता हूँ।"

मम्मद भाई मुझसे कुछ फ़ासिले पर खड़ा था—उसने डॉक्टर पिंटो की बात सुनी और ख़ंजर से अपनी कलाई के बाल उड़ाते हुए कहा : "मैं कुछ नहीं जानता... इंजेक्शन देना है तो दे दो, लेकिन अगर इसे कुछ हो गया तो..."

डॉक्टर पिंटो काँप गया. "नहीं मम्मद भाई, सब ठीक हो जाएगा।"

मम्मद भाई ने ख़ंजर अपने नेफ़े में उड़स लिया : "तो ठीक है।"

"तो मैं इंजेक्शन लगाता हूँ।" डॉक्टर पिंटो ने अपना बैग खोला और सिरिंज निकाली।

"ठहरो...ठहरो..." मम्मद भाई जैसे घबरा गया।

डॉक्टर पिंटो ने सिरिंज फ़ौरन बैग में वापस रख दी और मिमियाते हुए मम्मद भाई से मुख़ातिब हुआ : "क्यों, क्यों.. ?"

"बस मैं किसी के सुई लगते नहीं देख सकता," यह कहकर मम्मद भाई खोली से बाहर चला गया—उसके पीछे-पीछे उसके साथी भी चले गए।

डॉक्टर पिंटो ने मुझे कूनेन का इंजेक्शन लगाया; बड़े सलीक़े से; बस उतना ही दर्द हुआ, जितना कि होता है, वर्ना मलेरिया का यह इंजेक्शन बड़ा तकलीफ़देह होता है। जब डॉक्टर पिंटो फ़ारिग़ हुआ तो मैंने उससे फ़ीस पूछी।

उसने कहा : "दस रुपए।"

मैंने तकिए के नीचे से बटवा उठाया और दस रुपए का एक नोट निकालकर उसकी तरफ़ बढ़ाया। डॉक्टर पिंटो ने नोट थामा ही था कि मम्मद भाई खोली के अन्दर आ गया—उसने ग़ज़बआलूद निगाहों से मुझे और डॉक्टर पिंटो को

1. आदेशात्मक।

देखा और गरजकर कहा : "यह क्या हो रहा है?"

मैंने कहा : "फ़ीस दे रहा हूँ।"

मम्मद भाई ज़रा घूमकर डॉक्टर पिंटो से मुख़ातिब हुआ : "साले, यह फ़ीस कैसी ले रहा है?"

डॉक्टर पिंटो बौखला गया : "मैं कब...मैं कब ले रहा हूँ...ये दे रहे हैं!"

"साले, हमसे फ़ीस लेते हो...वापस करो यह नोट..." मम्मद भाई के लहज़े में उसके ख़ंजर-ऐसी तेज़ी थी।

डॉक्टर पिंटो ने नोट मुझे वापस कर दिया और बैग उठाकर मम्मद भाई से माज़िरत[1] तलब करते हुए खोली से बाहर निकल गया।

मम्मद भाई ने एक उँगली से अपनी काँटों-ऐसी मूँछों को ताव दिया और मुस्कराया : "वमटो भाई, यह भी कोई बात है कि इस इलाक़े का डॉक्टर तुमसे फ़ीस ले...तुम्हारी क़सम, मैं अपनी मूँछें मुँड़वा देता अगर उस साले ने फ़ीस ली होती...यहाँ सब तुम्हारे ग़ुलाम हैं।"

थोड़े-से तवक्क़ुफ़[2] के बाद मैंने उससे पूछा : "मम्मद भाई, तुम मुझे कैसे जानते हो?"

उसकी मूँछें थरथराईं : "मम्मद भाई किसे नहीं जानता...! हम यहाँ के बादशाह हैं प्यारे, और अपनी रिआया का ख़याल रखते हैं...हमारी अपनी सी.आई.डी. है और वह हमें बताती रहती है, कौन आया है, कौन गया है...कौन अच्छी हालत में है, कौन बुरी हालत में...तुम्हारे मुताल्लिक़ हम सब कुछ जानते हैं।"

मैंने अज़-राहे-तफ़न्नुन[3] पूछा : "क्या जानते हो?"

"साला हम क्या नहीं जानता...तुम अमृतसर का रहनेवाला है, कश्मीरी है; यहाँ एक फटीचर अख़बार में काम करता है...तुमने बिस्मिल्लाह होटल के दस रुपए देने हैं, इसीलिए तुम उधर से नहीं गुज़रते...भिंडी बाज़ार में एक पानवाला तुम्हारी जान को रोता है; उससे तुम बीस रुपए दस आने के सिगरेट लेकर फूँक चुके हो।"

मैं पानी-पानी हो गया।

उसने अपनी करख़्त[4] मूँछों पर उँगली फेरी और मुस्कराकर कहा : "वमटो भाई, तुम कुछ फ़िक्र न करो...तुम्हारे सब क़र्ज़े चुका दिए गए हैं और अब तुम नए सिरे से मामला शुरू कर सकते हो...मैंने उन सालों से कह दिया है

1. माफ़ी, 2. अन्तराल, 3. मज़ाक़ में, 4. सख़्त।

ख़बरदार, जो वमटो भाई को तंग किया...और मम्मद भाई तुमसे कहता है कि इंशाअल्लाह कोई तुम्हें तंग नहीं करेगा।''

मेरी समझ में नहीं आ रहा था कि उससे क्या कहूँ—मैं बीमार था; कूनेन का टीका मुझे लग चुका था, जिसके बायस मेरे कानों में शायँ-शायँ हो रही थी; और फिर मैं उसके ख़ुलूस के नीचे बेहद दब चुका था। मैं सिर्फ़ इतना कह सका : ''मम्मद भाई, ख़ुदा तुम्हें ज़िन्दा रखे...तुम हरदम ख़ुश रहो।''

उसने अपनी मूँछों के बाल ज़रा ऊपर किए और कुछ कहे बग़ैर चला गया—उसके साथी भी चले गए।

डॉक्टर पिंटो हर रोज़ सुबहो-शाम आता रहा—मैंने उससे कई मर्तबा फ़ीस का ज़िक्र किया, मगर उसने हर मर्तबा कानों को हाथ लगाकर कहा : ''नहीं मिस्टर मंटो, मम्मद भाई का मामला है...मैं एक डेढ़िया भी नहीं ले सकता।''

मैं हरदम एक ही बात सोचता रहता कि मम्मद भाई ज़बर्दस्त आदमी है, यानी ख़ौफ़नाक; जिससे डॉक्टर पिंटो भी, जो बड़ा ख़सीस है, डरता है, इस हद तक कि इंजेक्शनों पर अपनी जेब से ख़र्च करता है और मुझसे फ़ीस तक नहीं लेता।

मेरी बीमारी के दौरान में मम्मद भाई भी बिला नागा आता रहा—वह कभी सुबह आता था, कभी शाम को, अपने शागिर्दों-साथियों के साथ।

वह मुझे हर मुम्किन तरीक़े से ढारस देता : ''तुम डॉक्टर पिंटो के इलाज से इंशाअल्लाह बहुत जल्द ठीक-ठाक हो जाओगे।''

पन्द्रह रोज़ के अन्दर-अन्दर मैं ठीक-ठाक हो गया, मलेरिया भी दूर हो गया और कमज़ोरी भी चली गई— इस दौरान में मम्मद भाई का हर ख़द्दोख़ाल मुझ पर अच्छी तरह वाज़ेह हो चुका था।

जैसा कि मैं इससे पेशतर कह चुका हूँ, वह छरहरे बदन का आदमी था; उम्र यही कोई पच्चीस-तीस के दरमियान होगी; पतली-पतली बाँहें; टाँगें भी पतली-पतली थीं; हाथ बला के फुर्तीले थे—उन हाथों से वह अपना तेज़धार ख़ंजर इस सफ़ाई से अपने दुश्मनों को मारता था कि उनको पता भी नहीं चलता था—यह मुझे अरब गली के लोगों ने बताया था।

उसके मुताल्लिक़ बेशुमार बातें मशहूर थीं—छुरीमार वह अव्वल दर्ज़े का था; वह बिन्नौट और गतके का माहिर था—सब कहते थे कि वह सैकड़ों क़त्ल कर चुका है, मगर मैं यह अब भी मानने को तैयार नहीं हूँ—लेकिन आज भी

जब मैं उसके मुताल्लिक़ सोचता हूँ तो मेरे तन-बदन पर झुरझुरी-सी तारी हो जाती है—वह ख़ौफ़नाक हथियार...वह क्यों हर वक़्त अपनी शलवार के नेफ़े में उड़से रहता था।

मैं जब बिलकुल अच्छा हो गया और चलने-फिरने के क़ाबिल हो गया तो एक दिन अरब गली के एक थर्ड क्लास चीनी रेस्तोराँ में मेरी उससे मुलाक़ात हो गई—वह उसी ख़ंजर से अपने नाख़ून काट रहा था।

मैंने कहा : "मम्मद भाई, आजकल बन्दूक़-पिस्तौल का ज़माना है और तुम यह ख़ंजर लिये फिरते हो!"

उसने अपनी करख़्त मूँछों पर एक उँगली फेरी और कहा : "वमटो भाई, बन्दूक़-पिस्तौल में कोई मज़ा नहीं; इन्हें कोई बच्चा भी चला सकता है...घोड़ा दबाया और ठाह...इसमें कोई मज़ा नहीं...यह चीज़, यह ख़ंजर, यह छुरी, यह चाक़ू, मज़ा आता है ख़ुदा की क़सम...यह वह है...तुम क्या कहा करते हो, हाँ आर्ट...इसमें आर्ट है मेरी जान...जिसको ख़ंजर या छुरी चलाने का आर्ट न आता हो, वह एक कंडम दादा है...पिस्तौल क्या है, बस खिलौना है, जो नुक़सान ज़रूर पहुँचा सकता है, पर उसमें कोई लुत्फ़ नहीं, जरा लुत्फ़ नहीं...तुम यह ख़ंजर देखो, इसकी तेज़ धार देखो..." यह कहकर उसने अँगूठे पर लब लगाया और फिर अँगूठा ख़ंजर की धार पर फेरा : "इससे कोई धमाका नहीं होता...इसको बस यूँ पेट के अन्दर दाख़िल कर दो, सफ़ाई से कि साले को मालूम तक न हो...बन्दूक़-पिस्तौल तो बकवास है..."

अब हर रोज़ किसी न किसी वक़्त उससे मुलाक़ात हो जाती थी, या यूँ समझ लीजिए कि मैं जूँ-तूँ उससे मिल लेता था—मैं उसका ममनूने-एहसानमन्द था।

मैं जब कभी उसके एहसान का ज़िक्र करता, वह नाराज़ हो जाता और कहता "मैंने तुम पर कोई एहसान नहीं किया है...मैंने बस अपना फ़र्ज़ निभाया है।"

जब मैंने कुछ तफ़तीश की तो मुझे मालूम हुआ कि वह फ़ारस रोड के इलाक़े का एक क़िस्म का हाकिम था, ऐसा हाकिम जो हर शख़्स की ख़बरगीरी करता है—कोई बीमार हो, किसी को कोई तकलीफ़ हो, वह फ़ौरन पहुँच जाता था—यह उसकी सी.आई.डी. का काम था कि उसको हर बात में बाख़बर रखे।

वह दादा था, एक ख़तरनाक गुंडा—मेरी समझ में अब भी नहीं आता कि वह किस लिहाज़ से गुंडा था।

ख़ुदा वाहिद शाहिद है कि मैंने कभी उसमें कोई गुंडापन नहीं देखा; एक सिर्फ़ उसकी मूँछें थीं जो उसकी सूरत को हैबतनाक बनाए रखती थीं। उसको अपनी मूँछों से प्यार था; वह उनकी परवरिश इस तरह करता था, जिस तरह कोई अपने बच्चे की करता है।

उसकी मूँछों का एक-एक बाल खड़ा था—मुझे किसी ने बताया था कि मम्मद भाई हर रोज़ अपनी मूँछों को बालाई खिलाता है, और जब खाना खाता है तो सालन भरी उँगलियों से अपनी मूँछें ज़रूर मरोड़ता है कि बुज़ुर्गों के कहने के मुताबिक़ यूँ मूँछ के बालों में ताक़त आ जाती है—मैं कह चुका हूँ कि उसकी मूँछें बड़ी ख़ौफ़नाक थीं; दरअसल उन मूँछों का नाम मम्मद भाई था; या उस तेज़धार ख़ंजर का नाम मम्मद भाई था जो उसकी तंग घेरे की शलवार के नेफे में हर वक़्त मौजूद होता था—मुझे उसकी उन दोनों चीज़ों से डर लगता था, न मालूम क्यों।

वह यूँ तो उस इलाक़े का बहुत बड़ा दादा था, लेकिन वह सबका हमदर्द था—मालूम नहीं, उसकी आमदनी के क्या ज़राए थे, पर वह हर हाजतमन्द की बरवक़्त मदद करता था।

उस इलाक़े की तमाम रंडियाँ उसको अपना पीर मानती थीं—वह एक माना हुआ गुंडा था, लाज़िम था कि उसका ताल्लुक़ किसी रंडी से होता, मगर मेरी इत्तिला के मुताबिक़ इस क़िस्म के सिलसिले से उसका कभी दूर का ताल्लुक़ भी नहीं रहा था।

वह अनपढ़ था—मेरी और उसकी बड़ी दोस्ती हो गई थी; जाने क्यों वह मेरी इतनी इज़्ज़त करता था कि अरब गली के बेशतर आदमी मुझसे रश्क खाते थे।

एक दिन सुबह-सवेरे दफ़्तर जाते वक़्त मैंने चीनी रेस्तोराँ में किसी से सुना कि मम्मद भाई गिरफ़्तार कर लिया गया है—मुझे बहुत ताज्जुब हुआ, इसलिए कि थानेवाले उसको जानते थे।

मैं सोच में पड़ गया कि क्या वजह हो सकती है—मैंने उस आदमी से पूछा, जो मम्मद भाई की गिरफ़्तारी की बात कह रहा था।

उस आदमी ने मुझसे कहा : ''इसी अरब गली में एक औरत रहती है, शीरीं बाई...उसकी एक जवान लड़की है...उस लड़की को कल एक आदमी ने ख़राब कर दिया, उसकी इस्मतदरी कर दी...बस शीरीं बाई रोती-रोती मम्मद भाई के पास पहुँची और कहने लगी : 'तुम यहाँ के दादा हो...मेरी बेटी से फ़लाँ

आदमी ने बुरा किया है और तुम घर में बैठे हो...लानत है तुम पर...' मम्मद भाई ने यह मोटी गाली उस बुढ़िया को दी और उससे पूछा : 'तुम क्या चाहती हो... ?' बुढ़िया ने कहा : 'मैं चाहती हूँ, तुम उस हरामज़ादे का पेट चाक कर दो...' मम्मद भाई उस वक़्त पाव क़ीमा खा रहा था...उसने अपने नेफ़े में से ख़ंजर निकाला, अँगूठा फेरकर धार देखी और बुढ़िया से बोला : 'जा, तेरा काम हो जाएगा...' और बुढ़िया का काम हो गया...जिस आदमी ने बुढ़िया की लड़की की इस्मतदरी की थी, आधे घंटे के अन्दर-अन्दर उसका काम तमाम हो गया...!''

मम्मद भाई को गिरफ़्तार तो कर लिया गया था, मगर उसने वह काम इतनी होशियारी और चाबुकदस्ती से किया था कि उसके ख़िलाफ़ कोई शहादत[1] मौजूद नहीं थी; यह अलग बात है कि अगर कोई ऐनी शाहिद मौजूद होता तो वह भी कभी कोई बयान न देता—दो ही दिनों में मम्मद भाई को ज़मानत पर रिहा कर दिया गया।

वह दो दिन हवालात में रहा था और उसको वहाँ कोई तकलीफ़ न हुई थी— इंस्पेक्टर, सब-इंस्पेक्टर, सिपाही, सब उसको जानते थे—लेकिन जब वह ज़मानत पर रिहा होकर बाहर आया तो वह उखड़ा हुआ था; उसे अपनी ज़िन्दगी का सबसे बड़ा धचका पहुँचा था। मैंने महसूस किया कि उसकी मूँछें, जो ख़ौफ़नाक तौर पर हमेशा ऊपर को उठी होती थीं, किसी क़दर झुकी हुई हैं—और उसके कपड़े, जो हमेशा उजले होते थे, मैले थे।

थाने से बाहर निकलने के बाद हम लोग चीनी रेस्तोराँ में चले गए—मैंने उससे क़त्ल के मुताल्लिक़ कोई बात न की।

उसने ख़ुद कहा : ''वमटो साहब, अफ़सोस इस बात का है कि साला देर से मरा, मुश्किल से मरा...ख़ंजर उतारने में मुझसे ग़लती हो गई थी...मेरा हाथ ज़रा टेढ़ा पड़ा था...वह भी साला उसका क़ुसूर था, साला एकदम मुड़ गया था...इसी वजह से तो सारा मामला कंडम हो गया था...बस साला मर गया, पर बड़ी तकलीफ़ के साथ...इस बात का मुझे बहुत अफ़सोस है।''

आप ख़ुद सोच सकते हैं कि मम्मद भाई की बात सुनकर मेरा रद्दे-अमल क्या हुआ होगा—उसको अफ़सोस था कि वह उस आदमी को बतरीक़े अहसन[2] क़त्ल न कर सका था, और यह कि उस आदमी को मरने में तकलीफ़ हुई थी।

1. गवाही, 2. अच्छे तरीक़े से।

मुक़द्दमा तो ख़ैर चलना ही था।

मम्मद भाई मुक़द्दमे के डर से बहुत घबरा रहा था—उसने अपनी ज़िन्दगी में अदालत की शक्ल कभी नहीं देखी थी—जहाँ तक मेरी मालूमात का ताल्लुक़ है, वह अदालत, मैजिस्ट्रेट, वकील और गवाह, किसी के मुताल्लिक़ कुछ नहीं जानता था कि उन लोगों से उसका साबिक़ा कभी पड़ा ही नहीं था—तभी तो मैं कहता हूँ कि मालूम नहीं, उसने इससे पहले, क़त्ल किए भी थे या नहीं।

वह बहुत फ़िक्रमन्द था।

पुलिस ने जब केस पेश किया और तारीख़ मुक़र्रर हो गई तो वह बहुत परेशान हो गया।

अदालत में मैजिस्ट्रेट के सामने कैसे हाज़िर हुआ जाता है, इसके मुताल्लिक़ उसको क़त्अन मालूम नहीं था—बार-बार वह अपनी करख़्त मूँछों पर उँगली फेरता और मुझसे कहता : "वमटो भाई, मैं मर जाऊँगा, पर कोर्ट में नहीं जाऊँगा...साली मालूम नहीं, कैसी जगह है?"

उसके शागिर्दों-साथियों ने उसको ढारस दी कि मामला संगीन नहीं है, कोई शहादत मौजूद नहीं है, बस एक सिर्फ़ उसकी मूँछें हैं, जो मैजिस्ट्रेट के दिल में उसके ख़िलाफ़ कोई मुख़ालिफ़ जज़्बा पैदा कर सकती हैं।

जैसा कि मैं इससे पेशतर कह चुका हूँ, उसकी वह मूँछें ही थीं, जो उसको ख़ौफ़नाक बनाती थीं—अगर उसकी वह मूँछें न होतीं तो वह हरगिज़-हरगिज़ दादा दिखाई न देता।

उसकी ज़मानत थाने ही में हो गई थी और अब उसे अदालत में पेश होना था—वह मैजिस्ट्रेट का सामना करने के ख़याल ही से घबरा रहा था।

मैंने महसूस किया कि वह बहुत परेशान है—उसको अपनी मूँछों के मुताल्लिक़ बड़ी फ़िक्र थी, वह सोचने लगा था कि अगर वह उन मूँछों के साथ अदालत में पेश हुआ तो बहुत मुम्किन है, उसको सज़ा हो जाए।

आप समझते होंगे, यह कहानी है, मगर यह वाक़िआ है कि मम्मद भाई बहुत परेशान था।

उसके तमाम शागिर्द-साथी हैरान थे, इसलिए कि वह कभी हैरानो-परेशान नहीं हुआ था—उसके बाज़ क़रीबी दोस्तों ने भी उससे कहा था :

'मम्मद भाई, कोर्ट में जाना है तो इन मूँछों के साथ न जाना...मैजिस्ट्रेट तुमको अन्दर कर देगा।'

वह हर वक़्त सोचता रहता था कि उसकी मूँछों ने उस आदमी को क़त्ल किया है या उसने, लेकिन वह किसी नतीजे पर पहुँच नहीं पाता था। एक दिन उसने अपना तेज़ धार ख़ंजर, जो मालूम नहीं, पहली मर्तबा ख़ून आश्ना हुआ था या इससे पहले भी हो चुका था, अपने नेफ़े में से निकाला और रेस्तोराँ के बाहर गली में फेंक दिया।

मैंने हैरत-भरे लहज़े में कहा : "मम्मद भाई, यह क्या?"

"कुछ नहीं वमटो भाई, सब घोटाला हो गया है...कोर्ट में जाना है... सब कहते हैं, मैजिस्ट्रेट मेरी मूँछें देखकर मुझे ज़रूर सज़ा देगा...बोलो, मैं क्या करूँ?"

मैं क्या बोलता—मैंने उसकी मूँछों की तरफ़ देखा, जो वाक़ई बड़ी ख़ौफ़नाक थीं। मैंने कहा : "मम्मद भाई, बात तो कुछ ठीक लगती है...तुम्हारी मूँछें मैजिस्ट्रेट के फ़ैसले पर असरअन्दाज़ हो सकती हैं... अगर कुछ हुआ तो तुम्हारे ख़िलाफ़ नहीं, तुम्हारी मूँछों के ख़िलाफ़ होगा।"

"तो मुँड़वा दूँ?" उसने अपनी चहेती मूँछों पर बड़े प्यार से उँगली फेरी।

मैंने पूछा : "तुम्हारा अपना क्या ख़याल है?"

"मेरा ख़याल जो कुछ भी है, वह तुम न पूछो...यहाँ सबका ख़याल है कि मैं इन्हें मुँड़वा दूँ कि वह साला मैजिस्ट्रेट मुख़ालिफ़ न हो जाए...तो मुँड़वा दूँ वमटो भाई?"

मैंने कुछ तवक़्क़ुफ़ के बाद कहा : "अगर तुम मुनासिब समझते हो तो मुँड़वा दो...यह सच है कि इन मूँछों के साथ तुम ख़तरनाक दिखाई देते हो।"

दूसरे दिन मम्मद भाई ने अपनी मूँछें, अपनी जान से अज़ीज़ मूँछें, मुँड़वा डालीं।

मिस्टर एफ.एच. टेल की अदालत में उसका मुक़द्दमा पेश हुआ—मूँछों के बग़ैर मम्मद भाई हाज़िर हुआ, मैं भी मौजूद था।

मम्मद भाई के ख़िलाफ़ कोई शहादत मौजूद नहीं थी, लेकिन मैजिस्ट्रेट ने उसकी फ़ाइल देखने के बाद उसको ख़तरनाक गुंडा क़रार देते हुए तड़ीपार, यानी सूबाबदर कर दिया—उसको सिर्फ़ एक दिन दिया गया कि वह अपने मामलात तय करने के बाद बम्बई छोड़ दे।

अदालत से बाहर निकलने के बाद उसने मुझसे कोई बात न की—उसकी छोटी-बड़ी उँगलियाँ बार-बार उसके बालाई[1] होंठ की तरफ़ बढ़ती थीं, मगर वहाँ कहाँ कोई बाल था!

अगली शाम जब उसे बम्बई छोड़कर कहीं और जाना था, मेरी और उसकी आख़िरी मुलाक़ात चीनी रेस्तोराँ में हुई—उसके शागिर्द-साथी उसके आसपास कुर्सियों पर बैठे चाय पी रहे थे—मूँछों के बग़ैर वह बहुत शरीफ़ आदमी दिखाई दे रहा था, लेकिन मैंने महसूस किया कि वह बहुत मग़मूम[2] है।

मैंने उसके पास बैठकर कहा : "क्या बात है मम्मद भाई?"

उसने एक बहुत बड़ी गाली ख़ुदा मालूम जाने किसको दी और कहा : "साला अब मम्मद भाई ही नहीं रहा।"

मैंने कहा : "कोई बात नहीं मम्मद भाई...यहाँ नहीं तो किसी और जगह सही।"

जो जगहें उसकी ज़ुबान पर आईं, उसने उनको बेशुमार गालियाँ दीं : "साला अपन को यह ग़म नहीं...यहाँ रहूँ या किसी और जगह रहूँ...यह साला मूँछें क्यों मुँड़वा दीं?" फिर उसने उन लोगों को, जिन्होंने उसको मुँछें मुँड़वाने का मश्वरा दिया था, एक करोड़ गालियाँ दीं और कहा : "साला अगर मुझे तड़ी पार ही होना था तो मूँछों के साथ क्यों न हुआ।"

मुझे हँसी आ गई।

वह आगबबूला हो गया : "साला तुम कैसा आदमी है वमटो भाई.. ख़ुदा की क़सम, हम सच कहता है, हमें फाँसी लगा देते...पर यह बेवकूफ़ी तो हमने ख़ुद की...साला आज तक हम किसी से न डरा था...साला हम अपनी ही मूँछों से डर गया..." यह कहकर उसने दोहत्थड़ अपने मुँह पर मारा : "मम्मद भाई, लानत है तुझ पर...साला अपनी ही मूँछों से डर गया...अब जा अपनी माँ के..."

उसकी आँखों में आँसू आ गए जो उसके बिना मूँछों के चेहरे पर कछ अजीब-से दिखाई दे रहे थे।

---

1. ऊपरी, 2. उदास।

काली शलवार

देहली आने से पहले वह अम्बाला छावनी में थी, जहाँ कई गोरे उसके गाहक थे। उन गोरों से मिलने-जुलने के बायस वह अंग्रेज़ी के दस-पन्द्रह जुमले सीख गई थी। उनको वह आम गुफ़्तगू में इस्तेमाल नहीं करती थी लेकिन जब वह देहली में आई और उसका कारोबार न चला तो एक दिन उसने अपनी पड़ोसन तमंचाजान से कहा : ''दिस लैफ़, वैरी बैड...'' यानी यह ज़िन्दगी बहुत बुरी है जबकि खाने ही को कुछ नहीं मिलता।

अम्बाला छावनी में उसका धन्धा बहुत अच्छी तरह चलता था। छावनी के गोरे शराब पीकर उसके पास आते थे और वह तीन-चार घंटों ही में आठ-दस गोरों को निबटाकर बीस-तीस रुपए पैदा कर लिया करती थी। ये गोरे उसके हमवतनों के मुक़ाबले में बहुत अच्छे थे। इसमें कोई शक नहीं कि वह ऐसी ज़बान बोलते थे, जिसका मतलब सुलताना की समझ में नहीं आता था मगर उनकी ज़बान से यह लाइल्मी उसके हक़ में बहुत अच्छी साबित होती थी। अगर वे उससे कुछ रिआयत चाहते तो वह सिर हिलाकर कह दिया करती थी : ''साहब, हमारी समझ में तुम्हारी बात नहीं आता।'' और अगर वे उससे ज़रूरत से ज़्यादा छेड़छाड़ करते तो वह उनको अपनी ज़बान में गालियाँ देना शुरू कर देती थी। वह हैरत में उसके मुँह की तरफ़ देखते तो वह उनसे कहती : ''साहब, तुम एकदम उल्लू का पट्ठा है, हरामज़ादा है...समझा!'' यह कहते वक़्त वह अपने लहज़े में सख़्ती पैदा न करती बल्कि बड़े प्यार के साथ उनसे बातें करती—गोरे हँस देते और हँसते वक़्त वह सुलताना को बिलकुल उल्लू के पट्ठे दिखाई देते।

मगर यहाँ दिल्ली में वह जब से आई थी, एक गोरा भी उसके यहाँ नहीं आया था। तीन महीने उसको हिन्दुस्तान के इस शहर में रहते हो गए थे, जहाँ

उसने सुना था कि बड़े लाट साहब रहते हैं, जो गर्मियों में शिमले चले जाते हैं—उसके पास सिर्फ़ छह आदमी आए थे। सिर्फ़ छह, यानी महीने में दो और उन छह गाहकों से उसने, ख़ुदा झूठ न बुलवाए, साढ़े अट्ठारह रुपए वसूल किए थे। तीन रुपए से ज़्यादा पर कोई मानता ही नहीं था। सुलताना ने उनमें से पाँच आदमियों को अपना रेट दस रुपए बताया था मगर ताज्जुब की बात है कि उनमें से हर एक ने यही कहा था : "भई, हम तीन रुपए से ज़्यादा एक कौड़ी नहीं देंगे..." जाने क्या बात थी कि उनमें से हर एक ने उसे सिर्फ़ तीन रुपए के क़ाबिल समझा, चुनांचे जब छठा आया तो उसने ख़ुद उससे कहा : "देखा, मैं तीन रुपए एक टैम के लूँगी। इससे एक धेला तुम कम कहो तो न होगा। अब तुम्हारी मर्जी हो तो रहो वरना जाओ।" छठे आदमी ने यह बात सुनकर तकरार न की और उसके यहाँ ठहर गया। जब दूसरे कमरे में दरवाज़े-वरवाज़े बन्द करके वह अपना कोट उतारने लगा तो सुलताना ने कहा : "लाइए एक रुपया दूध का।" उसने एक रुपया तो न दिया लेकिन नए बादशाह की चमकती हुई अठन्नी जेब में से निकालकर उसको दे दी और सुलताना ने भी चुपके से ले ली कि चलो जो आया है, ग़नीमत है।

साढ़े अट्ठारह रुपए तीन महीनों में—बीस रुपए माहवार तो उस कोठे का किराया था, जिसको मालिक मकान अंग्रेज़ी ज़बान में फ़्लैट कहता था। उस फ़्लैट में ऐसा पाख़ाना था, जिसमें ज़ंजीर खींचने से सारी गन्दगी पानी के ज़ोर से एकदम नीचे नल में गायब हो जाती थी और बड़ा शोर होता था। शुरू-शुरू में तो उस शोर ने उसे बहुत डराया था। पहले दिन जब वह रफ़ए-हाजत[1] के लिए उस पाख़ाने में गई तो उसकी कमर में शिद्दत[2] का दर्द हो रहा था। फ़ारिग़ होकर जब वह उठने लगी तो उसने लटकी हुई ज़ंजीर का सहारा ले लिया। उस ज़ंजीर को देखकर उसने ख़याल किया, चूँकि यह मकान ख़ास हम लोगों की रिहाइश के लिए तैयार किए गए हैं, यह ज़ंजीर इसीलिए लगाई गई है कि उठते वक़्त तकलीफ़ न हो और सहारा मिल जाया करे। मगर ज्यों ही उसने ज़ंजीर को पकड़कर उठना चाहा, ऊपर खटखट-सी हुई और फिर पानी एकदम इस ज़ोर के साथ बाहर निकला कि डर के मारे उसके मुँह से चीख़ निकल गई।

ख़ुदाबख़्श दूसरे कमरे में अपना फ़ोटोग्राफ़ी का सामान दुरुस्त कर रहा था और एक साफ़ बोतल में हाइड्रो कोनीन[3] डाल रहा था कि उसने सुलताना की

1. शौच निवृत्ति, 2. तेज़ी, 3 फ़ोटोग्राफ़ी से सम्बन्धित रसायन।

चीख़ सुनी। दौड़कर वह बाहर निकला और सुलताना से पूछा : "क्या हुआ... ? यह चीख़ तुम्हारी थी... ?"

सुलताना का दिल धड़क रहा था। उसने कहा : "यह मुआ पैख़ाना है या क्या है ? बीच में यह रेलगाड़ियों की तरह ज़ंजीर क्या लटका रखी है ? मेरी कमर में दर्द था, मैंने कहा, चलो इसका सहारा ले लूँगी, पर इस मुई ज़ंजीर का छेड़ना था कि वह धमाका हुआ कि मैं तुमसे क्या कहूँ..."

इस पर ख़ुदाबख़्श बहुत हँसा था और उसने सुलताना को इस पाख़ाने की बाबत सब कुछ बता दिया था कि यह नए फ़ैशन का है, जिसमें ज़ंजीर हिलाने से सब गन्दगी ज़मीन में धँस जाती है।

ख़ुदाबख़्श और सुलताना का आपस में कैसे सम्बन्ध हुआ, यह एक लम्बी कहानी है। ख़ुदाबख़्श रावलपिंडी का था। इंटरेंस पास करने के बाद उसने लारी चलाना सीखी। चुनांचे चार बरस तक वह रावलपिंडी और कश्मीर के दरमियान लारी चलाने का काम करता था। उसके बाद कश्मीर में उसकी दोस्ती एक औरत से हो गई। उसको भगाकर वह साथ ले आया। लाहौर में चूँकि उसको कोई काम न मिला, इसलिए उसने औरत को पेशे पर बिठा दिया। दो-तीन बरस तक यह सिलसिला जारी रहा। फिर वह औरत किसी और के साथ भाग गई। ख़ुदाबख़्श को मालूम हुआ कि वह अम्बाला में है, वह उसकी तलाश में आया, जहाँ उसको सुलताना मिल गई। सुलताना ने उसको पसन्द किया। चुनांचे दोनों का सम्बन्ध हो गया।

ख़ुदाबख़्श के आने से एकदम सुलताना का कारोबार चमक उठा। औरत चूँकि ज़ईफ़ुल-एतिक़ाद[1] थी, इसलिए उसने समझा कि ख़ुदाबख़्श बड़ा भागवान है, जिसके आने से इतनी तरक़्क़ी हो गई है। चुनांचे उस ख़ुश-एतिक़ादी[2] ने ख़ुदाबख़्श की वक़अत उसकी नज़रों में और भी बढ़ा दी।

ख़ुदाबख़्श आदमी मेहनती था। सारा दिन हाथ पर हाथ धरकर बैठना पसन्द नहीं करता था। चुनांचे उसने एक फ़ोटोग्राफ़र से दोस्ती पैदा की, जो रेलवे स्टेशन के बाहर मिनट कैमरे से फ़ोटो खींचा करता था। उससे उसने फ़ोटो खींचना सीखा। फिर सुलताना से साठ रुपए लेकर कैमरा भी ख़रीद लिया। आहिस्ता-आहिस्ता एक परदा बनवाया, दो कुर्सियाँ ख़रीदीं और फ़ोटो धोने का सब सामान लेकर उसने अलहदा अपना काम शुरू कर दिया।

---

1. भोली, जिसका साधु-सन्तों पर विश्वास हो, 2. विश्वास।

काम चल निकला। चुनांचे उसने थोड़ी ही देर के बाद अपना अड्डा अम्बाले छावनी में क़ायम कर दिया। यहाँ वह गोरों के फ़ोटो खींचता। एक महीने के अन्दर-अन्दर उसकी छावनी के मुताद्दिद[1] गोरों से वाक़िफ़ियत हो गई। चुनांचे वह सुलताना को वहीं ले गया। यहाँ छावनी में ख़ुदाबख़्श के ज़रिए से कई गोरे सुलताना के मुस्तक़िल[2] गाहक बन गए।

सुलताना ने कानों के लिए बुंदे ख़रीदे, साढ़े पाँच तोले की आठ कंगनियाँ भी बनवाईं, दस-पन्द्रह अच्छी-अच्छी साड़ियाँ भी जमा कर लीं। घर में फ़र्नीचर वग़ैरह भी आ गया। क़िस्सा मुख़्तसर[3] यह कि अम्बाला छावनी में वह बड़ी ख़ुशहाल थी मगर एकाएकी जाने ख़ुदाबख़्श के दिल में क्या समाई कि उसने देहली जाने की ठान ली। सुलताना इनकार कैसे करती जबकि खुदाबख़्श को अपने लिए बहुत मुबारक ख़याल करती थी। उसने ख़ुशी-ख़ुशी देहली जाना क़बूल कर लिया। बल्कि उसने यह भी सोचा कि इतने बड़े शहर में जहाँ लाट साहब रहते हैं, उसका धन्धा और भी अच्छा चलेगा। अपनी सहेलियों से वह देहली की तारीफ़ सुन चुकी थी। फिर वहाँ हज़रत निज़ामुद्दीन औलिया की ख़ानक़ाह[4] भी थी जिससे उसे बेहद अक़ीदत[5] थी। चुनांचे जल्दी-जल्दी घर का भारी सामान बेच-बचाकर वह खुदाबख़्श के साथ देहली आ गई। यहाँ पहुँचकर ख़ुदाबख़्श ने बीस रुपए माहवार पर यह फ़्लैट लिया, जिसमें दोनों रहने लगे।

एक ही क़िस्म के नए मकानों की लम्बी क़तार सड़क के साथ-साथ चली गई है। म्युनिसिपल कमेटी ने शहर का यह हिस्सा ख़ास कसबियों के लिए मुक़र्रर कर दिया था ताकि वह शहर में जगह-जगह अपने अड्डे न बनाएँ। नीचे दुकानें थीं और ऊपर दो मंज़िला रिहाइशी फ़्लैट। चूँकि सब इमारतें एक ही डिज़ाइन की हैं, इसलिए शुरू-शुरू में सुलताना को अपना फ़्लैट तलाश करने में बहुत दिक़्क़त महसूस होती थी। पर जब नीचे लांड्रीवाले ने अपना बोर्ड घर की पेशानी पर लगा दिया तो उसको एक पक्की निशानी मिल गई—'यहाँ मैले कपड़ों की धुलाई की जाती है।' यह बोर्ड पढ़ते ही वह अपना फ़्लैट तलाश कर लिया करती थी। इसी तरह उसने और बहुत-सी निशानियाँ क़ायम कर ली थीं। मसलन बड़े-बड़े हुरूफ में जहाँ 'कोयलों की दुकान' लिखा था, वहाँ उनकी सहेली हीराबाई रहती थी, जो कभी-कभी रेडियोघर में गाने जाया

1. असंख्य, 2. स्थायी, 3. संक्षिप्त, 4. दरगाह, 5. श्रद्धा।

करती थी। जहाँ 'शुरफ़ा[1] के लिए खाने का आला इन्तज़ाम है' लिखा था, वहाँ उसकी दूसरी सहेली मुख़तार रहती थी। निवाड़ के कारख़ाने के ऊपर अनवरी रहती थी, जो उसकी कारख़ाने के सेठ के पास मुलाज़िम थी। चूँकि सेठ साहिब को रात के वक़्त अपने कारख़ाने की देखभाल करनी होती थी, इसलिए वह अनवरी के पास ही रहते थे।

दुकान खोलते ही गाहक थोड़े ही आते हैं। चुनांचे जब एक महीने तक सुलताना बेकार रही तो उसने यही सोचकर अपने दिल को तसल्ली दी, पर जब दो महीने गुज़र गए और कोई आदमी उसके कोठे पर न आया तो उसे बहुत तश्वीश[2] हुई। उसने ख़ुदाबख़्श से कहा : "क्या बात है ख़ुदाबख़्श, पूरे दो महीने हो गए हैं हमें यहाँ आए हुए, पर किसी ने इधर का रुख़ भी नहीं किया...मानती हूँ, आजकल बाज़ार बहुत मन्दा है, पर इतना मन्दा भी तो नहीं कि महीने-भर में कोई शक्ल देखने ही में न आए..."

ख़ुदाबख़्श को भी यह बात बहुत अर्से से खटक रही थी मगर वह ख़ामोश था, पर जब सुलताना ने ख़ुद बात छेड़ी तो उसने कहा : "मैं कई दिनों से इसकी बाबत सोच रहा हूँ। एक बात समझ में आती है, वह यह कि जंग की वजह से लोग-बाग़ दूसरे धन्धों में पड़कर इधर का रास्ता भूल गए हैं...या फिर यह हो सकता है कि..." वह इसके आगे कुछ कहने ही वाला था कि सीढ़ियों पर किसी के चढ़ने की आवाज़ आई। ख़ुदाबख़्श और सुलताना दोनों उस आवाज़ की तरफ़ मुतवज्जेह[3] हुए। थोड़ी देर के बाद दस्तक हुई। ख़ुदाबख़्श ने लपककर दरवाज़ा खोला। एक आदमी अन्दर दाख़िल हुआ। यह पहला गाहक था, जिससे तीन रुपए में सौदा तय हुआ। उसके बाद पाँच और आए। यानी तीन महीने में छह जिनसे सुलताना ने सिर्फ़ साढ़े अट्ठारह रुपए वुसूल किए।

बीस रुपए माहवार तो फ़्लैट के किराए में चले जाते थे, पानी का टैक्स और बिजली का बिल जुदा। इसके अलावा घर के दूसरे ख़र्च, खाना-पीना, कपड़े-लत्ते, दवा-दारू—और आमदन कुछ भी नहीं थी। साढ़े अट्ठारह रुपए तीन महीने में आए तो उसे आमदन तो नहीं कह सकते। सुलताना परेशान हो गई। साढ़े पाँच तोले की आठ कंगनियाँ जो उसने अम्बाले में बनवाई थीं, आहिस्ता-आहिस्ता बिक गईं। आख़िरी कंगनी की जब बारी आई तो उसने ख़ुदाबख़्श से कहा : "तुम मेरी सुनो और चलो वापस अम्बाले...यहाँ क्या धरा

1. सभ्य लोगों, 2. चिन्ता, 3. आकृष्ट।

है... ? भई होगा, पर हमें तो यह शहर रास नहीं आया। तुम्हारा काम भी वहाँ ख़ूब चलता था, चलो, वहीं चलते हैं। जो नुक़सान हुआ है, उसको अपना सिर सदक़ा समझो। इस कंगनी को बेचकर आओ। मैं असबाब वग़ैरह बाँधकर तैयार रखती हूँ। आज रात की गाड़ी से यहाँ से चल देंगे...''

ख़ुदाबख़्श ने कंगनी सुलताना के हाथ से ले ली और कहा : ''नहीं जानेमन, अम्बाले नहीं जाएँगे। यहीं देहली में रहकर कमाएँगे। यह तुम्हारी चूड़ियाँ सबकी-सब यहीं वापस आएँगी। अल्लाह पर भरोसा रखो। वह बड़ा कारसाज़ है। यहाँ भी वह कोई न कोई असबाब बना ही देगा।''

सुलताना चुप हो रही। चुनांचे आख़िरी कंगनी भी हाथ से उतर गई। बुच्चे हाथ देखकर उसको बहुत दुख होता था, पर क्या करती, पेट भी तो आख़िर किसी हीले से भरना था।

जब पाँच महीने गुज़र गए और आमदन ख़र्च के मुक़ाबले में चौथाई से भी कुछ कम रही तो सुलताना की परेशानी और ज़्यादा बढ़ गई। ख़ुदाबख़्श भी सारा-सारा दिन अब घर से ग़ायब रहने लगा था। सुलताना को इसका भी दुख था। इसमें कोई शक नहीं कि पड़ोस में उसकी दो-तीन मिलनेवालियाँ मौजूद थीं, जिनके साथ वह अपना वक़्त काट सकती थी। पर हर रोज़ उनके यहाँ जाना और घंटों बैठे रहना उसको बहुत बुरा लगता था। चुनांचे आहिस्ता-आहिस्ता उसने उन सहेलियों से मिलना-जुलना बिलकुल तर्क[1] कर दिया। सारा दिन वह अपने सुनसान मकान में बैठी रहती। कभी छालियाँ काटती रहती, कभी अपने पुराने और फटे हुए कपड़ों को सीती रहती और कभी बाहर बालकनी में आकर जंगले के साथ लगकर खड़ी हो जाती और सामने रेलवे शेड में साकित[2] और मुतहर्रिक[3] इंजनों की तरफ़ घंटों बेमतलब देखती रहती।

सड़क की दूसरी तरफ़ मालगोदाम था, जो इस कोने से उस कोने तक फैला हुआ था। दाहिने हाथ को लोहे की छत के नीचे बड़ी-बड़ी गाँठें पड़ी रहती थीं और हर क़िस्म के मालो-असबाब के ढेर-से लगे रहते थे। बाएँ हाथ को खुला मैदान था, जिसमें बेशुमार रेल की पटरियाँ बिछी हुई थीं। धूप में लोहे की यह पटरियाँ चमकतीं तो सुलताना अपने हाथों की तरफ़ देखती, जिन पर नीली-नीली रगें बिलकुल उन पटरियों की तरह उभरी रहती थीं। उस लम्बे और खुले मैदान में हर वक़्त इंजन और गाड़ियाँ चलती रहतीं। कभी इधर,

1. छोड़ना, 2. खड़े हुए, 3. चलते-फिरते।

कभी उधर। उन इंजनों और गाड़ियों की छक-छक फक-फक सदा गूँजती रहती थी। सुबह-सवेरे जब वह उठकर बालकनी में आती तो एक अजीब समाँ नज़र आता। धुँधलके में इंजनों के मुँह से गाढ़ा-गाढ़ा धुआँ निकलता और गँदले आसमान की जानिब मोटे तौर पर भारी आदमियों की तरह उठता दिखाई देता। भाप के बड़े-बड़े बादल भी एक शोर के साथ पटरियों से उठते और आँख झपकने की देर में हवा के अन्दर घुल-मिल जाते। फिर कभी-कभी जब वह गाड़ी के किसी डिब्बे को जिसे इंजन ने धक्का देकर छोड़ दिया हो, अकेले पटरियों पर चलता देखती तो उसे अपना ख़याल आता। वह सोचती कि उसे भी किसी ने ज़िन्दगी की पटरी पर धक्का देकर छोड़ दिया है और वह ख़ुद-ब-ख़ुद जा रही है, दूसरे लोग काँटे बदल रहे हैं और वह चली जा रही है...न जाने कहाँ ? फिर एक रोज़ ऐसा आएगा जब उस धक्के का ज़ोर आहिस्ता-आहिस्ता ख़त्म होगा और वह कहीं रुक जाएगी, किसी ऐसे मक़ाम पर जो उसका देखा-भाला न होगा।

यूँ तो वह बेमतलब घंटों रेल की इन टेढ़ी-बाँकी पटरियों और ठहरे और चलते हुए इंजनों की तरफ़ देखती रहती थी, पर तरह-तरह के ख़याल उसके दिमाग़ में आते रहते थे। अम्बाला छावनी में जब वह रहती थी तो स्टेशन के पास ही उसका मकान था मगर वहाँ उसने कभी इन चीज़ों को ऐसी नज़रों से नहीं देखा था। अब तो कभी-कभी उसके दिमाग़ में यह ख़याल भी आता कि यह जो सामने रेल की पटरियों का जाल-सा बिछा है और जगह-जगह से भाप और धुआँ उठ रहा है, एक बहुत बड़ा चकला है। बहुत-सी गाड़ियाँ हैं, जिनको चन्द मोटे-मोटे इंजन इधर-उधर धकेलते रहते हैं—सुलताना को बाज़ औक़ात यह इंजन सेठ मालूम होते, जो कभी-कभी अम्बाला में उसके यहाँ आया करते थे। फिर कभी-कभी जब वह किसी इंजन को आहिस्ता-आहिस्ता गाड़ियों की क़तार के पास से गुज़रता देखती तो उसे ऐसा महसूस होता कि कोई आदमी चकले के किसी बाज़ार में से ऊपर कोठों की तरफ़ देखता जा रहा है।

सुलताना समझती थी कि ऐसी बातें सोचना दिमाग़ की ख़राबी का बायस है, चुनांचे जब इस क़िस्म के ख़याल उसको आने लगे तो उसने बालकनी में जाना छोड़ दिया। ख़ुदाबख़्श से उसने बारहा[1] कहा : "देखो, मेरे हाल पर रहम करो। यहाँ घर में रहा करो। मैं सारा दिन यहाँ बीमारों की तरह पड़ी रहती हूँ।"

1. अनेक बार।

मगर उसने हर बार सुलताना से यह कहकर उसकी तशफ़्फ़ी[1] कर दी : "जानेमन! मैं बाहर कुछ कमाने की फ़िक्र कर रहा हूँ। अल्लाह ने चाहा तो चन्द दिनों में ही बेड़ा पार हो जाएगा..."

पूरे पाँच महीने हो गए थे मगर अभी तक न सुलताना का बेड़ा पार हुआ था न ख़ुदाबख़्श का। मुहर्रम का महीना सिर पर आ रहा था मगर सुलताना के पास काले कपड़े बनवाने के लिए कुछ भी न था। मुख़्तार ने लेडी हैमिल्टन की एक नई वज़्अ की कमीज़ बनवाई थी, जिसकी आस्तीनें काली जार्जेट की थीं। उसके साथ मैच करने के लिए उसके पास काली साटन की शलवार थी, जो काजल की तरह चमकती थी। अनवरी ने रेशमी जार्जेट की एक बड़ी नफ़ीस साड़ी ख़रीदी थी। उसने सुलताना से कहा था कि वह इस साड़ी के नीचे सफ़ेद बोसकी का पेटीकोट पहनेगी, क्योंकि यह नया फ़ैशन है। उस साड़ी के साथ पहनने को अनवरी काली मख़मल का एक जूता लाई थी, जो बड़ा नाज़ुक था। सुलताना ने जब यह तमाम चीज़ें देखीं तो उसको इस एहसास ने बहुत दुख दिया कि वह मुहर्रम मनाने के लिए ऐसा लिबास ख़रीदने की इस्तिताअत[2] नहीं रखती।

अनवरी और मुख़्तार के पास यह लिबास देखकर जब वह घर आई तो उसका दिल बहुत मग़मूम[3] था। उसे ऐसा मालूम होता था कि एक फोड़ा-सा उसके अन्दर पैदा हो गया है। घर बिलकुल ख़ाली था। ख़ुदाबख़्श हस्बे-मामूल बाहर था। देर तक वह दरी पर गावतकिया सिर के नीचे रखकर लेटी रही। पर जब उसकी गर्दन ऊँचाई के बायस अकड़-सी गई तो वह बाहर बालकनी में चली गई ताकि ग़म अफ़्ज़ा[4] ख़यालात को अपने दिमाग़ से निकाल दे।

सामने पटरियों पर गाड़ियों के डिब्बे खड़े थे, पर इंजन कोई भी न था—शाम का वक़्त था। छिड़काव हो चुका था, इसलिए गर्दो-ग़ुबार दब गया था। बाज़ार में ऐसे आदमी चलने शुरू हो गए थे जो ताक-झाँक करने के बाद चुपचाप घरों का रुख करते हैं। ऐसे ही एक आदमी ने गर्दन ऊँची करके सुलताना की तरफ़ देखा। सुलताना मुस्करा दी और उसको भूल गई, क्योंकि अब सामने पटरियों पर एक इंजन नमूदार हो गया था। सुलताना ने ग़ौर से उसकी तरफ़ देखना शुरू किया और आहिस्ता-आहिस्ता यह ख़याल उसके दिमाग़ में आया कि इंजन ने भी काला लिबास पहन रखा है। यह अजीबो-ग़रीब ख़याल दिमाग़ में से निकालने की ख़ातिर जब उसने सड़क की जानिब

1. तसल्ली, 2. सामर्थ्य, 3. उदास, 4. दुख बढ़ानेवाले।

देखा तो उसे वही आदमी बैलगाड़ी के पास खड़ा नज़र आया जिसने उसकी तरफ़ ललचाई नज़रों से देखा था। सुलताना ने हाथ से उसे इशारा किया। उस आदमी ने इधर-उधर देखकर एक लतीफ़ इशारे से पूछा, किधर से आऊँ—सुलताना ने उसे रास्ता बता दिया। वह आदमी थोड़ी देर खड़ा रहा मगर फिर बड़ी फ़ुर्ती से ऊपर चला आया।

सुलताना ने उसे दरी पर बिठाया। जब वह बैठ गया तो उसने सिलसिला-ए-गुफ़्तगू शुरू करने के लिए कहा : "आप ऊपर आते डर क्यों रहे थे।"

वह आदमी यह सुनकर मुस्कराया : "तुम्हें कैसे मालूम हुआ...डरने की बात ही क्या थी?"

इस पर सुलताना ने कहा : "यह मैंने इसलिए कहा कि आप देर तक वहीं खड़े रहे और फिर कुछ सोचकर इधर आए..."

वह यह सुनकर फिर मुस्कराया : "तुम्हें ग़लतफ़हमी हुई है...मैं तुम्हारे ऊपरवाले फ़्लैट की तरफ़ देख रहा था। वहाँ कोई औरत खड़ी एक मर्द को ठेंगा दिखा रही थी। मुझे यह मंज़र पसन्द आया। फिर बालकनी में सब्ज़ बल्ब रोशन हुआ तो मैं कुछ देर के लिए ठहर गया। सब्ज़ रोशनी मुझे पसन्द है। आँखों को बहुत अच्छी लगती है..." यह कहकर उसने कमरे का जाइज़ा लेना शुरू कर दिया। फिर वह उठ खड़ा हुआ।

सुलताना ने पूछा : "आप जा रहे हैं?"

उस आदमी ने जवाब दिया : "नहीं, मैं तुम्हारे इस मकान को देखना चाहता हूँ...चलो, मुझे तमाम कमरे दिखाओ..."

सुलताना ने उसको तीनों कमरे एक-एक करके दिखा दिए। उस आदमी ने बिलकुल ख़ामोशी से उन कमरों का मुआइना किया। जब वे दोनों फिर उसी कमरे में आ गए जहाँ पहले बैठे थे, उस आदमी ने कहा : "मेरा नाम शंकर है..."

सुलताना ने पहली बार ग़ौर से शंकर की तरफ़ देखा। वह मुतवस्सित[1] क़द का मामूली शक्लो-सूरत का आदमी था, मगर उसकी आँखें ग़ैरमामूली तौर पर साफ़ और शफ़्फ़ाफ़[2] थीं। कभी-कभी उनमें एक अजीब क़िस्म की चमक पैदा होती थी। गठीला और कसरती बदन था। कनपटियों पर उसके बाल सफ़ेद हो रहे थे। ख़ाकिस्तरी[3] रंग की गर्म पतलून पहने था। सफ़ेद कमीज़ थी, जिसका कालर गर्दन पर से ऊपर को उठा हुआ था।

---

1. मध्यम, 2. स्वच्छ, 3. मटमैली।

शंकर कुछ इस तरह दरी पर बैठा था कि मालूम होता था, शंकर के बजाय सुलताना गाहक है। इस एहसास ने सुलताना को क़दरे परेशान कर दिया। चुनांचे उसने शंकर से कहा : "फ़रमाइए... ?"

शंकर बैठा था, यह सुनकर लेट गया : "मैं क्या फ़रमाऊँ, कुछ तुम ही फ़रमाओ। बुलाया तुम्हीं ने है मुझे..."

जब सुलताना कुछ न बोली तो वह उठ बैठा : "मैं समझा...लो अब मुझसे सुनो। जो कुछ तुमने समझा है, ग़लत है। मैं उन लोगों में से नहीं हूँ, जो कुछ देकर जाते हैं। डॉक्टरों की तरह मेरी भी फ़ीस है। मुझे जब बुलाया जाए तो फ़ीस देनी ही पड़ती है..."

सुलताना यह सुनकर चकरा गई मगर इसके बावजूद उसे बेइख़्तियार हँसी आ गई : "आप काम क्या करते हैं?"

शंकर ने जवाब दिया : "यही जो तुम लोग करते हो!"

"क्या?"

"तुम क्या करती हो?"

"मैं...मैं...कुछ भी नहीं करती।"

"मैं भी कुछ नहीं करता।"

सुलताना ने भिन्नाकर कहा : "यह तो कोई बात न हुई...आप कुछ न कुछ तो ज़रूर करते होंगे?"

शंकर ने बड़े इत्मीनान से जवाब दिया : "तुम भी कुछ न कुछ ज़रूर करती होगी?"

"मैं झख मारती हूँ..."

"मैं भी झख मारता हूँ..."

"तो आओ दोनों झख मारें..."

"हाज़िर हूँ, मगर झख मारने के दाम मैं कभी नहीं दिया करता।"

"होश की दवा करो...यह लंगरख़ाना नहीं!"

"और मैं भी वालंटियर नहीं..."

सुलताना अब रुक गई। उसने पूछा : "यह वालंटियर कौन होते हैं?"

शंकर ने जवाब दिया : "उल्लू के पट्ठे..."

"मैं उल्लू की पट्ठी नहीं..."

"मगर वह आदमी ख़ुदाबख़्श जो तुम्हारे साथ रहता है, ज़रूर उल्लू का पट्ठा है।"

"क्यों?"

"इसलिए कि वह कई दिनों से एक ऐसे ख़ुदासीदा[1] फ़क़ीर के पास अपनी क़िस्मत खुलवाने की ख़ातिर जा रहा है, जिसकी अपनी क़िस्मत ज़ंग लगे ताले की तरह बन्द है..." यह कहकर शंकर हँसा।

इस पर सुलताना ने कहा : "तुम हिन्दू हो, इसीलिए हमारे उन बुज़ुर्गों का मज़ाक़ उड़ाते हो..."

शंकर मुस्कराया : "ऐसी जगहों पर हिन्दू-मुस्लिम सवाल पैदा नहीं हुआ करते। बड़े-बड़े पंडित और मौलवी भी यहाँ आएँ तो शरीफ़ आदमी बन जाएँ।"

"जाने क्या ऊटपटाँग बातें करते हो...बोलो, रहोगे?"

"उसी शर्त पर जो पहले बता चुका हूँ..."

सुलताना उठ खड़ी हुई : "तो जाओ, रास्ता पकड़ो..."

शंकर आराम से उठा, पतलून की जेबों में अपने दोनों हाथ ठूँसे और जाते हुए कहा : "मैं कभी-कभी इस बाज़ार से गुज़रा करता हूँ। जब भी तुम्हें मेरी ज़रूरत हो, बुला लेना...बहुत काम का आदमी हूँ।"

शंकर चला गया और सुलताना काले लिबास को भूलकर देर तक उसके मुताल्लिक़ सोचती रही। उस आदमी की बातों ने उसके दुख को बहुत हल्का कर दिया था। अगर वह अम्बाले में आया होता, जहाँ कि वह ख़ुशहाल थी तो उसने किसी और ही रंग में उस आदमी को देखा होता और बहुत मुमकिन है कि उसे धक्के देकर बाहर निकाल दिया होता। मगर यहाँ चूँकि वह बहुत उदास रहती थी, इसलिए शंकर की बातें उसे पसन्द आईं।

शाम को जब ख़ुदाबख़्श आया तो सुलताना ने उससे पूछा : "तुम आज सारा दिन किधर ग़ायब रहे हो?"

ख़ुदाबख़्श थककर चूर-चूर हो रहा था। कहने लगा : "पुराने क़िले के पास से आ रहा हूँ। वहाँ एक बुज़ुर्ग कुछ दिनों से ठहरे हुए हैं। उन्हीं के पास हर रोज़ जाता हूँ कि हमारे दिन फिर जाएँ..."

"कुछ उन्होंने तुमसे कहा?"

---

1. अल्लाहवाला।

"नहीं, अभी वह मेहरबान नहीं हुए...पर सुलताना, मैं जो उनकी ख़िदमत कर रहा हूँ, वह अकारत कभी नहीं जाएगा। अल्लाह का फ़ज़्ल शामिले-हाल रहा तो ज़रूर वारे-न्यारे हो जाएँगे।"

सुलताना के दिमाग़ में मुहर्रम मनाने का ख़याल समाया हुआ था। ख़ुदाबख़्श से रोनी आवाज़ में कहने लगी : "तुम सारा-सारा दिन बाहर ग़ायब रहते हो...मैं यहाँ पिंजरे में क़ैद रहती हूँ। कहीं जा सकती हूँ, न आ सकती हूँ। मुहर्रम सिर पर आ गया है। कुछ तुमने इसकी भी फ़िक्र की कि मुझे काले कपड़े चाहिए। घर में फूटी कौड़ी तक नहीं। कंगनियाँ थीं सो वो एक-एक करके बिक गईं। अब तुम्हीं बताओ, क्या होगा...यूँ फ़क़ीरों के पीछे कब तक मारे-मारे फिरा करोगे। मुझे तो ऐसा दिखाई देता है कि यहाँ देहली में ख़ुदा ने भी हमसे मुँह मोड़ लिया है। मेरी सुनो तो अपना काम शुरू कर दो। कुछ तो सहारा हो ही जाएगा..."

ख़ुदाबख़्श दरी पर लेट गया और कहने लगा : "पर यह काम शुरू करने के लिए भी तो थोड़ा-बहुत सरमाया चाहिए...ख़ुदा के लिए अब ऐसी दुख-भरी बातें न करो। मुझसे अब यह बर्दाश्त नहीं हो सकतीं। मैंने सचमुच अम्बाला छोड़ने में सख़्त ग़लती की, पर जो करता है, अल्लाह ही करता है और हमारी बेहतरी के लिए ही करता है। क्या पता है, कुछ देर और तकलीफ़ें बर्दाश्त करने के बाद हम..."

सुलताना ने बात काटकर कहा : "तुम ख़ुदा के लिए कुछ करो। चोरी करो या डाका डालो, पर मुझे एक शलवार का कपड़ा ज़रूर ला दो। मेरे पास सफ़ेद बोसकी की कमीज़ पड़ी है, उसको मैं रँगवा लूँगी। सफ़ेद नेनून का एक नया दुपट्टा भी मेरे पास मौजूद है, वही जो तुमने मुझे दीवाली पर लाकर दिया था। यह भी क़मीज़ के साथ ही रँगवा लिया जाएगा। एक सिर्फ़ शलवार की कसर है, सो वो तुम किसी न किसी तरह पैदा कर दो...देखो, तुम्हें मेरी जान की क़सम! किसी न किसी तरह ज़रूर ला दो...मेरी भत्ती[1] खाओ, अगर न लाओ..."

ख़ुदाबख़्श उठ बैठा : "अब तुम ख़्वाहमख़्वाह ज़ोर दिए चली जा रही हो...मैं कहाँ से लाऊँगा...अफ़ीम खाने के लिए तो मेरे पास एक पैसा तक नहीं..."

"कुछ भी करो मगर मुझे साढ़े चार गज़ काली साटन ला दो।"

---

1. मृतक की स्मृति में खिलाया जानेवाला भोजन।

"दुआ करो कि आज रात ही अल्लाह दो-तीन आदमी भेज दे..."

"तुम कुछ नहीं करोगे...तुम अगर चाहो तो ज़रूर इतने पैसे पैदा कर सकते हो...जंग से पहले यह साटन बारह-चौदह आने गज़ मिल जाती थी, अब सवा रुपए गज़ के हिसाब से मिलती है। साढ़े चार गज़ों पर कितने रुपए ख़र्च हो जाएँगे?"

"अब तुम कहती हो तो मैं कोई हीला करूँगा।" यह कहकर ख़ुदाबख़्श उठा : "लो, अब इन बातों को भूल जाओ। मैं होटल से खाना ले आऊँ।"

होटल से खाना आया। दोनों ने मिलकर ज़हरमार[1] किया और सो गए। सुबह हुई तो ख़ुदाबख़्श पुराने क़िले वाले फ़क़ीर के पास चला गया और सुलताना अकेली रह गई। कुछ देर लेटी रही, कुछ देर सोई रही। कुछ देर इधर-उधर कमरों में टहलती रही—दोपहर का खाना खाने के बाद उसने अपना सफ़ेद नेनून का दुपट्टा और सफ़ेद बोसकी की कमीज़ निकाली और नीचे लांड्रीवाले को रँगने के लिए दे आई। कपड़े धोने के अलावा वहाँ रँगने का काम भी होता था। यह काम करने के बाद उसने वापस आकर फ़िल्मों की किताबें पढ़ीं, जिनमें उसके देखे हुए फ़िल्मों की कहानी और गीत छपे हुए थे। ये किताबें पढ़ते-पढ़ते वह सो गई। जब उठी तो चार बज चुके थे। क्योंकि धूप आँगन में से मोरी के पास पहुँच चुकी थी। नहा-धोकर फ़ारिग़ हुई तो गर्म चादर ओढ़कर बालकनी में आ खड़ी हुई। क़रीब एक घंटा सुलताना बालकनी में खड़ी रही—अब शाम हो गई थी। बत्तियाँ रौशन हो रही थीं।

नीचे सड़क में रौनक़ के आसार नज़र आने लगे। सर्दी में थोड़ी-सी शिद्दत[2] हो गई मगर सुलताना को यह नागवार मालूम न हुई। वह सड़क पर आते-जाते ताँगों और मोटरों की तरफ़ एक अर्से से देख रही थी। दफ़्अतन[3] उसे शंकर नज़र आया। मकान के नीचे पहुँचकर उसने गर्दन ऊँची की और सुलताना की तरफ़ देखकर मुस्करा दिया। सुलताना ने ग़ैरइरादी तौर पर हाथ का इशारा किया और उसे ऊपर बुला लिया।

जब शंकर ऊपर आ गया तो सुलताना बहुत परेशान हुई कि उससे क्या कहे। दरअसल उसने ऐसे ही बिला सोचे-समझे उसे इशारा कर दिया था। शंकर बेहद मुतमइन[4] था, जैसे यह उसका अपना घर है। चुनांचे बड़ी बेतकल्लुफ़ी से पहले रोज़ की तरह वह गावतकिया सिर के नीचे रखकर लेट गया।

1. ज़बर्दस्ती खाना, 2. तीव्रता, 3. सहसा, अचानक, 4. सन्तुष्ट।

जब सुलताना ने देर तक उससे कोई बात न की तो उसने कहा : "तुम मुझे सौ दफ़ा बुला सकती हो और सौ दफ़ा ही कह सकती हो कि चले जाओ...मैं ऐसी बातों पर कभी नाराज़ नहीं हुआ करता।"

सुलताना शशोपंज[1] में गिरफ़्तार हो गई। कहने लगी : "नहीं बैठो, तुम्हें जाने को कौन कहता है..."

शंकर इस पर मुस्करा दिया : "तो मेरी शर्तें तुम्हें मंजूर हैं?"

"कैसी शर्तें?" सुलताना ने हँसकर कहा : "क्या निकाह कर रहे हो मुझसे?"

"निकाह और शादी कैसी? न तुम उम्र-भर किसी से निकाह करोगी, न मैं। यह रस्में हम लोगों के लिए नहीं...छोड़ो इन फ़ुज़ूलियात को, कोई काम की बात करो..."

"बोलो, क्या बात करूँ?"

"तुम औरत हो...कोई ऐसी बात शुरू करो, जिससे दो घड़ी दिल बहल जाए। इस दुनिया में सिर्फ़ दुकानदारी ही दुकानदारी नहीं, कुछ और भी है..."

सुलताना ज़ेहनी तौर पर अब शंकर को क़बूल कर चुकी थी, कहने लगी : "साफ़-साफ़ कहो, तुम मुझसे क्या चाहते हो?"

"जो दूसरे चाहते हैं।" शंकर उठकर बैठ गया।

"तुममें और दूसरों में फिर फ़र्क़ ही क्या रहा?..."

"तुममें और मुझमें कोई फ़र्क़ नहीं। उनमें और मुझमें ज़मीन-आसमान का फ़र्क़ है, ऐसी बहुत-सी बातें होती हैं जो पूछना नहीं चाहिए, ख़ुद समझना चाहिए।"

सुलताना ने थोड़ी देर तक शंकर की इस बात को समझने की कोशिश की, फिर कहा : "मैं समझ गई..."

"तुम जीते, मैं हारी। पर मैं कहती हूँ, आज तक किसी ने ऐसी बात क़बूल न की होगी।"

"तुम ग़लत कहती हो...इसी महल्ले में तुम्हें ऐसी सादालौह औरतें भी मिल जाएँगी, जो कभी यक़ीन नहीं करेंगी कि औरत ऐसी ज़िल्लत[2] क़बूल कर सकती है, जो तुम बग़ैर किसी एहसास के क़बूल करती रही हो। लेकिन उनके न यक़ीन करने के बावजूद तुम हज़ारों की तादाद में मौजूद हो...तुम्हारा नाम सुलताना है न?"

---

1. असमंजस, 2. नीचता।

"सुलताना ही है..."

शंकर उठ खड़ा हुआ और हँसने लगा : "मेरा नाम शंकर है...यह नाम भी अजीब ऊटपटाँग होते हैं। चलो आओ, अन्दर चलें..."

शंकर और सुलताना दरीवाले कमरे में वापस आए तो दोनों हँस रहे थे, न जाने किस बात पर। जब शंकर जाने लगा तो सुलताना ने कहा : "शंकर, मेरी एक बात मानोगे?"

शंकर ने जवाबन कहा : "पहले बात बताओ।"

सुलताना कुछ झेंप-सी गई : "तुम कहोगे कि मैं दाम वसूल करना चाहती हूँ मगर..."

"कहो-कहो...रुक क्यों गई हो?"

सुलताना ने जुर्रत[1] से काम लेकर कहा : "बात यह है कि मुहर्रम आ रहा है और मेरे पास इतने पैसे नहीं कि मैं काली शलवार बनवा सकूँ...यहाँ के सारे दुखड़े तो तुम मुझसे सुन ही चुके हो। क़मीज़ और दुपट्टा मेरे पास मौजूद था, जो मैंने आज रँगवाने के लिए दे दिया है।"

शंकर ने यह सुनकर कहा : "तुम चाहती हो कि मैं तुम्हें कुछ रुपए दे दूँ, जो तुम काली शलवार बनवा सको।"

सुलताना ने फ़ौरन ही कहा : "नहीं, मेरा मतलब यह है कि अगर हो सके तो तुम मुझे एक काली शलवार ला दो।"

शंकर मुस्कराया : "मेरी जेब में तो इत्तिफ़ाक़ ही से कभी कुछ होता है। बहरहाल मैं कोशिश करूँगा। मुहर्रम की पहली तारीख़ को तुम्हें यह शलवार मिल जाएगी...लो, बस अब ख़ुश हो गईं ना।" फिर सुलताना के बुंदों की तरफ़ देखकर उसने पूछा : "क्या यह बुंदे तुम मुझे दे सकती हो?"

सुलताना ने हँसकर कहा : "तुम इनका क्या करोगे ? चाँदी के मामूली बुंदे हैं। ज़्यादा से ज़्यादा पाँच रुपए के होंगे।"

इस पर शंकर ने कहा : "मैंने तुमसे बुंदे माँगे हैं, इनकी क़ीमत नहीं पूछी। बोलो देती हो?"

"ले लो..." यह कहकर सुलताना ने बुंदे उतारकर शंकर को दे दिए। फिर उसे अफ़सोस हुआ, मगर शंकर जा चुका था।

---

1. साहस।

सुलताना को क़त्अन यक़ीन नहीं था कि शंकर अपना वादा पूरा करेगा मगर आठ रोज़ के बाद मुहर्रम की पहली तारीख़ को सुबह नौ बजे दरवाज़े पर दस्तक हुई। सुलताना ने दरवाज़ा खोला तो शंकर खड़ा था। अख़बार में लिपटी हुई चीज़ उसने सुलताना को दी और कहा : ''साटन की काली शलवार है...देख लेना शायद लम्बी हो...अब मैं चलता हूँ...''

शंकर शलवार देकर चला गया और कोई बात उसने सुलताना से न की। उसकी पतलून में शिकनें पड़ी हुई थीं। बाल बिखरे हुए थे। ऐसा मालूम होता था कि अभी-अभी सोकर उठा है और सीधा इधर ही चला आया है।

सुलताना ने काग़ज़ खोला, साटन की काली शलवार थी। वैसी ही जैसी कि वह मुख़्तार के पास देखकर आई थी। सुलताना बहुत ख़ुश हुई। बुंदों और उस सौदे का जो अफ़सोस उसे हुआ था, उस शलवार ने और शंकर की वादाईफ़ाई[1] ने दूर कर दिया।

दोपहर को वह नीचे लांड्रीवाले से अपनी रँगी हुई क़मीज़ और दुपट्टा ले आई। तीनों काले कपड़े जब उसने पहन लिये तो दरवाज़े पर दस्तक हुई।

सुलताना ने दरवाज़ा खोला तो मुख़्तार अन्दर दाख़िल हुई। उसने सुलताना के तीनों कपड़ों की तरफ़ देखा और कहा : ''क़मीज़ और दुपट्टा तो रँगा हुआ मालूम होता है। पर यह शलवार नई है...कब बनवाई ?''

सुलताना ने जवाब दिया : ''आज ही दरज़ी लाया है...'' यह कहते हुए उसकी नज़रें मुख़्तार के कानों पर पड़ीं : ''यह बुंदें तुमने कहाँ से लिये ?''

मुख़्तार ने जवाब दिया : ''आज ही मँगवाए हैं...''

इसके बाद दोनों को थोड़ी देर ख़ामोश रहना पड़ा।

---

1. पूरा करना।

सहाय

"यह मत कहो कि एक लाख हिन्दू और एक लाख मुसलमान मरे हैं...यह कहो कि दो लाख इंसान मरे हैं...और यह इतनी बड़ी ट्रेजडी नहीं कि दो लाख इंसान मरे हैं, ट्रेजडी असल में यह है कि मरनेवाले किसी भी खाते में नहीं गए...एक लाख हिन्दू मारकर मुसलमानों ने यह समझा होगा कि हिन्दू मज़हब मर गया है, लेकिन वह ज़िन्दा है और ज़िन्दा रहेगा...इसी तरह एक लाख मुसलमान क़त्ल करके हिन्दुओं ने बग़लें बजाई होंगी कि इस्लाम ख़त्म हो गया है, मगर हक़ीक़त आपके सामने है कि इस्लाम पर एक हल्की-सी ख़राश भी नहीं आई...वे लोग बेवकूफ़ हैं जो समझते हैं कि बन्दूक़ों से मज़हब शिकार किए जा सकते हैं...मज़हब, दीन, ईमान, धर्म, यक़ीन, अक़ीदत, यह सब जो कुछ भी है, हमारे जिस्म में नहीं, रूह में होता है...छुरे, चाकू और गोली से यह सब कैसे फ़ना हो सकता है... ।" मुम्ताज़ उस रोज़ बहुत ही पुरजोश था।

हम सिर्फ़ तीन थे जो उसे जहाज़ पर छोड़ने के लिए आए थे—वह एक ग़ैर मुतऐयिन[1] अर्से के लिए हमसे जुदा होकर पाकिस्तान जा रहा था; पाकिस्तान, जिसके वुजूद के मुताल्लिक़ हममें से किसी को वहमो-गुमान भी न था।

हम तीनों हिन्दू थे—मग़रिबी[2] पंजाब में हमारे रिश्तेदारों को बहुत माली और जानी नुक़सान उठाना पड़ा था, ग़ालिबन यही वजह थी कि मुम्ताज़ हमसे जुदा हो रहा था।

जुगल को लाहौर से ख़त मिला कि फ़सादात में उसका चचा मारा गया है तो उसे बहुत सदमा हुआ, चुनांचे इसी सदमे के ज़ेरे-असर बातों-बातों में एक दिन उसने मुम्ताज़ से कहा : "मैं सोच रहा हूँ, अगर हमारे महल्ले में फ़साद शुरू हो जाए तो मैं क्या करूँगा... !" मुम्ताज़ ने उससे पूछा : "क्या करोगे... ?"

1. अनिश्चित, 2. पश्चिमी।

जुगल ने बड़ी संजीदगी के साथ जवाब दिया : "मैं सोच रहा हूँ...बहुत मुम्किन है, मैं तुम्हें मार डालूँ..." यह सुनकर मुम्ताज़ बिलकुल ख़ामोश हो गया। उसकी यह ख़ामोशी तक़रीबन आठ रोज़ तक क़ायम रही और उस वक़्त टूटी जब उसने अचानक हमें बताया कि वह पौने चार बजे समुंदरी जहाज़ से कराची जा रहा है।

हम तीनों में से किसी ने भी उसके इस इरादे के मुताल्लिक़ बातचीत न की।

जुगल को इस बात का शदीद[1] एहसास था कि मुम्ताज़ की रवानगी का बायस उसका यह जुमला है : 'मैं सोच रहा हूँ...बहुत मुम्किन है, मैं तुम्हें मार डालूँ...!' ग़ालिबन वह अब तक यही सोच रहा था कि वह मुश्तइल[2] होकर मुम्ताज़ को मार सकता है या नहीं, मुम्ताज़ को, जो कि उसका जिगरी दोस्त था—यही वजह है कि वह हम तीनों में सबसे ज़्यादा ख़ामोश था।

अजीब बात यह है कि मुम्ताज़ ग़ैरमामूली तौर पर बातूनी हो गया था, ख़ास तौर पर रवानगी से चन्द घंटे पहले।

सुबह उठते ही उसने पीना शुरू कर दी—असबाब वग़ैरह कुछ इस अन्दाज़ से बाँधा और बँधवाया जैसे वह कहीं सैरो-तफ़्रीह के लिए जा रहा है—ख़ुद ही बात करता था और ख़ुद ही हँस देता था...कोई और देखता तो यही समझता कि मुम्ताज़ बम्बई छोड़ने में नाक़ाबिले-बयान मसर्रत[3] महसूस कर रहा है, लेकिन हम तीनों अच्छी तरह जानते थे कि वह सिर्फ़ अपने ज़ज़्बात छिपाने के लिए हमें और अपने आपको धोखा देने की कोशिश कर रहा है।

मैंने बहुत चाहा कि उससे उसकी यकलख़्त रवानगी के मुताल्लिक़ बात करूँ। इशारतन मैंने जुगल से भी कहा कि वह बात छेड़े, मगर मुम्ताज़ ने हमें कोई मौक़ा ही न दिया।

जुगल तीन-चार पैग पीकर और भी ज़्यादा ख़ामोश हो गया और दूसरे कमरे में जाकर लेट गया।

मैं और ब्रिजमोहन, हम दोनों मुम्ताज़ के साथ रहे—उसे कई बिल अदा करने थे, डॉक्टरों की फ़ीसें देनी थीं, लांड्री से कपड़े लाने थे—यह सब काम उसने हँसते-खेलते किए, लेकिन जब उसने नाके के होटल के बाज़ूवाली दुकान से एक पान लिया तो उसकी आँखों में आँसू आ गए। ब्रिजमोहन के

1. तीव्र. 2. क्रोधित, 3. प्रसन्नता।

काँधे पर हाथ रखकर, वहाँ से चलते हुए उसने हौले-से कहा : "याद है ब्रिज, आज से दस बरस पहले जब हमारा हाल बहुत पतला था, गोविन्द ने हमें एक रुपया उधार दिया था...।"

रास्ते में मुम्ताज़ ख़ामोश रहा, मगर घर पहुँचते ही उसने फिर बातों का लामुतनाही[1] सिलसिला शुरू कर दिया, ऐसी बातों का जिनका सिर था न पैर, लेकिन उसकी बातें कुछ ऐसी पुरख़ुलूस[2] थीं कि मैं और ब्रिजमोहन बराबर उनमें हिस्सा लेते रहे—जब रवानगी का वक़्त क़रीब आया तो जुगल भी शामिल हो गया।

टैक्सी बंदरगाह की तरफ़ चली तो सब ख़ामोश हो गए।

मुम्ताज़ की नज़रें बम्बई के वसी और कुशादा[3]...बाज़ारों को अलविदा कहती रहीं, हत्ता कि टैक्सी अपनी मंज़िले-मक़सूद तक पहुँच गई—बेहद भीड़ थी, हज़ारहा रिफ़्यूजी जा रहे थे, ख़ुशहाली बहुत कम और बदहाली बहुत ज़्यादा—बेपनाह हुजूम था, लेकिन मुझे ऐसा महसूस हो रहा था कि अकेला मुम्ताज़ जा रहा है; हमें छोड़कर वह ऐसी जगह जा रहा है जो उसकी देखी-भाली हुई नहीं है, जो उसके मानूस बनाने पर भी अजनबी रहेगी—यह मेरा अपना ख़याल था; मैं कह नहीं सकता कि मुम्ताज़ क्या सोच रहा था।

जब सारा सामान केबिन में पहुँचा दिया गया तो मुम्ताज़ हमें अरशे[4] पर ले गया—उधर, जहाँ आसमान और समन्दर आपस में मिल रहे थे। मुम्ताज़ देर तक उधर देखता रहा, फिर उसने जुगल का हाथ अपने हाथ में लेकर कहा : "यह महज़ फ़रेबे-नज़र है...आसमान और समन्दर का मिलना...लेकिन यह फ़रेबे-नज़र किस क़दर दिलकश है...यह मिलाप...।"

जुगल ख़ामोश रहा, ग़ालिबन उस वक़्त भी उसके दिलो-दिमाग़ में उसकी कही हुई बात चुटकियाँ ले रही थी : "मैं सोच रहा हूँ...बहुत मुम्किन है, मैं तुम्हें मार डालूँ...!"

मुम्ताज़ ने जहाज़ के बार से ब्रांडी मँगवाई, क्योंकि वह सुबह से यही पी रहा था—हम चारों गिलास हाथ में लिये जँगले के साथ खड़े थे—रिफ़्यूजी धड़ाधड़ जहाज में सवार हो रहे थे—क़रीब-क़रीब साकिन समन्दर पर आबी परिंदे मँडला रहे थे।

---

1. अमीम, 2. निष्कपट, 3. विस्तृत, 4. जहाज़ की खुली छत (डेक)।

जुगल ने दफ़अतन एक ही जुरऐ में अपना गिलास ख़त्म किया और निहायत ही भोंड़े अन्दाज़ में मुम्ताज़ से कहा : "मुझे माफ़ कर देना मुम्ताज़...मेरा ख़याल है, मैंने उस रोज़ तुम्हें दुख पहुँचाया था...!"

मुम्ताज़ ने थोड़े तवक़्क़ुफ़ के बाद जुगल से सवाल किया : "जब तुमने कहा था, 'मैं सोच रहा हूँ...बहुत मुम्किन है, मैं तुम्हें मार डालूँ...!' क्या उस वक़्त वाक़ई तुमने यही सोचा था...क्या तुम नेकदिली से इसी नतीजे पर पहुँचे थे...?"

जुगल ने इस्बात[1] पर सिर हिलाया "लेकिन मुझे अफ़सोस है...।"

"तुम मुझे मार डालते तो तुम्हें ज़्यादा अफ़सोस होता..." मुम्ताज़ ने बड़े फ़लसफ़ियाना अन्दाज़ में कहा : "लेकिन सिर्फ़ उस सूरत में...अगर तुमने ग़ौर किया होता कि तुमने मुम्ताज़ को...एक मुसलमान को...एक दोस्त को नहीं बल्कि एक इंसान को मारा है...वह अगर हरामजादा था तो तुमने उसकी हरामज़दगी को नहीं बल्कि खुद उसको मार डाला है...वह अगर मुसलमान था तो तुमने उसकी मुसलमानी को नहीं, उसकी हस्ती को ख़त्म किया है...अगर उसकी लाश मुसलमानों के हाथ आ जाती तो क़ब्रिस्तान में एक क़ब्र का इज़ाफ़ा हो जाता, लेकिन दुनिया में एक इंसान कम हो जाता...।"

थोड़ी देर ख़ामोश रहने और कुछ सोचने के बाद उसने फिर बोलना शुरू किया : "हो सकता है, मेरे हममज़हब मुझे शहीद कहते, लेकिन ख़ुदा की क़सम, अगर मुम्किन होता तो मैं क़ब्र फाड़कर चिल्लाना शुरू कर देता : 'मुझे शहादत का यह रुतबा क़ुबूल नहीं...मुझे यह डिग्री नहीं चाहिए जिसके लिए मैंने इम्तिहान दिया ही नहीं...।' लाहौर में तुम्हारे चचा को एक मुसलमान ने मार डाला; तुमने यह ख़बर बम्बई में सुनी और मुझे क़त्ल कर दिया...बताओ, तुम्हारा चचा और मैं किस तमग़े के मुस्तहिक़[2] हैं, और तुम्हारे चचा का क़ातिल और तुम किस ख़िल्अत[3] के हक़दार हो...मैं तो यह कहूँगा कि मरनेवाले कुत्ते की मौत मरे और मारनेवालों ने बेकार...बिलकुल बेकार अपने हाथ ख़ून से रँगे...।"

बातें करते-करते मुम्ताज़ बहुत ज़्यादा जज़्बाती हो गया, लेकिन इस ज़्यादती में ख़ुलूस बराबर का था; मेरे दिल पर ख़ुसूसन[4] उसकी इस बात का बहुत असर हुआ कि 'मज़हब, दीन, ईमान, धर्म, यक़ीन, अक़ीदत, यह सब जो कुछ भी है, हमारे जिस्म में नहीं, रूह में होता है...छुरे, चाक़ू और गोली से

1. स्वीकारोक्ति, 2. योग्य, 3. वह पोशाक जो सम्मानस्वरूप प्राप्त हो, 4. विशेष रूप से।

यह सब कैसे फ़ना हो सकता है...!' चुनांचे मैंने उससे कहा : "तुम बिलकुल ठीक कहते हो...।"

यह सुनकर मुम्ताज़ ने अपने ख़यालात का जाइज़ा लिया और फिर क़दरे-बेचैनी से कहा : "नहीं, बिलकुल ठीक नहीं...। मेरा मतलब है कि यह सब ठीक तो है, लेकिन मैं जो कुछ कहना चाहता हूँ, शायद अच्छी तरह अदा नहीं कर सका...मज़हब से मेरी मुराद यह मज़हब नहीं, यह धर्म नहीं जिसमें हममें से निन्यानवे फ़ीसदी मुब्तला[1] हैं...मेरी मुराद उस ख़ास चीज़ से है जो एक इंसान को दूसरे इंसानों के मुक़ाबले में जुदागाना हैसियत बख़्शती है...वह चीज़ जो इंसान को हक़ीक़त में इंसान साबित करती है...लेकिन यह चीज़ क्या है...अफ़सोस कि मैं इसे हथेली पर रखकर नहीं दिखा सकता...।" यह कहते-कहते एकदम उसकी आँखों में चमक-सी पैदा हुई और उसने जैसे ख़ुद से पूछना शुरू किया : "...लेकिन उसमें वह कौन-सी ख़ास बात थी...? वह तो कट्टर हिन्दू था...पेशा भी निहायत ही ज़लील...लेकिन इसके बावजूद उसकी रूह किस क़दर रौशन थी...!"

मैंने पूछा : "किसकी...?"

"एक भड़वे की...।"

हम तीनों चौंक पड़े।

मुम्ताज़ के लहज़े में कोई तक़ल्लुफ़ नहीं था, इसलिए मैंने संजीदगी से पूछा : "एक भड़वे की...?"

मुम्ताज़ ने इस्बात में सिर हिलाया : "मुझे हैरत है कि वह कैसा इंसान था और ज़्यादा हैरत इस बात की है कि यह उर्फ़े-आम[2] में एक भड़वा था, औरतों का दल्लाल...लेकिन उसका ज़मीर बहुत साफ़ था...।"

मुम्ताज़ थोड़ी देर के लिए रुक गया, जैसे वह पुराने वाक़िआत अपने दिमाग़ में ताज़ा कर रहा हो; चन्द लम्हात के बाद उसने फिर बोलना शुरू किया : "उसका पूरा नाम मुझे याद नहीं, शायद सहाय था...बनारस का रहनेवाला; बहुत ही सफ़ाईपसन्द...वह जगह जहाँ वह रहता था, बहुत ही छोटी थी, मगर उसने बड़े सलीके से उसे मुख़्तलिफ़ ख़ानों में तक़सीम कर रखा था; परदे का माक़ूल इंतिज़ाम था; चारपाइयाँ और पलंग नहीं थे लेकिन गदेले और गाव-तकिए मौजूद थे, चादरें और ग़िलाफ़ वग़ैरह हमेशा उजले रहते थे...नौकर

1. फँसे हुए, 2. सामान्य रूप से।

मौजूद था मगर सफ़ाई सहाय ख़ुद अपने हाथ से करता था, सिर्फ़ सफ़ाई ही नहीं, हर काम; और वह सर से बला कभी नहीं टालता था; धोखा और फ़रेब नहीं करता था...रात ज़्यादा गुज़र गई है और आपको शराब की ज़रूरत है तो वह साफ़ कह देता था कि साहब, पानी मिली शराब मिलेगी, अपने पैसे ज़ाया न कीजिए...अगर किसी लड़की के मुताल्लिक़ उसे शक है तो वह छुपाता नहीं था...और तो और, उसने मुझे यह भी बता दिया था कि वह तीन बरस के अर्से में बीस हज़ार रुपए कमा चुका है, हर दस रुपयों में से ढाई रुपए कमीशन ले-लेकर...उसे सिर्फ़ दस हज़ार और बनाने थे...मालूम नहीं, सिर्फ़ दस हज़ार ही और क्यों, ज़्यादा क्यों नहीं...उसने मुझसे कहा था कि तीस हज़ार रुपए पूरे करके वह बनारस वापस चला जाएगा और बज़ाज़ी की दुकान खोलेगा...मैं यह भी नहीं कह सकता कि वह सिर्फ़ बज़ाज़ी ही की दुकान खोलने का आर्ज़ूमन्द क्यों था!''

मैं यहाँ तक सुन चुका तो मेरे मुँह से निकला : ''अजीबो-ग़रीब आदमी था...!''

मुम्ताज़ ने अपनी गुफ़्तगू जारी रखी : ''मेरा ख़याल था कि वह सर-ता-पा बनावट है, एक बहुत बड़ा फ्राड है...कौन यक़ीन कर सकता है कि वह उन तमाम लड़कियों को, जो उसके धन्धे में शरीक थीं, अपनी बेटियाँ समझता था, यह भी उस वक़्त मेरे लिए बईद-अज़-फ़हम[1] था कि उसने हर लड़की के नाम पर पोस्ट ऑफ़िस में सेविंग एकाउंट खोल रखा था और हर महीने लड़की की कुल आमदनी वहाँ जमा कराता था, और यह बात तो बिलकुल नाक़ाबिले-यक़ीन थी कि वह दस-बारह लड़कियों के खाने-पीने का ख़र्च अपनी जेब से अदा करता है...उसकी हर बात मुझे ज़रूरत से ज़्यादा बनावटी मालूम होती थी...एक दिन मैं उसके यहाँ गया तो उसने मुझसे कहा : 'अमीना और सकीना, दोनों छुट्टी पर हैं...मैं हर हफ़्ते दोनों को छुट्टी दे देता हूँ ताकि बाहर जाकर किसी होटल में मांस वग़ैरह खा सकें...यहाँ तो, आप जानते हैं, सब वैष्णव हैं...' मैं मुस्कराया और मैंने सोचा कि साला मुझे बना रहा है...एक दिन उसने मुझे बताया कि अहमदाबाद की उस हिन्दू लड़की ने, जिसकी शादी उसने एक मुसलमान ग्राहक से करा दी थी, उसे लाहौर से ख़त लिखा है कि दाता साहब के दरबार में लड़की ने एक मिन्नत मानी थी जो पूरी हो गई है, और अब उसने

1. समझ से बाहर।

सहाय के लिए मिन्नत मानी है कि जल्दी-जल्दी तीस हज़ार रुपए पूरे हो जाएँ कि वह बनारस जाकर बज़ाज़ी की दुकान खोल सके...यह सुनकर तो मैं हँस पड़ा...मैंने सोचा, मैं मुसलमान हूँ, इसीलिए मुझे ख़ुश करने की कोशिश कर रहा है...!''

मैंने मुम्ताज़ से पूछा : ''तुम्हारा ख़याल ग़लत था...?''

''बिलकुल...! उसके क़ोलो-फ़ेल[1] में कोई बोद[2] नहीं था...हो सकता है उसमें कोई ख़ामी हो; बहुत मुम्किन है उससे अपनी ज़िन्दगी में कई लग़्ज़िशें[3] सरज़द[4] हुई हों, मगर वह एक बहुत ही उम्दा इंसान था...!''

जुगल ने सवाल किया : ''यह तुम्हें कैसे मालूम हुआ...?''

''उसकी मौत पर...!'' यह कहकर मुम्ताज़ कुछ अर्से के लिए ख़ामोश हो गया; थोड़ी देर के बाद उसने उधर देखना शुरू किया जहाँ आसमान और समुंदर धुँधली-सी आग़ोश में सिमटे हुए थे : ''फ़सादात शुरू हो चुके थे...मैं अलस्सुबह उठकर भिंडी बाज़ार से गुज़र रहा था...क़र्फ़्यू के बायस बाज़ार में आमदो-रफ़्त बहुत ही कम थी, ट्राम भी नहीं चल रही थी...टैक्सी की तलाश में चलते-चलते जब मैं जे.जे. हस्पताल के पास पहुँचा तो फ़ुटपाथ पर एक आदमी को मैंने बड़े-से टोकरे के पास गठरी-सी बने हुए देखा...मैंने सोचा, कोई पाटीवाला सो रहा है, लेकिन जब मैंने पत्थर के टुकड़ों पर ख़ून के लोथड़े देखे तो रुक गया...वारदात क़त्ल की थी...मैंने सोचा, अपना रास्ता लूँ मगर गठरी में हरकत पैदा हुई...मैं फिर रुक गया...आसपास कोई न था। मैंने झुककर उसकी तरफ़ देखा...मुझे सहाय का जाना-पहचाना चेहरा नज़र आया, ख़ून के धब्बों से भरा हुआ...मैं उसके पास फ़ुटपाथ पर बैठ गया और उसे ग़ौर से देखा...उसकी टुइल की सफ़ेद क़मीस जो, हमेशा बेदाग़ हुआ करती थी, लहू से लुथड़ी हुई थी, ज़ख़्म शायद पसलियों के पास था...उसने हौले-हौले कराहना शुरू किया तो मैंने उसे एहतियात से कन्धा पकड़कर हिलाया, जैसे किसी सोते को जगाया जाता है; एक-दो बार मैंने उसको नामुकम्मल नाम से भी पुकारा...मैं उठकर जाने ही वाला था कि उसने अपनी आँखें खोल दीं; देर तक वह उन अधखुली आँखों से टकटकी बाँधे मुझे देखता रहा; फिर एकदम उसके सारे बदन में तशन्नुज[5] की-सी कैफ़ियत पैदा हुई और उसने मुझे पहचानकर कहा : 'आप...आप...?' मैंने उससे ऊपर-तले बहुत-सी बातें पूछना शुरू कर

1. करनी एवं कथनी, 2. अन्तर, 3. ग़लती, 4. घटित, 5. ऐंठन।

दीं कि वह कैसे इधर आया, किसने उसको ज़ख़्मी किया, कब से वह फ़ुटपाथ पर पड़ा है और कि सामने हस्पताल है, क्या मैं वहाँ इत्तिला...दूँ? उसमें बोलने की ताक़त नहीं थी। जब मैंने सारे सवाल कर डाले तो कराहते हुए उसने बड़ी मुश्किल से यह अल्फ़ाज़ कहे : 'मेरे दिन पूरे हो चुके थे...भगवान को यही मंजूर था...!' भगवान को जाने क्या मंजूर था, लेकिन मुझे यह मंजूर नहीं था कि मैं मुसलमान होकर, मुसलमानों के इलाक़े में एक आदमी को जिसके मुताल्लिक़ मैं जानता था कि हिन्दू है, इस एहसास के साथ मरता हुआ देखूँ कि उसको मारनेवाला मुसलमान था और आख़िरी वक़्त में उसकी मौत के सिरहाने जो आदमी खड़ा था, वह भी मुसलमान था...मैं डरपोक तो नहीं, लेकिन उस वक़्त मेरी हालत डरपोकों से बदतर थी; एक तरफ़ यह ख़ौफ़ दामनगीर था कि मुम्किन है, मैं ही पकड़ा जाऊँ, दूसरी तरफ़ यह डर था कि पकड़ा न भी गया मगर 'पूछगछ' के लिए ज़रूर धर लिया जाऊँगा...एक बार यह ख़याल आया कि अगर मैं उसे हस्पताल ले गया तो कहीं वह इंतिक़ामन मुझे फँसा न दे; सोचे, मरना तो है ही, क्यों न इसे साथ लेकर मरूँ...इस क़िस्म की बातें सोचकर मैं चलने ही वाला था, बल्कि यूँ कहिए कि भागने ही वाला था कि उसने मुझे पुकारा...मैं ठहर गया; न ठहरने के इरादे के बावजूद मेरे क़दम रुक गए...मैंने उसकी तरफ़ इस अन्दाज़ से देखा, गोया उससे कह रहा हूँ कि जल्दी करो मियाँ, मुझे जाना है...उसने दर्द की तकलीफ़ से दोहरा होते हुए बड़ी मुश्किल से अपनी क़मीस के बटन खोले और अन्दर हाथ डाला, मगर जब कुछ और करने की उसमें हिम्मत न रही तो उसने मुझसे कहा : 'नीचे बंडी है...इधर की जेब में कुछ ज़ेवर और बारह सौ रुपए हैं... यह...यह सुलताना का माल है...मैंने...मैंने एक दोस्त के पास रखा हुआ था...आज उसे...आज उसे भेजनेवाला था...क्योंकि...क्योंकि, आप जानते हैं कि...कि ख़तरा बहुत बढ़ गया है...आप उसे दे दीजिएगा और कहिएगा कि वह फ़ौरन चली जाए...लेकिन...लेकिन अपना ख़याल रखिएगा...' ''

मुम्ताज़ ख़ामोश हो गया।

मुझे ऐसा महसूस हुआ कि उसकी आवाज़, सहाय की आवाज़ में जो जे.जे. हस्पताल के सामने फ़ुटपाथ पर उभरी थी, दूर, उधर जहाँ आसमान और समन्दर एक धुँधली-सी आग़ोश में मुदग़म[1] थे, हल हो रही है।

1. मिले हुए।

जहाज़ ने विसिल दिया तो मुम्ताज़ ने कहा : ''मैं सुलताना से मिला...उसको ज़ेवर और रुपया दिया तो उसकी आँखों में आँसू आ गए...!''

जब हम मुम्ताज़ से रुख़्सत होकर नीचे उतरे तो वह अरशे पर जँगले के साथ खड़ा था—उसका दाहिना हाथ हिल रहा था।

मैं जुगल से मुख़ातिब हुआ : ''क्या तुम्हें ऐसा मालूम नहीं होता कि मुम्ताज़ सहाय की रूह को बुला रहा है...हमसफ़र बनाने के लिए...?''

जुगल ने सिर्फ़ इतना कहा : ''काश, मैं सहाय की रूह होता...!''

टेटवाल का कुत्ता

कई दिन से तरफ़ैन[1] अपने-अपने मोर्चे पर जमे हुए थे। दिन में इधर और उधर से दस-बारह फ़ायर हो जाते, जिनकी आवाज़ के साथ कोई इनसानी चीख़ बुलन्द नहीं होती थी।

मौसम बहुत ख़ुशगवार था; हवा ख़ुदरौ[2] फूलों की महक में बसी हुई थी; पहाड़ियों की ऊँचाइयों और ढलवानों से जंग से बेख़बर क़ुदरत अपने मुक़र्ररा अश्ग़ाल[3] में मसरूफ़ थी; परिंदे उसी तरह चहचहा रहे थे, फूल उसी तरह खिल रहे थे और शहद की सुस्तरौ[4] मक्खियाँ उसी तरह पुराने ढंग से उन पर ऊँघ-ऊँघकर रस चूस रही थीं।

जब पहाड़ियों में किसी फ़ायर की आवाज़ गूँजती तो चहचहाते हुए परिंदे चौंककर उड़ने लगते जैसे किसी का हाथ साज़ के ग़लत तार से जा टकराया है और उनकी समाअत[5] को सद्मा पहुँचाने का मूजिब[6] हुआ है। सितम्बर का अंजाम अक्तूबर के आगाज से बड़े गुलाबी अन्दाज़ से बग़लगीर हो रहा था; ऐसा लगता था कि मौसमे-सर्मा और गर्मा में सुलह-सफ़ाई हो रही है; नीले-नीले आसमान पर धुनकी हुई रुई-जैसे पतले-पतले और हल्के-हल्के बादल तैर रहे थे जैसे अपने सफ़ेद बजरों में तफ़्रीह कर रहे हों।

पहाड़ी मोर्चों में दोनों तरफ़ के सिपाही कई दिन से बड़ी कोफ़्त महसूस कर रहे थे कि कोई फ़ैसलाकुन[7] बात क्यों वुक़ूपज़ीर[8] नहीं होती—जब वह पड़े-पड़े उकता जाते तो उनका जी चाहता कि एक-दूसरे को शेर सुनाएँ; कोई न सुने तो बस गुनगुनाते रहें—वह पथरीली ज़मीन पर औंधे या सीधे लेटे रहते थे, और जब हुक्म मिलता था तो एक-दो फ़ायर कर देते थे।

---

1. दोनों तरफ़ के, पक्ष, 2. स्वयं उगनेवाले, 3. निश्चित कार्य, 4. धीमे चलनेवाली, 5. श्रवणशक्ति, 6. कारण, 7. निर्णायक, 8. घटित।

दोनों के मोर्चे बड़ी महफ़ूज़ जगहों पर थे। गोलियाँ पूरी रफ़्तार से आती थीं और पत्थरों की ढाल के साथ टकराकर वहीं चित्त हो जाती थीं। दोनों पहाड़ियाँ, जिन पर मोर्चे थे, क़रीब-क़रीब एक क़द की थीं; दरमियान में छोटी-सी सब्ज़पोश वादी थी, जिसके सीने पर एक नाला मोटे साँप की तरह लोटता रहता था।

हवाई जहाज़ों का कोई ख़तरा नहीं था; तोपें इनके पास थीं न उनके पास; इसलिए दोनों तरफ़ बेखौफ़ो-ख़तर आग लगाई जाती; धुएँ उठते और हवाओं में घुल-मिल जाते—रात को बिलकुल ख़ामोशी होती, इसलिए कभी-कभी दोनों मोर्चों के सिपाहियों को एक-दूसरे की किसी बात पर लगाए हुए क़हक़हे सुनाई दे जाते; कभी कोई लहर में आकर गाने लगता तो उसकी आवाज़ रात के सन्नाटे को जगा देती; एक के पीछे एक सदाए-बाज़गश्त[1] गूँजती तो ऐसा लगता कि पहाड़ियाँ आमोख़्ता[2] दोहरा रही हैं।

चाय का दौर ख़त्म हो चुका था। पत्थरों के चूल्हे में चीड़ के हल्के-हल्के कोयले क़रीब-क़रीब सर्द हो चुके थे। आसमान साफ़ था। मौसम में ख़ुनुकी थी। हवा में फूलों की महक नहीं थी, जैसे रात को उन्होंने अपने इत्रदान बन्द कर लिये हों, अलबत्ता चीड़ के पसीने यानी बिरोज़े की बू थी, मगर यह भी कुछ ऐसी नागवार नहीं थी।

सब कंबल ओढ़े सो रहे थे मगर कुछ इस तरह कि हल्के-से इशारे पर उठकर लड़ने-मरने के लिए तैयार हो सकते थे।

जमादार हरनाम सिंह ख़ुद पहरे पर था। उसकी रास्कोप घड़ी में दो बजे तो उसने गंडा सिंह को जगाया और पहरे पर मुतऐयिन[3] कर दिया। उसका जी चाहा कि सो जाए, पर जब वह लेटा तो उसने आँखों से नींद को इतना दूर पाया जितने कि आसमान के सितारे—जमादार हरनाम सिंह चित्त लेटा उनकी तरफ़ देखता रहा, और फिर गुनगुनाने लगा :

जुत्ती लैणी आँ सितारियाँवाली
सितारियाँवाली
वे हरनाम सिंहा
हो यारा, भावें तेरी महीं विक जाए

हरनाम सिंह को आसमान पर हर तरफ़ सितारोंवाले जूते बिखरे नज़र आए जो झिलमिल-झिलमिल कर रहे थे।

1. प्रतिध्वनि, 2. पढ़ा हुआ, 3. नियुक्त।

जुत्ती लै दूँ सितारियाँवाली
सितारियाँवाली
नी हरनाम कौरे
हो नारे, भावें मेरी महीं विक जाए।

वह मुस्कराया और फिर यह सोचकर कि नींद नहीं आएगी, उसने सबको जगा दिया। नार के ज़िक्र ने उसके दिमाग़ में हलचल पैदा कर दी थी; वह चाहता था कि ऊटपटाँग गुफ़्तगू हो, जिससे उस बोली की हरनामकौरी कैफ़ियत पैदा हो जाए।

बातें शुरू हुईं मगर उखड़ी-उखड़ी-सी रहीं। बंता सिंह जो उन सबमें कम उम्र और ख़ुशआवाज़ था, एक तरफ़ हटकर बैठ गया; बाक़ी बज़ाहिर पुरलुत्फ़ बातें करते और जम्हाइयाँ लेते रहे; थोड़ी देर के बाद बंता सिंह ने एकदम अपनी पुरसोज़[1] आवाज़ में 'हीर' गाना शुरू कर दी :

हीर आख्या जोग्या झूठ बोलीं, कौण रुठड़े यार मनाऊँदाई
ऐसा कोई न मिल्या मैं ढूँढ़ थक्की जेहड़ा गयाँ नूँ मोड़लियाऊँदाई
इस बाज़ तो कांग ने कूँज खोई देख्याँ चुप हैं कि कुरलाऊँदाई
दुखाँ वालिया नूँ गुल्लाँ सुख दियाँ नी क़िस्से जोड़ जहान सुनाऊँदाई

फिर थोड़े वक़्फ़े के बाद उसने हीर की बातों का जवाब राँझे की ज़बान में गाया :

जेहड़े बाज़ तूँ कांग ने कूँज खोई सब्र शुक्र कर बाज़ फ़ना होया
ऐंवे हाल है उस फ़क़ीर दानी धन माल गया ते तबाह होया
करें सिदक़ ते कम मालूम होवे तेरा रब रसूल गवाह होया
दुनिया छड उदासियाँ पहन लैय्याँ सैयद वारसों हुन वारिस शाह होया

बंता सिंह ने जिस तरह एकदम गाना शुरू किया था, उसी तरह वह एकदम ख़ामोश हो गया—ऐसा मालूम होता था कि ख़ाकिस्तरी[2] पहाड़ियों ने भी उदासियाँ पहन ली हैं।

जमादार हरनाम सिंह ने थोड़ी देर के बाद किसी ग़ैर मरई चीज़ को मोटी-सी गाली दी और लेट गया—दफ़अतन रात के आख़िरी पहर की उस उदास फ़ज़ा में एक कुत्ते के भौंकने की आवाज़ गूँजी। सब चौंके। आवाज़ क़रीब ही से आई थी—जमादार हरनाम सिंह ने बैठकर कहा : "यह कहाँ से आ गया भौंकू ?"

1. दर्द-भरी, 2. मटियाली।

कुत्ता फिर भौंका। अब उसकी आवाज़ और भी नज़दीक से आई थी—चन्द लम्हात के बाद दूर झाड़ियों में आहट हुई।

बंता सिंह उठा और झाड़ियों की तरफ़ बढ़ा—जब वह वापस आया तो उसके साथ एक आवारा-सा कुत्ता था, जिसकी दुम हिल रही थी।

बंता सिंह मुस्कराया : "जमादार साहब, मैंने पूछा तो कहने लगा, मैं हूँ चपड़ झुनझुन!"

सब हँसने लगे। जमादार हरनाम सिंह ने कुत्ते को पुचकारा : "इधर आ चपड़ झुनझुन।"

कुत्ता दुम हिलाता हरनाम सिंह के पास चला गया, और यह समझकर कि शायद कोई खाने की चीज़ फ़ेंकी गई है, ज़मीन के पत्थर सूँघने लगा।

जमादार हरनाम सिंह ने थैला खोलकर एक बिस्कुट निकाला और उसकी तरफ़ फेंका—कुत्ते ने बिस्कुट को सूँघकर मुँह खोला ही था कि हरनाम सिंह ने लपककर बिस्कुट उठा लिया : "ठहर...कहीं पाकिस्तानी तो नहीं।"

फिर सब हँसने लगे—बंता सिंह ने आगे बढ़कर कुत्ते की पीठ पर हाथ फेरा और जमादार हरनाम सिंह से कहा : "नहीं जमादार साहब, चपड़ झुनझुन हिन्दुस्तानी है।"

जमादार हरनाम सिंह हँसा और कुत्ते से मुख़ातिब हुआ : "निशानी दिखा ओए!"

कुत्ता दुम हिलाने लगा।

हरनाम सिंह ज़रा खुलकर हँसा : "यह कोई निशानी नहीं...दुम तो सारे कुत्ते हिलाते हैं।"

बंता सिंह ने कुत्ते की लरज़ाँ दुम पकड़ ली : "शरणार्थी है बेचारा।"

जमादार हरनाम सिंह ने बिस्कुट फेंका जो कुत्ते ने फ़ौरन दबोच लिया।

एक जवान ने अपने बूट की एड़ी से ज़मीन खोदते हुए कहा : "अब कुत्तों को भी या तो हिन्दुस्तानी होना पड़ेगा या पाकिस्तानी!"

हरनाम सिंह ने अपने थैले से एक और बिस्कुट निकाला और कुत्ते की तरफ़ फेंका : "पाकिस्तानियों की तरह पाकिस्तानी कुत्ते भी गोली से उड़ा दिए जाएँगे।"

एक और जवान ने ज़ोर से नारा बुलन्द किया : "हिन्दुस्तान : ज़िन्दाबाद!"

कुत्ता दूसरा बिस्कुट उठाने के लिए आगे बढ़ा ही था कि डर गया और पीछे हट गया, उसकी दुम टाँगों के अन्दर घुस गई।

हरनाम सिंह हँसा : "अपने नारे से क्यों डरता है चपड़ झुनझुन...खा...ले एक और बिस्कुट ले!" और उसने थैले से एक और बिस्कुट निकालकर कुत्ते की तरफ़ फेंक दिया।

बातों-बातों में सुबह हो गई।

सूरज अभी निकलने का इरादा ही कर रहा था कि चार सू उजाला हो गया; जिस तरह बटन दबाने से एकदम बिजली की रौशनी हो जाती है, उसी तरह सूरज की शुआएँ[1] देखते ही देखते उस पहाड़ी इलाक़े में फैल गईं, जिसका नाम टेटवाल था।

उस इलाक़े में काफ़ी दिनों से लड़ाई जारी थी; एक-एक पहाड़ी के लिए दर्ज़नों जवानों की जान जाती थी, फिर भी क़ब्ज़ा ग़ैरयक़ीनी होता था; आज यह पहाड़ी उनके पास है तो कल दुश्मन के पास; परसों फिर उनके क़ब्ज़े में है, तो अगले रोज़ फिर दुश्मन के क़ब्ज़े में।

जमादार हरनाम सिंह ने दूरबीन लगाकर आसपास का जाइज़ा लिया—सामने की पहाड़ी से धुआँ उठ रहा था; इसका मतलब यह था कि उधर आग सुलगाई जा रही है, चाय की तैयारी हो रही है, नाश्ते की फ़िक्र हो रही है—उधरवालों को भी यक़ीनन इधर से धुआँ उठता दिखाई दे रहा होगा।

नाश्ते पर सब जवानों ने थोड़ा-थोड़ा कुत्ते के आगे रखा जो उसने ख़ूब पेट भर के खाया। सब उसमें दिलचस्पी ले रहे थे जैसे वह उसको अपना दोस्त बनाना चाहते हों। उसके आने से काफ़ी चहल-पहल हो गई थी। हर एक उसको थोड़े-थोड़े वक़्फ़े के बाद पुचकारकर 'चपड़ झुनझुन' के नाम से पुकारता और उसे प्यार करता।

शाम के क़रीब, दूसरी तरफ़ पाकिस्तानी मोर्चे में सूबेदार हिम्मत ख़ाँ अपनी बड़ी-बड़ी मूँछों को, जिनसे बेशुमार कहानियाँ वाबस्ता[2] थीं, मरोड़े देकर टेटवाल के नक़्शे का बग़ौर मुतालआ[3] कर रहा था। उसके साथ ही वायरलेस ऑपरेटर बैठा था और सूबेदार हिम्मत ख़ाँ के लिए प्लाटून कमांडर से हिदायात वुसूल कर रहा था। कुछ दूर एक पत्थर से टेक लगाए और अपनी बन्दूक़ थामे बशीर हौले-हौले गुनगुना रहा था :

1. किरणें, 2. सम्बन्धित, 3. अध्ययन।

चन कित्थे गवाई आई रात वे
चन कित्थे गवाई आई

बशीर ने मज़े में आकर आवाज़ ज़रा ऊँची की तो सूबेदार हिम्मत ख़ाँ की कड़क बुलन्द हुई : "ओये कहाँ रहा है तू रात भर?"

बशीर ने सवालिया नज़रों से हिम्मत ख़ाँ को देखा जो किसी और से मुखातिब था : "बता ओये...!"

बशीर ने देखा।

कुछ फ़ासिले पर वह आवारा कुत्ता बैठा था जो कुछ दिन हुए, उनके मोर्चे में बिन बुलाए मेहमान की तरह आया था और वहीं उनके पास टिक गया था।

बशीर मुस्कराया और कुत्ते से मुख़ातिब होकर बोला : "चन कित्थे गवाई आई रात वे, चन कित्थे गवाई आई... ?"

कुत्ते ने ज़ोर से दुम हिलाना शुरू की, जिससे पथरीली ज़मीन पर झाड़ू-सी फिरने लगी।

सूबेदार हिम्मत ख़ाँ ने एक कंकर उठाकर कुत्ते की तरफ़ फेंका : "साले को दुम हिलाने के सिवा और कुछ नहीं आता।"

बशीर ने कुत्ते की तरफ़ ग़ौर से देखा : "इसकी गर्दन में क्या है ?" यह कहकर वह उठा, मगर उससे पहले ही एक और जवान ने कुत्ते को पकड़कर उसकी गर्दन में बँधी हुई रस्सी उतारी। रस्सी में गत्ते का एक टुकड़ा पिरोया हुआ था जिस पर कुछ लिखा हुआ था।

बशीर ने आगे बढ़कर गत्ते का टुकड़ा लिया : "चपड़ झुनझुन...यह क्या हुआ ?"

सूबेदार हिम्मत ख़ाँ ने अपनी बड़ी-बड़ी तारीख़ी मूँछों को ज़बर्दस्त मरोड़ा दिया : "कोड वर्ड होगा कोई..." फिर उसने बशीर से पूछा : "बशीरे, कुछ और लिखा है... ?"

बशीर ने जवाब दिया : "जी हाँ...यह हिन्दुस्तानी कुत्ता है...!"

सूबेदार हिम्मत ख़ाँ ने सोचना शुरू किया : "मतलब क्या हुआ इसका... ? क्या पढ़ा था तुमने... ? चपड़... ?"

बशीर ने फिर जवाब दिया : "चपड़ झुनझुन!"

एक जवान ने बड़े आक़िलाना[1] अन्दाज़ में कहा : "जो भी बात है, इसी में है।"

---

1. बुद्धिमत्तापूर्ण।

सूबेदार हिम्मत ख़ाँ को यह बात माक़ूल मालूम हुई : "हाँ, कुछ ऐसा ही लगता है!"

बशीर ने एक बार फिर पढ़ा : "चपड़ झुनझुन : यह हिन्दुस्तानी कुत्ता है!"

सूबेदार हिम्मत ख़ाँ ने वायरलेस सेट लिया और कानों पर हैड फ़ोन जमाकर प्लाटून कमांडर से ख़ुद उस कुत्ते के बारे में बातचीत की कि वह कैसे आया था, किस तरह उनके पास कई दिन पड़ा रहा था, फिर एकाएकी रात-भर ग़ायब रहा। अब आया है तो उसके गले में एक रस्सी बँधी पड़ी है और रस्सी में गत्ते का एक टुकड़ा पिरोया हुआ है, जिस पर लिखा है—उसने तीन-चार मर्तबा प्लाटून कमांडर को सुनाया : 'चपड़ झुनझुन : यह हिन्दुस्तानी कुत्ता है।' मगर कोई नतीजा बरामद न हुआ।

बशीर अलग से कुत्ते के पास बैठा कभी उसे पुचकारकर, कभी डरा-धमकाकर पूछता रहा कि वह रात-भर कहाँ ग़ायब रहा है, उसके गले में वह रस्सी और गत्ते का टुकड़ा किसने बाँधा है, मगर उसे भी कोई ख़ातिरख़्वाह[1] जवाब न मिला। वह सवाल करता तो कुत्ता जवाब में अपनी दुम हिला देता। आख़िर ग़ुस्से में बशीर ने उसे ज़ोर का झटका दिया। कुत्ता तकलीफ़ के बायस चाऊँ-चाऊँ करने लगा।

वायरलेस सेट पर बातचीत से फ़ारिग़ होकर सूबेदार हिम्मत ख़ाँ ने कुछ देर टेटवाल के नक़्शे का बग़ौर मुतालआ किया, फिर फ़ैसलाकुन अन्दाज़ में उठा और सिगरेट की डिबिया का ढकना अलग करके बशीर के हवाले किया : "बशीर ले, लिख इस पर..."

बशीर ने सिगरेट की डिबिया का ढकना लिया और पूछा : "क्या लिखूँ सूबेदार साहब?"

सूबेदार हिम्मत ख़ाँ ने मूँछों को मरोड़े देकर सोचना शुरू किया : "लिख दे...बस लिख दे..." उसने जेब से पेंसिल निकालकर बशीर को दी : "क्या लिखना चाहिए?"

बशीर पेंसिल को होंठों में दाबकर सोचने लगा, फिर एकदम सवालिया अन्दाज़ में बोला : "सपड़ सुनसुन..." और फिर फ़ौरन ही मुतमइन होकर उसने फ़ैसलाकुन लहज़े में कहा : " 'ठीक है...चपड़ झुनझुन' का जवाब

1. मनचाहा।

'सपड़ सुनसुन' ही हो सकता है...याद रखेंगे अपनी माँ के सिखड़े...!'' बशीर ने पेंसिल सिगरेट की डिबिया के ढकने पर जमाई : ''सपड़ सुनसुन।''

''सोलह आने...लिख 'सपड़ सुनसुन'!'' सबेदार हिम्मत ख़ाँ ने ज़ोरदार क़हक़हा लगाया : ''और आगे लिख...'यह पाकिस्तानी कुत्ता है'!''

सूबेदार हिम्मत ख़ाँ ने ढकना बशीर के हाथ से लिया, पेंसिल से उसमें छेद किया और ढकना रस्सी में पिरोरकर कुत्ते की तरफ़ बढ़ा : ''ले जा यह अपनी औलाद के पास!'' सब जवान ख़ूब हँसे।

सूबेदार हिम्मत खाँ ने कुत्ते के गले में रस्सी बाँध दी। कुत्ता इस दौरान में अपनी दुम हिलाता रहा। उसके बाद सूबेदार ने उसे कुछ खाने को दिया और बड़े नासहाना[1] अन्दाज़ में कहा : ''देखो दोस्त, ग़द्दारी मत करना...याद रखो, ग़द्दारी की सज़ा मौत होती है।''

कुत्ता दुम हिलाता रहा...जब वह अच्छी तरह खा चुका तो सूबेदार हिम्मत ख़ाँ ने रस्सी से पकड़कर उसका रुख़ पहाड़ी की इकलौती पगडंडी की तरफ़ फेरा और कहा : ''जाओ, हमारा ख़त दुश्मन तक पहुँचा दो...मगर देखो, वापस आ जाना...यह तुम्हारे अफ़सर का हुक्म है, समझे?''

कुत्ते ने अपनी दुम हिलाई और आहिस्ता-आहिस्ता पगडंडी पर, जो बल खाती हुई नीचे पहाड़ी के दामन में जाती थी, चलने लगा।

सूबेदार हिम्मत ख़ाँ ने अपनी बन्दूक़ उठाई और हवा में एक फ़ायर किया।

फ़ायर और उसकी बाज़गश्त दूसरी तरफ़ हिन्दुस्तानियों के मोर्चे में सुनी गई तो इसका मतलब उनकी समझ में न आया।

जमादार हरनाम सिंह मालूम नहीं किस बात पर चिड़चिड़ा हो रहा था, फ़ायर की आवाज़ सुनकर और भी चिड़चिड़ा हो गया और उसने ज़ोर और सख़्ती से दाढ़ी में कंघा करना शुरू कर दिया। इससे फ़ारिग़ होकर उसने जाली के अन्दर सारे बाल जैसे-तैसे जमाए और बंता सिंह ने पूछा : ''ओए बंता सिंयाँ, कुत्ते को घी हज़्म नहीं होता ना...बता चपड़ झुनझुन कहाँ गया?''

बंता सिंह मुहावरे का मतलब न समझा : ''हमने तो उसे घी की कोई चीज़ नहीं खिलाई थी।''

1. उपदेशात्मक।

जमादार हरनाम सिंह बड़े ज़ोर से हँसा : "ओए अनपढ़, तेरे साथ तो बात करना पिचानवे का घाटा है!"

इतने में वह सिपाही जो पहरे पर था और दूरबीन लगाए उधर ऊपर-नीचे देख रहा था, एकदम चिल्लाया : "वह आ रहा है..."

सब चौंक पड़े।

जमादार हरनाम सिंह ने पूछा : "कौन?"

पहरेदार सिपाही ने कहा : "चपड़ झुनझुन...और कौन!"

"चपड़ झुनझुन?" जमादार हरनाम सिंह उठा : "आ रहा है?"

पहरेदार सिपाही ने जवाब दिया : "हाँ, आ रहा है!"

जमादार हरनाम सिंह ने दूरबीन पहरेदार सिपाही के हाथ से ली और देखना शुरू किया : "इधर ही आ रहा है...रस्सी बँधी हुई है गले में...लेकिन यह तो उधर से आ रहा है...दुश्मन के मोर्चे से..." उसने कुत्ते की माँ को बहुत बड़ी गाली दी, बन्दूक उठाई और शस्त[1] बाँधकर फ़ायर किया।

निशाना चूक गया—गोली कुत्ते से कुछ फ़ासिले पर पत्थरों की किरचें उड़ाती ज़मीन में दफ़न हो गई—कुत्ता सहमकर रुक गया।

दूसरे मोर्चे में सूबेदार हिम्मत ख़ाँ ने दूरबीन में से देखा कि कुत्ता पगडंडी पर खड़ा है—उधर से एक और फ़ायर हुआ तो कुत्ता दुम दबाकर उलटी तरफ़ भागा, सूबेदार हिम्मत ख़ाँ के मोर्चे की तरफ़।

हिम्मत ख़ाँ ने ज़ोर से पुकारा : "बहादुर डरा नहीं करते...चल वापस...! और उसने कुत्ते को उधर भेजने के लिए एक फ़ायर किया।"

कुत्ता फिर रुक गया।

उधर से जमादार हरनाम सिंह ने बन्दूक़ चलाई—गोली कुत्ते के कान के पास से सनसनाती हुई गुज़र गई।

उसने उछलकर ज़ोर-ज़ोर से दोनों कान फड़फड़ाने शुरू किए।

इधर से सूबेदार हिम्मत ख़ाँ ने दूसरा फ़ायर किया जो कुत्ते के अगले पंजों के पास पत्थरों में पैवस्त हो गया।

बौखलाकर वह कभी उधर दौड़ा, कभी इधर।

उसकी बौखलाहट से हिम्मत ख़ाँ और हरनाम सिंह, दोनों, अपनी-अपनी जगह बहुत मसरूर[2] हुए और क़हक़हे लगाने लगे।

---

1. निशाना, 2. प्रसन्न।

कुत्ते ने जमादार हरनाम सिंह के मोर्चे की तरफ़ भागना शुरू किया तो हरनाम सिंह ने बड़े ताव में आकर उसे मोटी-सी गाली दी और अच्छी तरह शस्त बाँधकर फ़ायर किया।

गोली कुत्ते की टाँग में लगी और एक फ़लकशिगाफ़[1] चीख़ बुलन्द हुई।

कुत्ते ने अपना रुख़ बदला और लँगड़ाते हुए सूबेदार हिम्मत ख़ाँ के मोर्चे की तरफ़ दौड़ने लगा।

अब इधर से फ़ायर हुआ—फ़ायर करते हुए हिम्मत ख़ाँ चिल्लाया : "बहादुर परवाह नहीं किया करते ज़ख़्मों की...खेल जाओ अपनी जान पर... जाओ उधर..."

कुत्ता फ़ायर से घबराकर उधर की तरफ़ मुड़ा—उसकी एक टाँग बिलकुल बेकार हो चुकी थी। बाक़ी की तीन टाँगों की मदद से उसने ख़ुद को चन्द क़दम उधर की तरफ़ घसीटा ही था कि जमादार हरनाम सिंह ने निशाना ताककर गोली चलाई—वह वहीं ढेर हो गया।

सूबेदार हिम्मत ख़ाँ ने अफ़सोस के साथ कहा : "चच-चच...शहीद हो गया बेचारा।"

जमादार हरनाम सिंह ने बन्दूक़ की गरम-गरम नाली अपने हाथ में मसली और कहा : "उसी मौत मरा जो कुत्ते की होती है!"

---

1. आकाश को चीरनेवाली, गगनभेदी।

टोबा टेक सिंह

बँटवारे के दो-तीन साल बाद पाकिस्तान और हिन्दुस्तान की हुकूमतों को ख़याल आया कि अख़्लाक़ी[1] क़ैदियों की तरह पागलों का भी तबादला होना चाहिए, यानी जो मुसलमान पागल हिन्दुस्तान के पागलख़ानों में हैं, उन्हें पाकिस्तान पहुँचा दिया जाए और जो हिन्दू और सिख पाकिस्तान के पागलख़ानों में हैं, उन्हें हिन्दुस्तान के हवाले कर दिया जाए।

मालूम नहीं, यह बात माक़ूल थी या ग़ैरमाक़ूल, बहरहाल दानिशमन्दों के फ़ैसले के मुताबिक़ इधर-उधर ऊँची सतह की कॉन्फ़्रेंसें हुईं और बिल आख़िर पागलों के तबादले के लिए एक दिन मुक़र्रर हो गया।

अच्छी तरह छानबीन की गई—वे मुसलमान पागल जिनके लवाहिक़ीन[2] हिन्दुस्तान ही में थे, वहीं रहने दिए गए; बाक़ी जो बचे, उनको सरहद पर रवाना कर दिया गया। पाकिस्तान से चूँकि क़रीब-क़रीब तमाम हिन्दू-सिख जा चुके थे, इसलिए किसी को रखने-रखाने का सवाल ही पैदा नहीं हुआ; जितने हिन्दू-सिख पागल थे, सबके-सब पुलिस की हिफ़ाज़त में बॉर्डर पर पहुँचा दिए गए।

उधर का मालूम नहीं लेकिन इधर लाहौर के पागलख़ाने में जब इस तबादले की ख़बर पहुँची तो बड़ी दिलचस्प चिमेगोइयाँ[3] होने लगीं।

एक मुसलमान पागल जो बारह बरस से, हर रोज़, बाक़ायदगी के साथ 'ज़मींदार' पढ़ता था, उससे जब उसके एक दोस्त ने पूछा : "मौलवी साब, यह पाकिस्तान क्या होता है?" तो उसने बड़े ग़ौरो-फ़िक्र के बाद जवाब दिया : "हिन्दुस्तान में एक ऐसी जगह है जहाँ उस्तरे बनते हैं... !" यह जवाब सुनकर उसका दोस्त मुतमइन[4] हो गया।

---

1. सामाजिक, 2. सम्बन्धी, 3. गप-शप, 4. सन्तुष्ट।

इसी तरह एक सिख पागल ने एक दूसरे सिख पागल से पूछा : "सरदार जी, हमें हिन्दुस्तान क्यों भेजा जा रहा है...हमें तो वहाँ की बोली नहीं आती... ।" दूसरा मुस्कराया; "मुझे तो हिन्दुस्तोड़ों की बोली आती है, हिन्दुस्तानी बड़े शैतानी आकड़ आकड़ फिरते हैं... ।"

एक दिन, नहाते-नहाते, एक मुसलमान पागल ने 'पाकिस्तान : ज़िन्दाबाद' का नारा इस ज़ोर से बुलन्द किया कि फ़र्श पर फिसलकर गिरा और बेहोश हो गया।

बाज़ पागल ऐसे भी थे जो पागल नहीं थे; उनमें अक्सरीयत[1] ऐसे क़ातिलों की थी जिनके रिश्तेदारों ने अफ़सरों को कुछ दे, दिलाकर पागलख़ाने भिजवा दिया था कि वह फाँसी के फन्दे से बच जाएँ; यह पागल कुछ-कुछ समझते थे कि हिन्दुस्तान क्यों तक़्सीम हुआ है और यह पाकिस्तान क्या है; लेकिन सही वाक़िआत से वह भी बेख़बर थे; अख़बारों से उन्हें कुछ पता नहीं चलता था और पहरेदार सिपाही अनपढ़ और जाहिल थे, जिनकी गुफ़्तगू से भी वह कोई नतीजा बरामद नहीं कर सकते थे। उनको सिर्फ़ इतना मालूम था कि एक आदमी मुहम्मद अली जिन्नाह है जिसको क़ायदे-आज़म कहते हैं; उसने मुसलमानों के लिए एक अलहदा मुल्क बनाया है जिसका नाम पाकिस्तान है; यह कहाँ है, इसका महल्ले-वुक़ू[2] क्या है, इसके मुताल्लिक़ वह कुछ नहीं जानते थे—यही वजह है कि वह सब पागल जिनका दिमाग़ पूरी तरह माऊफ़[3] नहीं हुआ था, इस मख़मसे में गिरफ़्तार थे कि वह पाकिस्तान में है या हिन्दुस्तान में; अगर हिन्दुस्तान में हैं तो पाकिस्तान कहाँ है; अगर पाकिस्तान में हैं तो यह कैसे हो सकता है कि वह कुछ अर्से पहले यहीं रहते हुए हिन्दुस्तान में थे।

एक पागल तो हिन्दुस्तान और पाकिस्तान, पाकिस्तान और हिन्दुस्तान के चक्कर में कुछ ऐसा गिरफ़्तार हुआ कि और ज़्यादा पागल हो गया। झाड़ू देते-देते वह एक दिन दरख़्त पर चढ़ गया और टहने पर बैठकर दो घंटे मुसलसल तक़रीर करता रहा, जो पाकिस्तान और हिन्दुस्तान के नाज़ुक मसले पर थी... सिपाहियों ने जब उसे नीचे उतरने को कहा तो वह और ऊपर चढ़ गया। जब उसे डराया-धमकाया गया तो उसने कहा : "मैं हिन्दुस्तान में रहना चाहता हूँ न पाकिस्तान में...मैं इस दरख़्त पर ही रहूँगा... ।" बड़ी देर के बाद जब उसका दौरा सर्द पड़ा तो वह नीचे उतरा और अपने हिन्दू-सिख दोस्तों से गले मिल-

1. बहुतायत, 2. भौगोलिक स्थिति, 3. बिगड़ा हुआ।

मिलकर रोने लगा—इस ख़याल से उसका दिल भर आया था कि वह उसे छोड़कर हिन्दुस्तान चले जाएँगे...

एक एम.एस-सी. पास रेडियो इंजीनियर में, जो मुसलमान था और दूसरे पागलों से बिलकुल अलग-थलग बाग़ की एक ख़ास रविश[1] पर सारा दिन ख़ामोश टहलता रहता था, यह तब्दीली नमूदार[2] हुई कि उसने अपने तमाम कपड़े उतारकर दफ़ेदार के हवाले कर दिए और नंग-धड़ंग सारे बाग़ में चलना-फिरना शुरू कर दिया।

चिंयौट के एक मोटे मुसलमान ने, जो मुस्लिम लीग का सरगर्म कारकुन रह चुका था और दिन में पन्द्रह-सोलह मर्तबा नहाया करता था, यकलख़्त[3] यह आदत तर्क कर दी—उसका नाम मुहम्मद अली था, चुनांचे उसने एक दिन अपने जँगले में एलान कर दिया कि वह क़ायदे-आज़म मुहम्मद अली जिन्नाह है; उसकी देखा-देखी एक सिख पागल मास्टर तारा सिंह बन गया—इससे पहले कि ख़ून-ख़राबा हो जाए, दोनों को ख़तरनाक पागल क़रार देकर अलहदा-अलहदा बन्द कर दिया गया।

लाहौर का एक नौजवान हिन्दू वकील मुहब्बत में नाकाम होकर पागल हो गया था; जब उसने सुना कि अमृतसर हिन्दुस्तान में चला गया है तो उसे बहुत दुख हुआ। अमृतसर की एक हिन्दू लड़की से उसे मुहब्बत थी जिसने उसे ठुकरा दिया था मगर दीवानगी की हालत में भी वह उस लड़की को नहीं भूला था—वह उन तमाम हिन्दू और मुसलमान लीडरों को गालियाँ देने लगा जिन्होंने मिल-मिलाकर हिन्दुस्तान के दो टुकड़े कर दिए हैं, और उसकी महबूबा हिन्दुस्तानी बन गई है और वह पाकिस्तानी।...जब तबादले की बात शुरू हुई तो उस वकील को कई पागलों ने समझाया कि वह दिल बुरा न करे...उसे हिन्दुस्तान भेज दिया जाएगा, उसी हिन्दुस्तान में जहाँ उसकी महबूबा रहती है—मगर वह लाहौर छोड़ना नहीं चाहता था; उसका ख़याल था कि अमृतसर में उसकी प्रैक्टिस नहीं चलेगी।

योरोपियन वार्ड में दो एंग्लो-इंडियन पागल थे। उनको जब मालूम हुआ कि हिन्दुस्तान को आज़ाद करके अंग्रेज़ चले गए हैं तो उनको बहुत सदमा हुआ; वह छुप-छुपकर घंटों आपस में इस अहम मसले पर गुफ़्तगू करते रहते कि पागलख़ाने में अब उनकी हैसियत किस क़िस्म की होगी; योरोपियन वार्ड

1. पतला रास्ता, 2. प्रकट, 3. एकदम।

रहेगा या उड़ा दिया जाएगा; ब्रेक-फ़ास्ट मिला करेगा या नहीं; क्या उन्हें डबल रोटी के बजाय ब्लडी इंडियन चपाटी तो ज़हरमार[1] नहीं करनी पड़ेगी?

एक सिख था, जिसे पागलख़ाने में दाख़िल हुए पन्द्रह बरस हो चुके थे। हर वक़्त उसकी ज़ुबान से यह अजीबो-ग़रीब अल्फ़ाज़ सुनने में आते थे—"औपड़ दि गड़ गड़ दि अनैक्स दि बेध्यानाँ दि मुंग दि दाल आफ़ दी लालटेन..." वह दिन को सोता था न रात को। पहरेदारों का यह कहना था कि पन्द्रह बरस के तवील अर्से में वह एक लहज़े के लिए भी नहीं सोया था; वह लेटता भी नहीं था, अलबत्ता कभी-कभी किसी दीवार के साथ टेक लगा लेता था—हर वक़्त खड़ा रहने से उसके पाँव सूज गए थे और पिंडलियाँ भी फूल गई थीं, मगर जिस्मानी तकलीफ़ के बावजूद वह लेटकर आराम नहीं करता था।

हिन्दुस्तान, पाकिस्तान और पागलों के तबादले के मुताल्लिक़ जब कभी पागलख़ाने में गुफ़्तगू होती थी तो वह ग़ौर से सुनता था; कोई उससे पूछता कि उसका क्या ख़याल है तो वह बड़ी संजीदगी से जवाब देता—"औपड़ दि गड़ गड़ दि अनैक्स दि बेध्यानाँ दि मुंग दि दाल ऑफ़ दी पाकिस्तान गवर्नमेंट... !" लेकिन बाद में 'ऑफ़ दि पाकिस्तान गवर्नमेंट' की जगह 'आफ़ दि टोबा टेक सिंह गवर्नमेंट' ने ले ली, और उसने दूसरे पागलों से पूछना शुरू कर दिया कि टोबा टेक सिंह कहाँ है, जहाँ का वह रहनेवाला है। किसी को भी मालूम नहीं था कि टोबा टेक सिंह पाकिस्तान में है या हिन्दुस्तान में; जो बताने की कोशिश करते थे वह ख़ुद इस उलझाव में गिरफ़्तार हो जाते थे कि सियालकोट पहले हिन्दुस्तान में होता था, पर अब सुना है कि पाकिस्तान में है...क्या पता है कि लाहौर जो आज पाकिस्तान में है, कल हिन्दुस्तान में चला जाए...या सारा हिन्दुस्तान ही पाकिस्तान बन जाए...और यह भी कौन सीने पर हाथ रखकर कह सकता है कि हिन्दुस्तान और पाकिस्तान, दोनों किसी दिन सिरे से ग़ायब ही हो जाएँ... !

इस सिख पागल के केश छिदरे होकर बहुत मुख़्तसर रह गए थे; चूँकि बहुत कम नहाता था, इसलिए दाढ़ी और सिर के बाल आपस में जम गए थे जिसके बायस उसकी शक्ल बड़ी भयानक हो गई थी; मगर आदमी बे-ज़रर[2] था—पन्द्रह बरसों में उसने कभी किसी से झगड़ा-फ़साद नहीं किया था।

1. ज़बर्दस्ती खाना, 2. जिससे कोई हानि न हो।

पागलख़ाने के जो पुराने मुलाज़िम थे, वह उसके मुताल्लिक़ इतना जानते थे कि टोबा टेक सिंह में उसकी कई ज़मीनें थीं; अच्छा खाता-पीता ज़मींदार था कि अचानक दिमाग़ उलट गया, उसके रिश्तेदार उसे लोहे की मोटी-मोटी ज़ंजीरों में बाँधकर लाए और पागलख़ाने में दाख़िल करा गए।

महीने में एक बार मुलाक़ात के लिए यह लोग आते थे और उसकी ख़ैर-ख़ैरियत दरयाफ़्त करके चले जाते थे; एक मुद्दत तक यह सिलसिला जारी रहा, पर जब पाकिस्तान, हिन्दुस्तान की गड़बड़ शुरू हुई तो उनका आना-जाना बन्द हो गया।

उसका नाम बिशन सिंह था मगर सब उसे टोबा टेक सिंह कहते थे। उसको यह क़त्अन[1] मालूम नहीं था कि दिन कौन-सा है, महीना कौन-सा है या कितने साल बीत चुके हैं; लेकिन हर महीने जब उसके अज़ीज़ो-अक़ारिब[2] उससे मिलने के लिए आने के क़रीब होते तो उसे अपने आप पता चल जाता; चुनांचे वह दफ़ेदार से कहता कि उसकी मुलाक़ात आ रही है; उस दिन वह अच्छी तरह नहाता, बदन पर ख़ूब साबुन घिसता और बालों में तेल डालकर कंघा करता; अपने वह कपड़े जो वह कभी इस्तेमाल नहीं करता था, निकलवाकर पहनता और यूँ सज-बनकर मिलनेवालों के पास जाता। वह उससे कुछ पूछते तो वह ख़ामोश रहता या कभी-कभार 'औपड़ दि गड़ गड़ दि अनैक्स दि बेध्यानाँ दि मुंग दि दाल ऑफ़ दी लालटेन...' कह देता।

उसकी एक लड़की थी जो हर महीने एक उँगली बढ़ती-बढ़ती पन्द्रह बरसों में जवान हो गई थी। बिशन सिंह उसको पहचानता ही नहीं था—वह बच्ची थी जब भी अपने बाप को देखकर रोती थी, जवान हुई तब भी उसकी आँखों से आँसू बहते थे।

पाकिस्तान और हिन्दुस्तान का क़िस्सा शुरू हुआ तो उसने दूसरे पागलों से पूछना शुरू किया कि टोबा टेक सिंह कहाँ है; जब उसे इत्मीनानबख़्श जवाब न मिला तो उसकी कुरेद दिन-ब-दिन बढ़ती गई। अब मुलाक़ात भी नहीं आती थी; पहले तो उसे अपने आप पता चल जाता था कि मिलनेवाले आ रहे हैं, पर अब जैसे उसके दिल की आवाज़ भी बन्द हो गई थी जो उसे उनकी आमद की ख़बर दे दिया करती थी—उसकी बड़ी ख़्वाहिश थी कि वह लोग आएँ जो उससे हमदर्दी का इज़हार करते थे और उसके लिए फल, मिठाइयाँ और कपड़े

1. कदापि, 2. निकट सम्बन्धी।

लाते थे। वह आएँ तो वह उनसे पूछे कि टोबा टेक सिंह कहाँ है...वह उसे यक़ीनन बता देंगे कि टोबा टेक सिंह पाकिस्तान में है या हिन्दुस्तान में—उसका ख़याल था कि वह टोबा टेक सिंह ही से आते हैं जहाँ उसकी ज़मीनें हैं।

पागलख़ाने में एक पागल ऐसा भी था जो ख़ुद को ख़ुदा कहता था। उससे जब एक रोज़ बिशन सिंह ने पूछा कि टोबा टेक सिंह पाकिस्तान में है या हिन्दुस्तान में तो उसने हस्बे-आदत क़हक़हा लगाया और कहा : "वह पाकिस्तान में है न हिन्दुस्तान में, इसलिए कि हमने अभी तक हुक्म ही नहीं दिया... !"

बिशन सिंह ने उस ख़ुदा से कई मर्तबा बड़ी मिन्नत-समाजत से कहा कि वह हुक्म दे दे ताकि झंझट ख़त्म हो, मगर ख़ुदा बहुत मसरूफ़ था, इसलिए कि उसे और बे-शुमार हुक्म देने थे।

एक दिन तंग आकर बिशन सिंह ख़ुदा पर बरस पड़ा : "औपड़ दि गड़ गड़ दि अनैक्स दि बेध्यानाँ दि मुंग दि दाल ऑफ़ वाहे गुरु जी दा ख़ालसा एंड वाहे गुरु जी दि फ़तह... !" इसका शायद मतलब था कि तुम मुसलमानों के ख़ुदा हो, सिखों के ख़ुदा होते तो ज़रूर मेरी सुनते।

तबादले से कुछ दिन पहले टोबा टेक सिंह का एक मुसलमान जो बिशन सिंह का दोस्त था, मुलाक़ात के लिए आया; मुसलमान दोस्त पहले कभी नहीं आया था। जब बिशन सिंह ने उसे देखा तो एक तरफ़ हट गया, फिर वापस जाने लगा मगर सिपाहियों ने उसे रोका : "यह तुमसे मिलने आया है...तुम्हारा दोस्त फ़ज़लदीन है... !"

बिशन सिंह ने फ़ज़लदीन को एक नज़र देखा और कुछ बड़बड़ाने लगा।

फ़ज़लदीन ने आगे बढ़कर उसके कन्धे पर हाथ रखा : "मैं बहुत दिनों से सोच रहा था कि तुमसे मिलूँ लेकिन फ़ुरसत ही न मिली...तुम्हारे सब आदमी ख़ैरियत से हिन्दुस्तान चले गए थे...मुझसे जितनी मदद हो सकी, मैंने की...तुम्हारी बेटी रूपकौर..." वह कहते-कहते रुक गया।

बिशन सिंह कुछ याद करने लगा : "बेटी रूपकौर..."

फ़ज़लदीन ने रुक-रुककर कहा : "हाँ...वह...वह भी ठीक-ठाक है...उनके साथ ही चली गई थी... !"

बिशन सिंह ख़ामोश रहा।

फ़ज़लदीन ने फिर कहना शुरू किया : "उन्होंने मुझे कहा था कि तुम्हारी ख़ैर-ख़ैरियत पूछता रहूँ...अब मैंने सुना है कि तुम हिन्दुस्तान जा रहे

हो...भाई बलबीर सिंह और भाई वधावा सिंह से मेरा सलाम कहना और बहन अमृतकौर से भी...भाई बलबीर से कहना कि फ़ज़लदीन राज़ी-ख़ुशी है...दो भूरी भैंसें जो वह छोड़ गए थे, उनमें से एक ने कट्टा दिया है...दूसरी के कट्टी हुई थी, पर वह छह दिन की होके मर गई...और...मेरे लायक़ जो ख़िदमत हो, कहना, मैं हर वक़्त तैयार हूँ...और यह तुम्हारे लिए थोड़े-से मरोंडे लाया हूँ...!''

बिशन सिंह ने मरोंडों की पोटली लेकर पास खड़े सिपाही के हवाले कर दी और फ़ज़लदीन से पूछा : ''टोबा टेक सिंह कहाँ है... ?''

फ़ज़लदीन ने क़दरे हैरत से कहा : ''कहाँ है... ? वहीं है, जहाँ था... !''

बिशन सिंह ने फिर पूछा : ''पाकिस्तान में है या हिन्दुस्तान में... ?''

''हिन्दुस्तान में...नहीं, नहीं पाकिस्तान में... !'' फ़ज़लदीन बौखला-सा गया।

बिशन सिंह बड़बड़ाता हुआ चला गया : ''औपड़ दि गड़ गड़ दि अनैक्स दि बेध्यानाँ दि मुंग दि दाल ऑफ़ दी पाकिस्तान एंड हिन्दुस्तान ऑफ़ दी दुर फ़िटे मुँह... !''

तबादले की तैयारियाँ मुकम्मल हो चुकी थीं, इधर से उधर और उधर से इधर आनेवाले पागलों की फ़ेहरिस्तें पहुँच चुकी थीं और तबादले का दिन भी मुक़र्रर हो चुका था।

सख़्त सर्दियाँ थीं जब लाहौर के पागलख़ाने से हिन्दू-सिख पागलों से भरी हुई लारियाँ पुलिस के मुहाफ़िज़[1] दस्ते के साथ रवाना हुईं, मुताल्लिक़ा[2] अफ़सर भी हमराह थे—वागह[3] के बौर्डर पर तरफ़ैन[4] के सुपरिंटेंडेंट एक-दूसरे से मिले और इब्तिदाई[5] कार्रवाई ख़त्म होने के बाद तबादला शुरू हो गया, जो रात-भर जारी रहा।

पागलों को लारियों से निकालना और उनको दूसरे अफ़सरों के हवाले करना बड़ा कठिन काम था; बाज़ तो बाहर निकलते ही नहीं थे, जो निकलने पर रज़ामन्द होते थे, उनको सँभालना मुश्किल हो जाता था, क्योंकि वह इधर-उधर भाग उठते थे; जो नंगे थे, उनको कपड़े पहनाए जाते तो वह उन्हें फाड़कर

1. रक्षक, 2. सम्बन्धित, 3. हिन्दुस्तान-पाकिस्तान की सीमा पर बसा एक गाँव, 4. दोनों तरफ़ के, 5. आरम्भिक।

अपने तन से जुदा कर देते—कोई गालियाँ बक रहा है...कोई गा रहा है...कुछ आपस में झगड़ रहे हैं...कुछ रो रहे हैं, बिलख रहे हैं—कान पड़ी आवाज़ सुनाई नहीं देती थी—पागल औरतों का शोरो-ग़ोग़ा[1] अलग था, और सर्दी इतनी कड़ाके की थी कि दाँत से दाँत बज रहे थे।

पागलों की अक्सरीयत इस तबादले के हक़ में नहीं थी, इसलिए कि उनकी समझ में नहीं आ रहा था कि उन्हें अपनी जगह से उखाड़कर कहाँ फेंका जा रहा है; वह चन्द जो कुछ सोच-समझ सकते थे, 'पाकिस्तान : जिन्दाबाद' और 'पाकिस्तान : मुर्दाबाद' के नारे लगा रहे थे; दो-तीन मर्तबा[2] फ़साद होते-होते बचा, क्योंकि बाज़ मुसलमानों और सिखों को यह नारे सुनकर तैश आ गया था।

जब बिशन सिंह की बारी आई और वागह के उस पार का मुताल्लिक़ अफ़सर उसका नाम रजिस्टर में दर्ज करने लगा तो उसने पूछा : "टोबा टेक सिंह कहाँ है...पाकिस्तान में या हिन्दुस्तान में... ?"

मुताल्लिक़ा अफ़सर हँसा : "पाकिस्तान में... !"

यह सुनकर बिशन सिंह उछलकर एक तरफ़ हटा और दौड़कर अपने बाक़ीमांदा[3] साथियों के पास पहुँच गया।

पाकिस्तानी सिपाहियों ने उसे पकड़ लिया और दूसरी तरफ़ ले जाने लगे, मगर उसने चलने से इनकार कर दिया : "टोबा टेक सिंह यहाँ है... !" और ज़ोर-ज़ोर से चिल्लाने लगा : "औपड़ दि गड़ गड़ दि अनैक्स दि बेध्यानाँ दि मुंग दि दाल ऑफ़ दी टोबा टेक सिंह एंड पाकिस्तान... !"

उसे बहुत समझाया गया कि देखो, अब टोबा टेक सिंह हिन्दुस्तान में चला गया है...अगर नहीं गया है तो उसे फ़ौरन वहाँ भेज दिया जाएगा, मगर वह न माना! जब उसको ज़बर्दस्ती दूसरी तरफ़ ले जाने की कोशिश की गई तो वह दरमियान में एक जगह इस अन्दाज़ में अपनी सूजी हुई टाँगों पर खड़ा हो गया जैसे अब उसे कोई ताक़त नहीं हिला सकेगी...आदमी चूँकि बे-ज़रर था, इसलिए उससे मज़ीद[4] ज़बर्दस्ती न की गई; उसको वहीं खड़ा रहने दिया गया, और तबादले का बाक़ी काम होता रहा।

सूरज निकलने से पहले साकितो-सामित[5] बिशन सिंह के हलक़ के एक फ़लक शिगाफ़[6] चीख़ निकली।

---

1. शोर-शराबा, 2. बार, 3. बचे हुए, 4. ज़्यादा, 5. जो न बोले न हिले-डुले, 6. गगनभेदी।

इधर-उधर से कई अफ़सर दौड़े आए और उन्होंने देखा कि वह आदमी जो पन्द्रह बरस तक दिन-रात अपनी टाँगों पर खड़ा रहा था, औंधे मुँह लेटा है—उधर ख़ारदार तारों के पीछे हिन्दुस्तान था, इधर वैसे ही तारों के पीछे पाकिस्तान; दरमियान में ज़मीन के उस टुकड़े पर जिसका कोई नाम नहीं था, टोबा टेक सिंह पड़ा था।

सौ कैंडल पावर का बल्ब

वह चौक में, क़ैसर पार्क के बाहर, जहाँ चन्द ताँगे खड़े रहते हैं, बिजली के एक खम्बे के साथ ख़ामोश खड़ा था और दिल ही दिल में सोच रहा था : कोई वीरानी-सी-वीरानी है...।

यही पार्क, जो सिर्फ़ दो बरस पहले पुररौनक़ जगह थी, अब उजड़ा-पुजड़ा दिखाई दे रहा था, जहाँ पहले औरत और मर्द शोख़ो-शंग[1] फ़ैशन के लिबास में चलते-फिरते थे, वहाँ अब बेहद मैले-कुचैले कपड़ों में लोग इधर-उधर बेमक़सद फिर रहे थे; बाज़ार में काफ़ी भीड़ थी, मगर वह रंग नहीं था, जो कभी वहाँ मेले-ठेले की तरह हुआ करता था; आसपास की सीमेंट से बनी हुई बिल्डिंगें भी अपना रूप खो चुकी थीं; सिर झाड़े, मुँह फाड़े वह एक-दूसरे की तरफ़ फटी-फटी आँखों से देख रही थीं, जैसे वह बेवा औरतें हों!

वह हैरान था कि वह ग़ाज़ा[2] कहाँ गया, वह सिन्दूर कहाँ उड़ गया, वह सुर कहाँ ग़ायब हो गए, जो उसने कभी वहाँ देखे और सुने थे ?...और यह कोई ज़्यादा अर्से की बात नहीं; अभी वह कल ही तो...दो बरस भी कोई अर्सा होता है भला...वहाँ आया था कलकत्ते से, जब उसे वहाँ की एक फ़र्म ने अच्छी तनख़्वाह पर बुलाया था; उसने कितनी कोशिश की थी कि उसे क़ैसर पार्क में एक कमरा ही मिल जाए, मगर वह नाकाम रहा था, हज़ार फ़रमाइशों के बावजूद—अब उसने देखा कि जिस कुँजड़े, जुलाहे और मोची की तबीयत चाहती है, फ़्लैटों और कमरों पर अपना क़ब्ज़ा जमा रहा है।

जहाँ किसी शानदार फ़िल्म कम्पनी का दफ़्तर होता था, वहाँ चूल्हे सुलग रहे थे; जहाँ कभी शहर की बड़ी-बड़ी रंगीन हस्तियाँ जमा होती थीं, वहाँ धोबी मैले कपड़े धो रहे थे।

---

1. रंगीन और सुन्दर, 2. पाउडर।

दो बरस में इतना बड़ा इन्क़िलाब।

वह हैरान था—वह उस इन्क़िलाब का पसमंज़र[1] जानता था, कुछ अख़बारों के ज़रिए से और कुछ उन दोस्तों के बयान से, जो उस शहर में मौजूद थे; उसे सब पता लग चुका था कि वहाँ कैसा तूफ़ान आया था; वह सोचता था, कोई अजीबो-ग़रीब तूफ़ान होगा, जो इमारतों का रंग-रूप भी चूसकर ले गया; इनसानों ने इनसान का क़त्ल किया, औरतों की बेइज़्ज़ती की, और इमारतों की ख़ुश्क लकड़ियों और बेजान ईंटों से भी यही सलूक किया; उसने सुना था कि उस तूफ़ान में औरतों को नंगा किया गया था, उनकी छातियाँ काटी गई थीं—अब जो कुछ भी वह अपने आसपास देख रहा था, सब नंगा और जोबन बरीदा[2] था।

वह बिजली के खम्बे के साथ लगा अपने एक दोस्त का इन्तज़ार कर रहा था, जिसकी मदद से वह अपनी रिहाइश का कोई बन्दोबस्त करना चाहता था—उसके दोस्त ने कहा था : 'तुम क़ैसर पार्क के पास, जहाँ ताँगे खड़े रहते हैं, मेरा इन्तज़ार करना!'

दो बरस हुए, जब वह मुलाज़िमात[3] के सिलसिले में वहाँ आया था तो ताँगों का वह अड्डा बहुत मशहूर जगह थी, शहर के सबसे उम्दा, सबसे बाँके ताँगे वहीं उसी जगह खड़े रहते थे कि वहाँ से ऐयाशी का हर सामान मुहैया हो जाता था; अच्छे से अच्छा रेस्तोराँ और होटल क़रीब था; बेहतरीन चाय, बेहतरीन खाना और दूसरे तमाम लवाज़िमात[4] भी मयस्सर थे—शहर के जितने बड़े दल्लाल थे, वहीं से दस्तयाब[5] होते थे कि क़ैसर पार्क में बड़ी-बड़ी कम्पनियों के बायस रुपया और शराब पानी की तरह बहते थे।

दो बरस पहले उसने वहाँ अपने दोस्त के साथ बड़े ऐश किए थे; अच्छी से अच्छी लड़की हर रात उनकी आग़ोश में होती थी, स्कॉच, जो जंग के बायस नायाब थी, एक मिनट में उसकी दर्जनों बोतलें मुहैया हो जाती थीं।

ताँगे अब भी खड़े थे, मगर उन पर वह कलग़ियाँ नहीं थीं, वह फुँदने नहीं थे, पीतल के पालिश किए हुए साज़ो-सामान की वह चमक-दमक नहीं थी; सब कुछ शायद दूसरी चीज़ों की तरह उड़ गया था।

उसने घड़ी में वक़्त देखा—सात बज चुके थे।

फ़रवरी के दिन थे और शाम के साए गहरे हो चुके थे।

1. पृष्ठभूमि, 2. कटा हुआ, 3. नौकरी, 4. किसी कार्य से सम्बन्धित वस्तुएँ, 5. उपलब्ध।

उसने दिल ही दिल में अपने दोस्त को लानत-मलामत की—वह दाएँ हाथ के वीरान होटल में मोरी के पानी से बनी हुई चाय पीने के लिए जाने ही वाला था कि किसी ने हौले-से उसको पुकारा।

उसने ख़याल किया कि शायद उसका दोस्त आ गया है, मगर जब उसने मुड़कर देखा तो एक अजनबी को खड़ा पाया; आम शक्लो-सूरत, लट्ठे की नई शलवार, जिसमें और ज़्यादा शिकनों की गुंज़ाइश नहीं थी और नीली पापलीन की क़मीज़, जो लांड्री में जाने के लिए बेताब थी।

उसने पूछा : "क्यों भई, तुमने मुझे बुलाया?"

उसने हौले-से जवाब दिया : "जी हाँ!"

उसने ख़याल किया कि कोई मुहाज़िर[1] है और भीख माँग रहा है : "क्या माँगते हो?"

उसने उसी लहज़े में जवाब दिया : "जी कुछ नहीं..." फिर उसने क़रीब आकर कहा : "कुछ चाहिए आपको?"

"क्या?"

"कोई लड़की-वड़की?" यह कहकर वह पीछे हट गया।

उसके सीने में एक तीर-सा लगा—उसने आँखें फाड़कर उसको देखा : इस ज़माने में भी यह लोगों के जिंसी[2] जज़्बात टटोलता फिर रहा है—फिर इंसानियत के मुताल्लिक़ ऊपर-तले उसके दिमाग़ में बड़े हौसलाशिकन[3] ख़यालात उभरे; उन्हीं ख़यालात के ज़ेरे-असर[4] उसने पूछा : "कहाँ है?"

उसका लहज़ा दल्लाल के लिए उम्मीद अफ़ज़ा[5] नहीं था—दल्लाल ने क़दम उठाते हुए कहा : "जी नहीं...आपको ज़रूरत नहीं..."

उसने दल्लाल को रोका : "यह तुमने किस तरह जाना... ? आदमी को हर वक़्त उस चीज़ की ज़रूरत होती है, जो तुम मुहैया कर सकते हो...सूली पर भी उस चीज़ की ज़रूरत होती है और जलती चिता में भी...।" वह फ़लसफ़ी[6] बनते-बनते रुक गया : "देखो, अगर वह चीज़ कहीं पास ही है तो मैं चलने के लिए तैयार हूँ...मैंने यहाँ एक दोस्त को वक़्त दे रखा है..."

दल्लाल उसके क़रीब आ गया : "पास ही है, बिलकुल पास।"

"कहाँ?"

---

1. शरणार्थी, 2. काम सम्बन्धी, 3. हौसला तोड़नेवाले, 4. प्रभाव में, 5. आशाप्रद, 6. दार्शनिक।

"यह सामनेवाली बिल्डिंग में।"

उसने सामनेवाली बिल्डिंग को देखा : "इसमें...इस बड़ी बिल्डिंग में ?"

"जी हाँ!"

वह लरज़ गया : "अच्छा तो..." फिर उसने सँभलकर पूछा : "मैं भी साथ चलूँ ?"

"चलिए...लेकिन मैं आगे-आगे चलता हूँ..." दल्लाल ने सामनेवाली बिल्डिंग की तरफ़ बढ़ना शुरू कर दिया।

वह सैकड़ों रूह शिगाफ़[1] बातें सोचता हुआ दल्लाल के पीछे हो लिया।

ज़रा-सा फ़ासिला था; चन्द गज़ परे वह बिल्डिंग थी—दूसरे ही लम्हे दल्लाल और वह उस बिल्डिंग के अन्दर थे।

अन्दर से बिल्डिंग की हालत बहुत ख़स्ता थी; जगह-जगह ईंटें उखड़ी हुई थीं, कटे हुए पानी के नल बाहर को निकले हुए थे; हर तरफ़ कूड़े-करकट के ढेर थे।

शाम कब की गहरी हो चुकी थी—ड्योढ़ी में से गुज़रकर वह आगे बढ़े तो अँधेरा शुरू हो गया।

चौड़ा-चकला सहन तय करके दल्लाल एक तरफ़ मुड़ा कि जहाँ इमारत बनते-बनते रुक गई थी, ईंटें नंगी थीं; चूना और सीमेंट मिले हुए सख़्त ढेर पड़े हुए थे; जा-ब-जा बजरी बिखरी हुई थी।

दल्लाल नामुकम्मल सीढ़ियाँ चढ़ते-चढ़ते रुका और मुड़कर उसने कहा : "आप यहीं ठहरिए, मैं अभी आया।"

वह रुक गया और दल्लाल सीढ़ियाँ चढ़ गया—उसने गर्दन उठाकर सीढ़ियों के इख़्तिताम[2] की तरफ़ देखा तो उसे तेज़ रौशनी नज़र आई।

लम्हे मिनट बन गए तो वह दबे पाँव सीढ़ियाँ चढ़ने लगा—वह आख़िरी सीढ़ी पर पहुँचा तो उसे दल्लाल की बहुत ज़ोर की कड़क सुनाई दी : "उठती है कि नहीं ?"

कोई औरत बोली : "कह जो दिया, मुझे सोने दो।" औरत की आवाज़ घुटी-घुटी-सी थी।

दल्लाल फिर कड़का : "मैं कहता हूँ, उठ...मेरा कहना नहीं मानेगी तो याद रख..."

1. हृदयविदारक, 2. आख़िर।

औरत की आवाज़ आई : ''तू मुझे मार डाल, लेकिन मैं नहीं उठूँगी... ख़ुदा के लिए मेरे हाल पर रहम कर।''

दल्लाल ने पुचकारा : ''उठ मेरी जान...ज़िद न कर...गुज़ारा कैसे चलेगा?''

औरत बोली : ''गुज़ारा जाए जहन्नम में...मैं भूखी मर जाऊँगी... ख़ुदा के लिए मुझे तंग न कर...मुझे नींद आ रही है।''

दल्लाल की आवाज़ फिर कड़ी हो गई : ''तू नहीं उठेगी...हरामज़ादी, सुअर की बच्ची...''

औरत चिल्लाने लगी : ''मैं नहीं उठूँगी, नहीं उठूँगी, नहीं उठूँगी...''

दल्लाल की आवाज़ भिंच गई : ''आहिस्ता बोल, आहिस्ता बोल...कोई सुन लेगा...चल उठ, तीस-चालीस रुपए मिल जाएँगे।''

''देख मैं हाथ जोड़ती हूँ...मैं कितने दिनों से जाग रही हूँ...रहम कर, ख़ुदा के लिए मुझ पर रहम कर...'' अब औरत की आवाज़ में इल्तिजा[1] थी।

''बस एक-दो घंटे के लिए...फिर सो जाना...नहीं तो देख, मुझे सख़्ती करनी पड़ेगी।'' दल्लाल की आवाज़ आई।

यकायक ख़ामोशी तारी हो गई—चन्द लम्हे वह दम साधे आख़िरी सीढ़ी पर खड़ा रहा; फिर उसने दबे पाँव आगे बढ़कर उस कमरे में झाँका, जिस कमरे में से बड़ी तेज़ रौशनी आ रही थी।

उसने देखा कि एक छोटा-सा, तेज़ रौशनी में जगमगाता हुआ, नंगा-बुच्चा कमरा है; फ़र्श पर एक औरत लेटी हुई है; कमरे में दो-तीन बर्तन हैं, बस और कुछ नहीं; दल्लाल दरवाज़े की तरफ़ पीठ किए औरत के पास बैठा औरत के पाँव दाब रहा है।

थोड़ी देर के बाद दल्लाल ने औरत से कहा : ''ले अब उठ...क़सम ख़ुदा की, तू एक-दो घंटे में आ जाएगी...आकर सो जाना।''

वह औरत एकदम यूँ उठी, जैसे आग देखते ही छछूँदर उठती है, और चिल्लाई : ''अच्छा उठती हूँ।''

वह पीछे हट गया; उस लम्हे वह डर गया था; फिर वह दबे पाँव सीढ़ियाँ उतर गया।

उसने सोचा कि भाग जाए; इस शहर ही से भाग जाए; इस दुनिया ही से भाग जाए; मगर कहाँ?

1. प्रार्थना।

फिर उसने सोचा कि वह औरत कौन है; क्यों उस पर इतना ज़ुल्म हो रहा है?

और वह दल्लाल कौन है; उस औरत का क्या लगता है?

वह उस छोटे-से कमरे में इतना बड़ा बल्ब जलाकर, जो सौ कैंडल पावर से किसी भी तरह कम नहीं है, क्यों रहते हैं, कब से रहते हैं?

उसके दिमाग़ में सोच और उसकी आँखों में उस तेज़ बल्ब की रौशनी घुसी हुई थी।

इतनी तेज़ रौशनी में कौन हो सकता है; इतना बड़ा बल्ब?

वह अभी अपनी सोच में गुम था कि आहट हुई—उसने देखा, दो साए उसके पास खड़े हैं।

"देख लीजिए..." दल्लाल के साए ने कहा।

उसने कहा : "देख लिया...।"

"ठीक है ना?"

"ठीक है।"

"चालीस रुपए होंगे?"

"ठीक है!"

"दे दीजिए।"

वह सोचने-समझने के क़ाबिल न रहा था—उसने जेब में हाथ डाला, कुछ नोट निकाले और दल्लाल के हवाले कर दिए : "देख लो कितने हैं!"

पहले नोटों की खड़खड़ाहट हुई; फिर दल्लाल ने कहा : "पचास हैं।"

उसने कहा : "पचास ही रखो..." उसके जी में आई कि वह एक बहुत बड़ा पत्थर उठाए और दल्लाल के सिर पर दे मारे।

दल्लाल ने कहा : "तो ले जाइए इसे...लेकिन देखिए, इसे तंग न कीजिएगा और एक-दो घंटे के बाद यहीं छोड़ जाइएगा।"

वह उस बड़ी बिल्डिंग से बाहर आ गया।

बाहर एक ताँगा खड़ा था—वह आगे बैठ गया और वह औरत पीछे।

दल्लाल ने सलाम किया—एक बार फिर उसके जी में आई कि वह एक बहुत बड़ा पत्थर उठाए और दल्लाल के सिर पर दे मारे।

वह उस औरत को पास ही के एक वीरान-से होटल में ले गया।

उसने अपने दिमाग़ को साफ़ करने की कोशिश की और उस औरत की तरफ़ देखा—वह औरत सिर से पैर तक उजाड़ थी, उसके पपोटे सूजे हुए थे; आँखें झुकी हुई थीं, उसका ऊपर का धड़ सारे का सारा ख़मीदा[1] था; जैसे वह एक ऐसी ख़स्ता इमारत हो, जो पल-भर में गिरनेवाली हो।

उसने कहा : "ज़रा गर्दन तो ऊँची कीजिए।"

वह ज़ोर से चौंकी : "क्या?"

"कुछ नहीं...मैंने सिर्फ़ इतना कहा था कि कोई बात तो कीजिए।"

उसकी आँखें सुर्ख बोटी हो रही थीं, जैसे उनमें मिर्चें डाली गई हों—वह ख़ामोश रही।

"आपका नाम?" उसने पूछा।

"कुछ भी नहीं...।" उसके लहज़े में तेज़ाब की-सी तेज़ी थी।

"आप कहाँ की रहनेवाली हैं?"

"जहाँ की भी तुम समझ लो।"

"आप इतना रूखा क्यों बोलती हैं?"

वह औरत जैसे जाग पड़ी—उसकी तरफ़ लाल बोटी आँखों से देखते हुए उसने कहा : "तुम अपना काम करो...मुझे जाना है।"

उसने पूछा : "कहाँ जाना है?"

औरत ने बड़ी रूखी बेएतिनाई[2] से जवाब दिया : "जहाँ से तुम मुझे लाए हो!"

"आप जाना चाहें तो जा सकती हैं।"

"तुम अपना काम करो ना...मुझे तंग क्यों करते हो?"

उसने अपने लहज़े में दिल का सारा दर्द भरकर कहा : "मैं तुम्हें तंग नहीं करता...मुझे तुमसे हमदर्दी है..."

वह झल्ला गई : "मुझे नहीं चाहिए कोई हमदर्द..." फिर वह क़रीब-क़रीब चीख़ पड़ी : "तुम अपना काम ख़त्म करो और मुझे जाने दो।"

उसने क़रीब आकर उस औरत के सिर पर हाथ फेरना चाहा तो उस औरत ने उसका हाथ ज़ोर से एक तरफ़ झटक दिया : "मैं कहती हूँ, मुझे तंग न करो...मैं कई दिनों से जाग रही हूँ...जब से यहाँ आई हूँ, जाग रही हूँ..."

वह सर-ता-पा[3] हमदर्द बन गया : "सो जाओ यहीं।"

---

1. झुका हुआ, 2. उपेक्षा, 3. सिर से पैर तक।

औरत की आँखें और सुर्ख़ हो गईं, वह तेज़ लहजे में बोली : "मैं यहाँ सोने नहीं आई...यह मेरा घर नहीं..."

"तुम्हारा घर वह है, जहाँ से तुम आई हो?"

"उफ़...बकवास बन्द करो...मेरा कोई घर नहीं...तुम अपना काम करो, वरना मुझे छोड़ आओ...अपने रुपए ले लो उस...उस..." वह गाली देती-देती रह गई।

उसने सोचा कि इस औरत से इस हालत में कुछ पूछना और हमदर्दी जताना फ़ुज़ूल है। उसने कहा : "चलो, तुम्हें छोड़ आऊँ।"

और वह उस औरत को उस बड़ी बिल्डिंग में छोड़ आया।

दूसरे दिन उसने क़ैसर पार्क के एक वीरान होटल में उस औरत की सारी दास्तान अपने दोस्त को सुनाई—उसके दोस्त पर रिक़्क़त[1] तारी हो गई; उसने अफ़सोस का इज़हार किया और पूछा : "क्या जवान थी?"

उसने कहा : "मुझे मालूम नहीं...मैं उसे अच्छी तरह देख न सका था...मेरे दिमाग़ में तो एक ही ख़याल था कि पत्थर उठाकर दल्लाल का सिर क्यों न कुचल दिया?"

उसके दोस्त ने कहा : "वाक़ई यह बड़े सवाब का काम होता!"

वह ज़्यादा देर तक होटल में अपने दोस्त के साथ न बैठ सका; उसके दिलो-दिमाग़ पर पिछले रोज़ के वाकिए का बहुत बोझ था, चाय ख़त्म हुई तो वह रुख़्सत हो गया।

उसका दोस्त ताँगों के अड्डे पर आया; थोड़ी देर तक उसकी निगाहें उस दल्लाल को ढूँढ़ती रहीं, मगर वह दल्लाल कहीं नज़र न आया।

सात बज चुके थे—वह बड़ी बिल्डिंग सामने थी, ज़रा-से फ़ासिले पर—उसने चन्द क़दम उठाए और बिल्डिंग में दाख़िल हो गया, ड्योढ़ी में से गुज़रकर वह आगे बढ़ा तो काफ़ी अँधेरा था; सहन तय करके सीढ़ियों के पास पहुँचा तो ऊपर से उसे रोशनी दिखाई दी; वह दबे पाँव सीढ़ियाँ चढ़ने लगा; कुछ देर वह आख़िरी सीढ़ी पर खड़ा रहा—कमरे से तेज़ रौशनी आ रही थी, मगर न कोई आवाज़ थी, न आहट—उसने धीरे-से क़दम बढ़ाए।

1. रुलाई।

दीवार की ओट में होकर वह कमरे के अन्दर झाँका—सबसे पहले उसे बल्ब नज़र आया, तेज़ रौशनी उसकी आँखों में घुस गई; उसने फ़ौरन ही मुँह फेर लिया कि अँधेरे की तरफ़ मुँह करके अपनी आँखों में से तेज़ रौशनी की चकाचौंध निकाल सके—फिर उसने गर्दन झुकाकर कमरे में झाँका कि उसकी आँखें बल्ब की जद में न आएँ, फ़र्श का जो हिस्सा उसने पहली नज़र में देखा, वहाँ चटाई पर एक औरत लेटी हुई थी—उसने ग़ौर से देखा : वह सो रही थी, उसके मुँह पर दुपट्टा पड़ा हुआ था; उसका सीना साँस के उतार-चढ़ाव से हिल रहा था—वह ज़रा आगे बढ़ा; उसने बड़ी मुश्किल से निकलती हुई चीख़ दबाई : उस औरत से कुछ दूर नंगे फ़र्श पर एक आदमी पड़ा हुआ था; उस आदमी का सिर पाश-पाश था; पास ही एक ख़ून आलूदा ईंट पड़ी हुई थी—वह सब उसने देखा और सीढ़ियों की तरफ़ लपका, उसका पाँव फिसला और अगले ही लम्हे वह नीचे था; उसने चोटों की कोई परवाह न की और अपने होशो-हवास क़ायम रखने की कोशिश करते हुए बमुश्किल अपने घर पहुँचा और सारी रात डरावने ख़्वाब देखता रहा।